江城子 著

唐诗里的浪漫与美好

典行·唯美卷

花枝春满

长江出版传媒　长江文艺出版社

U0603057

图书在版编目（ＣＩＰ）数据

花枝春满：唐诗里的浪漫与美好 / 江城子著. --
武汉：长江文艺出版社， 2017.1(2025.5 重印)
（浪漫古典行. 唯美卷）
ISBN 978-7-5354-8969-2

Ⅰ．①花… Ⅱ．①江… Ⅲ. ①唐诗－诗歌欣赏 Ⅳ.
①I207.22

中国版本图书馆 CIP 数据核字(2016)第 160596 号

责任编辑：张远林　　　　　　　　　责任校对：程华清
封面设计：周　佳　　　　　　　　　责任印制：邱　莉　　胡丽平

出版：　长江出版传媒｜长江文艺出版社

地址：武汉市雄楚大街 268 号　　　　邮编：430070
发行：长江文艺出版社
电话：027—87679360
http://www.cjlap.com
印刷：三河市嵩川印刷有限公司

开本：700 毫米×970 毫米　　　1/16　　印张：14.75　　插页：6 页
版次：2017 年 1 月第 1 版　　　2025 年 5 月第 3 次印刷
字数：197 千字

定价：65.00 元

"一部经典作品是一本即使我们初读也好像是重温我们以前读过的东西。"每次捧读经典，我们都仿佛是在重温生命中那一段曾经十分熟悉的内心律动以及一种无法言说的美好与美丽。我们的心会一下子被击中，就像多年以后，邂逅一个知音或是老友，在灯光和音乐中与你对面，细诉别后的风尘。

"一部经典作品是一本即使我们重读都好像初读那样带来发现的书。"每次重读经典，我们都会有一种意想不到的新发现。读得越多，我们越是觉得它的独特、意想不到和新颖。经典，从不会耗尽它要说的一切。每一次温故，都是知新。

所以，无论时空怎样变迁，无论世界怎么转变，我们的心灵，始终向往经典的恒定、纯粹与隽永，向往经典中那熟悉而又亲切的故园之思。经典，它是物质之外的性灵，是流俗之上的精华；是驳杂之中的至纯，是重压之下的逸放；是人文的温暖，是乡愁的慰藉；是无可替代的贴心，是无尽流浪途中那一抹希望和爱的灯火！

从先秦的《诗经》、晚周的诸子和骚体诗、汉的乐府和辞赋、六朝的骈文，直到唐诗、宋词、元曲和明清小说，在中国文学经典这条源远流长的巨川大河中，那份哗哗流淌着的美丽、浪漫和优雅，曾经多少次激动过我们物化的心灵哟！

从日本的俳句"古池，蛙跃入，水之音"，到印度泰戈尔的"天空中

没有鸟的痕迹，而我已飞过"，这尺幅千里、语短情长之中蕴含了多么深长的东方神韵。从欧洲的拜伦、雪莱、济慈、普希金到美洲的惠特曼，这些人诗歌中蕴含的浪漫激情、自我意识又昭示出多么独特的西方精神。这些不可复制与替代的文字，曾经多少次涵养过我们驳杂而又无序的内心！

"浪漫古典行"这个系列，正是几位年轻的、新锐的作者，在浸淫于古典诗词之美既久之后，有所发现，不吐不快，而终于拿起笔来，要将心中的那份诗意和感动，化为一束芳香的玫瑰，赠与读者诸君的。

我们深信，诗是不能被解释的，正如我们无力取来一片月光，摘来一朵花开，保存一段时光。我们唯一能做的，是去体味它在我们心中留下的那一抹抹文化的与心灵的印记，是去品尝文字背后那份殷殷绵绵的情感，然后，用一种无力捕捉美好的怅惘心情，与你分享那份捧读经典的悲欣与真诚。

也许，我们还无法做到最完整、最纯粹、最真实的还原，但我们为此尽了力。当你翻开这几本小书的时候，你会看到，那些古人用文字雕镂的生活和情感，都已注入我们的情感和呼吸。一字一句，砰然落地。打碎了的，是时光。你将从那些碎片中，看到你自己及你的心灵。

我见唐诗多妩媚

唐诗是天才情种必读书。

唐诗表现着古今相通的人性、人心、人情，表现着自然之美与精神之美，表现着现实的生活与梦想的生活，而且是用永远新鲜的感性经验来表达。它的题材是那么广泛，力量是那么充沛，精神是那么刚健，感情是那么充实，语言是那么新鲜，意境是那么醇美，含蕴是那么丰厚，值得我们一读再读。

对于今天的读者来说，唐诗虽风尘满面，却难掩它生命的光芒。唐诗一直都在思想着，向现实吐露芬芳。不同的时代，不同的地域，亿万读者从它那里汲取着生命的感动和情感的乳汁。作为中国传统文化的一个重要组成部分，唐诗从未耗尽它所要言说的一切。

一首好诗，一定是从心里流出来的。好的解读，也要回到心里去。而其要旨，不外乎"别开生面、自出手眼"八字。但是，要把写得这么绝、这么美的唐诗读透、想明白，不容易。你自己关起门来，在家里读一读，想一想，囫囵吞枣，不求甚解，那倒也没什么。倘若你要运用自己的眼光，在近5万首唐诗中挑选出自己喜爱的诗篇，并且连着你的读后感一起发表出来，供大家评鉴，那就要冒一点风险了。这本书就是这种冒险的结果。

我读唐诗，是以青眼观诗，性灵解诗。所谓"独抒性灵，不拘格套"，此之谓也。并且常常以只眼所见，便作洋洋大观。这样的读法，在作者自己，常常自以为独得妙赏，而对于读者，却有危险。因为作者在打开这扇

窗的同时，却关掉了许许多多扇窗。因此，作者在这里要郑重地奉劝读者诸君，切勿以作者一孔之见，便失掉了自己的独立判断和想象力。

我是喜爱唐诗的。我尤其喜爱唐诗的少年精神和春天品质。在我看来，学者而兼诗人的林庚先生是最能理解唐诗的人之一，"盛唐气象"和"少年精神"就是他拈出的两个极为传神、深得唐诗精髓的概念。这两个概念建构了我们对于唐诗的基本认知。著名诗人海子有一句诗："春天啊，春天是我的品质。"在我看来，春天的品质，正是唐诗的品质。

林庚先生说："唐人的生活实是以少年人的心情作为它的骨干。"这里所说的唐人的生活，当然不完全是指唐人的现实生活，而主要是指经由唐代文学展示给我们的唐人梦想的生活。这种生活，对于我们当下的生活，具有解放和建构的双重意义。

我有一个梦想。我梦想有一天能够回到唐朝，置身有如天上街市的长安市廛，呼吸斯时馥郁清新的空气。

我有一个梦想。我梦想有一天能够走进唐诗的迷楼，静静地坐在李白的身边，细味诗中那种日月经天、江河行地之美。

我有一个梦想。我梦想有一天能够借来梦中彩笔，将那些不朽的诗篇化作永恒的风花雪月，和一个最深最美的梦，与你共赏。

目录

易水寒

要完整地、深刻地理解一个作品或者一首诗，就应该首先理解它的作者。

要读懂骆宾王的诗，必须首先读懂骆宾王这个人。骆宾王算得上是个神童，七岁就写出了"鹅，鹅，鹅，曲项向天歌。白毛浮绿水，红掌拨清波"这样的作品。但是骆宾王更厉害的是他的文章，那才真正叫作文采飞扬。

他最著名的文章是《为徐敬业讨武曌檄》，也叫《代徐敬业传檄天下文》，这篇文章是入选了《古文观止》的。檄文，简单地说就是战前的声讨书或者说宣言书，它的主要作用是宣布敌方罪行、树立己方义旗，借以争取人民支持。骆宾王这篇檄文的讨伐对象，就是中国历史上独一无二的女皇帝武则天。让我们先抄一段原文：

伪临朝武氏者，人非温顺，地实寒微。昔充太宗下陈，尝以更衣入侍。洎乎晚节，秽乱春宫。密隐先帝之私，阴图后庭之嬖。入门见嫉，蛾眉不肯让人；掩袖工谗，狐媚偏能惑主。践元后于翚翟，陷吾君于聚麀。加以虺蜴为心，豺狼成性，近狎邪僻，残害忠良，杀姊屠兄，弑君鸩母。神人之所共疾，天地之所不容。

文章最后，骆宾王说："请看今日之域中，竟是谁家之天下！"这句话的气魄，真是可以使风云为之变色，江河为之不流。

据《新唐书》记载，武则天读到这篇檄文时，开始还笑嘻嘻的，不言语。我揣测武则天的心思，大概是这样：你骆宾王用如此恶毒的语言诬蔑、攻击我武则天，真是个书呆子，我武则天还怕你们这些文人胡骂吗？但当武则天读到"一抔之土未干，六尺之孤安在"时，竟跳起来惊问："这篇檄文是谁作的？"左右说："是骆宾王。"武则天叹息说："人有如此才，而使之流落不偶乎！""宰相安得失此人！"武则天不因骆宾王在檄文中恶毒地攻击自己而心存芥蒂，反而衷心欣赏骆宾王的才华。这样的雅量，真是古今少有啊，武则天算得上是骆宾王的"文字知己"了！

关于骆宾王的身世、性格等等，闻一多先生说过几句概括性的话，很可以作为我们的参考。他说，骆宾王是"历史上著名的'浮躁浅露'不能致远的'殷鉴'"。又称他是"久历边塞而屡次下狱的博徒革命家"。说他是博徒革命家，大概是因为他晚年跟随徐敬业在扬州起兵反对武则天。但后来兵败，骆宾王也不知所终。

闻一多的评价虽然苛刻，却比较接近情实。骆宾王也许未必就不喜欢"博徒革命家"这一雅号吧。但是，性格上的瑕疵却掩盖不了他文采上的光辉。

俗话说：文章憎命达。才气横溢的骆宾王恰恰应了这句话。他天生一副侠骨，喜欢管闲事，打抱不平、杀人报仇、闹革命。这，似乎注定了他一生的悲剧，但也究竟成就了他桀骜苍凉的诗篇。我喜欢读他的这首《于易水送人》，自古以来没有人不喜欢读他这篇充满豪侠精神的诗篇的。

《于易水送人》本是一首送别的诗，但在骆宾王笔下，送别的诗却是满纸豪情！

　　此地别燕丹，壮士发冲冠。

　　昔时人已没，今日水犹寒。

这样短促简洁的文字，哪里有半点儿女情长！千载以还，犹且让人感到骆宾王诗中啸出的剑气，正破空而来，击打着易水的冰凉。

史载，公元前227年，燕太子丹遣荆轲刺杀秦王。行时，燕太子丹及宾客在易水岸边为之饯行。其先，荆轲受燕太子丹知遇之恩，誓当为报，所谓"士为知己者死"是也。这真是旷古未有的一场悲壮的送别。

秋风萧瑟，洪波涌起。浩浩荡荡的送行队伍全身皆着素服，肃立在易水边。这是怎样悲凉肃杀的场面啊，一片白色的衣冠迎着凄冷的秋风瑟瑟抖动，士兵的甲胄与金戈上都泛着寒光，只有偶尔一声马的嘶叫，击破长空，传至很远很远的地方。

荆轲知道，此去必死。太子及宾客也知道，荆轲很少生还的希望。

但是，为了一个伟大的使命，为了全天下侠士的光荣，我荆轲此去又何必生还？

昨天，燕太子丹还在对我说："日已尽矣，荆卿难道改变主意了？现在我已经为你准备好了行装，为什么还迟迟不出发呢？"太子对我真是用心良苦啊，车骑美女，恣我所欲。但是太子昨天所说的每一句话，此刻就像鞭子一样，猛烈地抽打着我的自尊啊。我荆轲岂惧死哉？我是在等待我的剑友、我的知己盖聂，全天下只有我和他，才是当之无愧的剑客。可是太子偏偏为我挑选秦舞阳作为副手。可叹秦舞阳年轻时虽手刃一人，有勇士之誉，却不敢仰视秦王，实则一懦夫耳！懦夫岂能成就天下大事？！我多想成就刺杀秦王的伟业啊，这可是全天下剑客梦寐以求的壮举，这可是全天下黎民百姓翘首以盼的义旗啊。但是，我没有能够等到我的知己。走吧，慷慨地走吧，不能让太子失望，不能让全天下黎民百姓失望。

此时，筑声破空而来。这是燕国击筑第一高手高渐离在为知交荆轲送别。筑是一种古乐器，有弦，"击之不鼓"。我没有见过筑，但我理解"击之不鼓"这四个字，大概是说筑这种乐器只能击打，却没有共鸣箱，不能产生优美的和声，因此筑声生脆尖利，声如裂帛，给人慷慨悲凉之感。听到筑声，荆轲泪下

数行，应声而歌："风萧萧兮易水寒，壮士一去兮不复还！"歌声短促、悲凉，易水为之呜咽，士兵皆垂泪涕泣。

歌罢，荆轲跨马绝尘而去。

荆轲真千古第一侠士也！

九百年以后，骆宾王站在易水边，心里感叹不尽。他想到了什么呢？也许他是这样想：燕赵古称多慷慨悲歌之士，今尚有其人否？也许他是这样想：荆轲啊荆轲，你太孤独了，人们都快把你忘记了，只有易水还在呜咽，犹且记得你的壮烈啊！也许他是这样想：荆轲啊荆轲，其实你并不寂寞，我骆宾王就是你的同调。你虽死犹生，你的侠义精神必将千秋万代流淌在华夏儿女的血脉中。

两千二百多年以后，当我们坐在安静的课堂上或者静谧的书房里，读到骆宾王的这首诗时，我们会不会去翻一下司马迁《史记·刺客列传》里记载着的荆轲传奇呢？我们会不会也像骆宾王一样深深地感到一点内心的温暖呢？荆轲啊荆轲，你用决绝的赴死的悲壮，温暖了天下后世多少壮士的心啊！

心相约

送杜少府之任蜀州 / 王勃

城阙辅三秦，风烟望五津。
与君离别意，同是宦游人。
海内存知己，天涯若比邻。
无为在歧路，儿女共沾巾。

王勃是"初唐四杰"之首，这位应了张爱玲说的"成名要赶早"的名言的早慧的天才，20 岁时就写下了骈文史上堪称完璧的《滕王阁序》，留下了"落霞与孤鹜齐飞，秋水共长天一色"这样震烁古今的名句。

关于王勃其人，作为诗人和政治家的毛主席讲得既全面又深刻："这个人高才博学，为文光昌流丽，……以一个二十八岁的人，写了十六卷诗文作品，与王弼的哲学、贾谊的历史学和政治学，可以媲美。都是少年英发，贾谊死时三十几，王弼死时二十四。还有李贺死时二十七，夏完淳死时十七。都是英俊天才，惜乎死得太早了。青年人比老年人强，贫人、贱人、被人们看不起的人、地位低的人，大部分发明创造，占百分之七十以上，都是他们干的。"毛主席的这一番话，值得我们好好品味。

"海内存知己，天涯若比邻。"王勃这句注定将穿越时空而永远流传的友谊宣言，读来让人无限温暖。在整个中华文化史上，除了王勃，还有谁能说出这样直接而又亲密的话语呢？进而言之，除了在初唐时代这个神秘时空的交汇点上，哪个朝代又曾继响过这浑厚清越的音调呢？这是一种沁人心脾的体贴，这是一种心灵相通的巨大震颤，这是一种仿佛天外之音的呢喃，这是一种无法言说的美丽。在这温暖之中，我忍不住要问：人为什么需要朋友？亲爱的读者，

我问你：人为什么需要朋友呢？

马斯洛的人类需要层次论告诉我们，人类是需要友谊的，它的重要性仅仅排在生存的需要与安全的需要之后。这从古今中外关于友谊的深情呼唤中即可见一斑。

"嘤其鸣兮，求其友声。"《诗经》是这样吟唱的。

"莫逆于心，遂相与友。"庄子是这样言说的。

"少年乐新知，衰暮思故友。"韩愈是这样理解的。

古希腊哲人亚里士多德说得简明而又直接："没有友谊，没有人愿意活着。"又说："喜欢孤独的人不是野兽便是神灵。"

古罗马思想家圣·奥古斯丁说得理性而又睿智："人与人的友谊，把多数人的心灵结合在一起。这种可贵的联系，是温柔甜蜜的。"

十六世纪的英国哲学家培根说得尖锐而又沉痛："缺乏真正的朋友乃是最纯粹最可怜的孤独；没有友谊则斯世不过是一片荒野。"

直到今天，深深地震撼我们的心灵并给予我们的心灵以养分的，依然是那些闪耀璀璨光芒的友谊传说：伯牙和钟子期高山流水遇知音，"萧何月下追韩信"，以及《老人与海》中老渔夫圣地亚哥与小男孩马洛林如海洋般广阔而又明净的友谊，《鲁宾逊漂流记》中鲁宾逊与"星期五"荒岛相依的历险记，等等。

友谊，是不完美的人生中唯一的完美，是暂促的人生中可以彼此终始相依的永恒。

生我者父母，知我者鲍叔。管仲年轻的时候，常和鲍叔牙交往。鲍叔牙知道他贤明、有才干。管仲家贫，经常占鲍叔的便宜，但鲍叔始终对他很好，不因为这些事而有什么怨言。不久，鲍叔侍奉齐国公子小白，管仲侍奉公子纠。到了小白立为桓公的时候，公子纠被杀死，管仲也被囚禁。鲍叔就向桓公保荐管仲。管仲被录用以后，在齐国掌理政事，齐桓公因此而称霸，多次会合诸侯，匡救天下，都是管仲的谋略。管仲说："我当初贫困时，曾经和鲍叔一起做生意，分财利时自己总是多要一些，鲍叔并不认为我贪财，他知道我家里贫穷。

我曾经替鲍叔谋划事情，反而使他更加困顿不堪，陷于窘境，鲍叔不认为我愚笨，他知道时运有时顺利，有时不顺利。我曾经多次做官，多次都被国君驱逐，鲍叔不认为我不成器，他知道我没遇上好时机。我曾经多次打仗，多次逃跑，鲍叔不认为我胆小，他知道我家里有老母需要赡养。公子纠失败，召忽为之殉难，我被囚禁遭受屈辱，鲍叔不认为我没有廉耻，知道我不因小的过失而感到羞愧，却以功名不显扬于天下而感到耻辱。生我养我的是父母，真正了解我的是鲍叔啊。"

　　我们生活在这个世界上，到处充满了人与人之间的联系，心与心之间的联系。人与人，心与心，尽管相隔千山万水，但只要彼此打开心窗，坦诚相对，心与心总会相逢。

独立苍茫

登幽州台歌 / 陈子昂

前不见古人，
后不见来者。
念天地之悠悠，
独怆然而涕下。

杜甫说："国朝盛文章，子昂始高蹈。"的确如此，陈子昂一出现在初唐诗坛上，就以一声近乎天籁的巨响震动天下。这声巨响就是《登幽州台歌》。

而作为这声巨响的第一串激动人心的音符的，竟是这样一行字："前不见古人，后不见来者。"笔落惊风雨啊！不服不行。

一篇作品，当我们读到它的第一行字的时候，如果就已经被它深深地吸引了的话，那么，这篇作品大概多半就是杰作。《登幽州台歌》就是这样一篇俯视千古的杰作，它的光芒遥遥地照亮了盛唐诗坛。

让我们随便列举几篇杰作，看看它们的第一行字是怎样深深地吸引了我们。

罗贯中《三国演义》："话说天下大势，分久必合，合久必分。"

列夫·托尔斯泰《安娜·卡列尼娜》："幸福的家庭家家相似，不幸的家庭各各不同。"

卢梭《社会契约论》："人是生而自由的，但却无往而不在枷锁之中。"

《邓肯女士自传》："一个小孩子的性格，在母胎里便已注定了。"

但丁《神曲》："方吾生之半路，怳余处乎幽林，失正轨而迷误。"

约翰·班扬《天路历程》："我在这世间的旷野上走着，来到一个洞口，就在这洞里躺下睡了。"

《圣经》："起初，上帝创造天地。地是空虚混沌，渊面黑暗；上帝的灵运行在水面上。上帝说：'要有光。'就有了光。上帝看光是好的，就把光暗分开了。上帝称光为'昼'，称暗为'夜'。有晚上，有早晨，这是头一日。"

这些如诗如刀的文字，一经寓目，怎能不令人神旺心惊、永志难忘呢？难道我们不曾常常把这些简朴的文字，从记忆深处翻出来细细咀嚼？但是，哪怕咀嚼上几千遍，也是常读常新，余味无穷。套句广告词，"杰作"恒久远，一"句"永留传。

1931年，诗人梁宗岱在谈到《登幽州台歌》时，这样写道："你们曾否在暮色苍茫中登高？曾否从天风里下望莽莽的平芜？曾否在那刹那间起浩荡而苍凉的感慨？古今中外底诗里有几首能令我们这么真切地感到宇宙的精神（worldspirit）？有几首这么活跃地表现那对于永恒的迫切呼唤？我们从这寥寥廿二个字里是否便可以预感一个中国，不，世界诗史上空前绝后的光荣时代之将临，正如数里外的涛声预告一个烟波浩渺的奇观？你们的大诗里能否找出一两行具有这种大刀阔斧的开国气象？"1934年，梁先生再次谈及此诗，说："我第一次深觉《登幽州台歌》的伟大，也是在登临的时候。"为什么梁先生是在登临的时候才感觉到这首诗的伟大呢？

让我们回溯到陈子昂创作此诗时的场景，与梁先生一道开始这迷雾重重的心灵探寻之旅吧。武则天万岁通天元年（696年），契丹李尽忠、孙万荣等攻陷营州。武则天委派武攸宜率军征讨，陈子昂当时在武攸宜的幕府中担任参谋，随同出征。武攸宜为人轻率，少谋略。次年兵败，情况紧急，陈子昂请求遣万人作前驱以击敌，武攸宜不允。稍后，陈子昂又向武攸宜进言，武攸宜不听，反而把他降为军曹。诗人接连受到挫折，眼看报国宏愿成为泡影，因此登上蓟北楼（即幽州台，遗址在今北京市），感昔乐毅、燕昭王之事，在作了《蓟丘览古》七首之后，乃泫然流涕而歌此诗。

幽州台不是一般的楼台。幽州台是一段动人心魄的历史的见证。

公元前314年，齐国乘燕国内乱攻破燕国，杀死燕王哙，并在燕国驻兵。

燕昭王即位后，发誓要报仇雪耻，干一番轰轰烈烈的事业。他怎么办呢？他做的第一件事就是礼贤下士，招纳贤者。著名的"千金市骨"的故事就发生在这个时候。

燕昭王向谋士郭隗请教招纳贤者的办法，郭隗对他说："我听说古时候有一位国君想用千金求购千里马，可是三年也没有买到。宫中有个近侍就对他说：'请您让我去买吧。'国君就派他去了。三个月后他终于找到了千里马，可惜马已经死了，但是他仍然用五百金买了那匹马的脑袋，回来向国君复命。国君大怒道：'我要的是活马，死马有什么用，而且白白扔掉了五百金？'这个近侍胸有成竹地对君主说：'买死马尚且肯花五百金，更何况活马呢？天下人一定都以为大王您擅长买马，千里马很快就会有人送来了。'于是不到一年，三匹千里马就到手了。如果现在大王您真的想要罗致人才，就请先从我开始吧。我尚且被重用，何况那些胜过我的人呢？他们难道还会嫌千里的路程太遥远吗？"于是燕昭王就拜郭隗为师，为他筑黄金台。

消息传开，乐毅从魏国赶来，邹衍从齐国赶来，剧辛从赵国赶来，人才争先恐后地集聚燕国。燕昭王又在国中祭奠死者，慰问生者，和百姓同甘共苦。这样过了二十多年，燕国已经变得殷实富足，国力强盛，士兵们都心情舒畅，愿意效命疆场。公元前284年，燕昭王派大将乐毅攻打齐国，五年之间，攻下齐国七十余座城市，只剩下两座城市在齐国人手里。

"昭王白骨萦蔓草，谁人更扫黄金台。"站在蓟北楼上沐浴着天风的陈子昂猛然间感到一种孤独。古代求贤若渴的君主，我未及见，后世也还会有贤明的君主出现，但我再也见不到。难道是我生不逢时吗？人生短暂，时不我待，何时才能建功立业、实现胸中抱负呢？此刻，暮色苍茫，天风浩荡，我的心唯与这风云息息相通。

一首好诗，不仅要有现实的意义，还要有哲学层面的思考。《登幽州台歌》恰恰为我们呈现了一个无穷无尽、无际无涯的时空背景，从而引领着我们的思维进入一种更为开敞深湛的哲学层面，去作进一步探寻和思考。这是一种对于

宇宙起源和时间本质的追问，这也是一种对于人类命运的追问。

亲爱的读者，你的生命中曾经有过一次这样的时刻吗？你独自一人在暮色苍茫中登上秋风猎猎的高台，或者迎风站立山巅，此时，你的思绪非常辽阔而高远，完全进入一种澄明的境界，你的全部心思都不再纠缠于尘世的烦嚣和扰攘。就在这时候，你仿佛猛然间被什么东西击中似的，一下子触及到了时间这个匆匆而过的幽灵，你深刻地觉知了时间的存在与流逝，你深刻地觉知了宇宙的永恒与辽阔。你独立苍穹，无限柔脆而又孤独，而时间的沙漏就在你心中水样地流逝。此刻，你已经完全被时间的巨浪所打翻、卷走，你已经完全被宇宙的永恒和辽阔所压倒、淹没。一刹那间，你悲从中来，不可断绝。但这绝不是你对于死的恐惧，而是你对于生的憬悟，是你仿佛与苍茫天地同呼吸时所体味到的喜悦与悲怆，是你暂时攫住永恒又恍然见到自己成为永恒的那一刻一闪而灭时所体味到的孤独与迷惘。时间之矢稍纵即逝，永恒之谜不可复现。苍茫天地之间，你依然独立。此时，你是否感到自己是既孤独而又伟大的？此时，你是否也会发出一声浩叹："前不见古人，后不见来者。念天地之悠悠，独怆然而涕下。"

这如歌似泣的诗行，难道不是在弹奏一曲宇宙间的永恒之谜？这铿锵悦耳的唐音，难道不是在叙说一种不可复现的开国气象？这充满天地元气的精神，难道不是在呼喊自我的悲悯？还有谁能说得这么好呢？是"高台多悲风"的苍凉吗？是"万山之巅，群动皆息"的静穆与彻悟吗？是"天高地迥，觉宇宙之无穷；兴尽悲来，识盈虚之有数"的喟叹吗？是"惟天地之无穷兮，哀人生之长勤。往者余弗及兮，来者吾不闻"的沉思吗？是"宇宙一何悠！人生少至百"的醒悟吗？……

万千巨响中，我只听见一个声音在风中传送、飘荡——"前不见古人，后不见来者。念天地之悠悠，独怆然而涕下。"

流年

代悲白头翁／刘希夷

洛阳城东桃李花，飞来飞去落谁家？洛阳女儿惜颜色，行逢落花长叹息。今年落花颜色改，明年花开复谁在？已见松柏摧为薪，更闻桑田变成海。古人无复洛城东，今人还对落花风。年年岁岁花相似，岁岁年年人不同。寄言全盛红颜子，应怜半死白头翁。此翁白头真可怜，伊昔红颜美少年。公子王孙芳树下，清歌妙舞落花前。光禄池台文锦绣，将军楼阁画神仙。一朝卧病无相识，三春行乐在谁边？宛转蛾眉能几时，须臾鹤发乱如丝。但看古来歌舞地，唯有黄昏鸟雀悲。

《代悲白头翁》是一首拟古乐府，题目又作《代白头吟》。从题目来看，显然不是作者自己悲叹，而是代别人悲叹。代什么人呢？代那些"红颜美少年"。

花有重开日，人无再少年。全诗不惜笔墨铺陈青春的壮丽和暮年的悲哀，旨在规劝正处盛年的红颜少年，不要辜负了青春。

"洛阳女儿惜颜色，行逢落花长叹息。今年落花颜色改，明年花开复谁在？"说不上什么原因，年轻时花月总是撩人，好端端的便会陷入一种身不由己的感伤当中，就像诗中这名年轻的女子。

也像极了那个葬花的黛玉，因一腔痴情，未曾发泄，因把些残花落瓣去掩埋，感花伤己。不只是女子，还有痴情如宝玉者。听到黛玉"侬今葬花人笑痴，他年葬侬知是谁"、"一朝春尽红颜老，花落人亡两不知"等句，不觉恸倒在山坡之上。"试想林黛玉的花颜月貌，将来亦到无可寻觅之时，宁不心碎肠断！既黛玉终归无可寻觅之时，推之于他人，如宝钗、香菱、袭人等，亦可到无可寻觅之时矣。宝钗等终归无可寻觅之时，则自己又安在哉？且自身尚不知何在何往，则斯处、斯园、斯花、斯柳，又不知当属谁姓矣！——因此一而二，二而

三，反复推求了去，真不知此时此际欲为何等蠢物，杳无所知，逃大造，出尘网，使可解释这段悲伤。"

"洛阳女儿惜颜色"，她是惜花，更是自惜。因为她已经开始意识到自然界新陈代谢的无情规律，更了悟了青春的仓促和易逝。

这也就是一个人处在像早晨八九点钟的太阳一样的青春妙龄时，最容易多愁善感的原因所在。

青少年时代，确是一个神秘莫测的时代。那时的感情，确像一江春水，一树桃花，一朵早霞，一声云雀。少年的愁是真实的，但它又是无端的，带着青春的梦幻色彩。

在我的人生阅历当中，我对老和死最敏感也思考得最多的阶段，恰恰是在十八九岁的时候——一个激情四射同时又忧郁无比的年龄。刘希夷的诗句，恰恰是在那个时候深深地触动了我，让我怦然心动，恍然若失。

这种悲伤与惆怅是年轻人的特权。

因为，青春是现在进行时。当我们拥有青春时，其实根本不会回头去看看它背面的真相。我们的眼睛，看不见那些正在挥霍的青春。因之，我们的忧愁，也就少了些勘破世情、历尽悲喜的厚重与底色，终是轻了些，飘了些，淡了些。

处在青春的少年，能做的是什么呢？是展望。尽管前路茫茫，还是前行，前行，再前行，这是人生唯一的一次向上的路。过去的种种忧伤，终会在时间的巨流里淡忘。

诗人是聪慧的，他借着白头翁的眼睛，来俯瞰青春。

想想看，一个昔日曾"公子王孙芳树下，轻歌妙舞落花前"的翩翩美少年，如今沦为"须臾鹤发乱如丝"、"三春行乐在谁边"的垂垂老者，他的眼里早已满是世故和沧桑。在这样一位老人面前，一切的感慨都有了根因，增添了底色。

见过了"松柏摧为薪"，见过了"沧海变桑田"，一路走来，再度伫立城东，面对着昔日的落花风，心情又会怎样？

　　一个历尽沧桑的老人，望着夕阳西下，懂得了一切的虚无。

　　老年，是人生的即将完成时态。已经走到人生的边上了，再往前一步，就是终点。此时，他能够做的是什么呢？只有回顾。

　　在回顾中延长生命。

　　回顾，虽说是冷眼看穿，到底是热肠挂住。

　　所以，诗人叹息着老年的悲，却想见了青春的美。一个人经历了老去的苍凉，才算阅尽了青春的华丽。

　　从这一极走到那一极，其实并不遥远。

　　然而，不论多么华丽的外衣，也罩不住凄美的虚无。不论多么美丽的此生，在时间洪流的一再撞击下，也将残缺不全。

　　流年，流年。流动着的，一定会慢慢消逝。生长着的，也终将死去。

　　真正是"年年岁岁花相似，岁岁年年人不同"！

　　就这样，诗人一语道破了天机。

　　在这里，"他已从美的暂促性中认识了那玄学家所谓的'永恒'——一个最缥缈、又最实在，令人惊喜、又令人震怖的存在，在它面前一切都变渺小了，一切都没有了。"闻一多先生如是说。

　　花与人，一无情，一有情，无情者生生不息，年年相似，有情者青春易逝，岁岁不同。"天若有情天亦老"，有情血肉毕竟敌不过无情江山。在"年年岁岁花相似"的青春喜悦里，必然隐藏着"岁岁年年人不同"的永恒感伤。个体的渺小较之于宇宙的永恒，怎能不让人感叹唏嘘！

　　但诗人是要将我们拖入憬悟宿命的悲哀中吗？

　　不。

　　我们转念一想，似乎又不必感伤。因为故人的老去，也就意味着新人的萌生。"芳林旧叶催陈叶，流水前波让后波。"所谓万古长新者，难道不正是另一种形式的永恒吗？

听，花开的声音

春江花月夜／张若虚

春江潮水连海平，海上明月共潮生。滟滟随波千万里，何处春江无月明！江流宛转绕芳甸，月照花林皆似霰。空里流霜不觉飞，汀上白沙看不见。江天一色无纤尘，皎皎空中孤月轮。江畔何人初见月？江月何年初照人？人生代代无穷已，江月年年只相似。不知江月待何人，但见长江送流水。白云一片去悠悠，青枫浦上不胜愁。谁家今夜扁舟子？何处相思明月楼？可怜楼上月徘徊，应照离人妆镜台。玉户帘中卷不去，捣衣砧上拂还来。此时相望不相闻，愿逐月华流照君。鸿雁长飞光不度，鱼龙潜跃水成文。昨夜闲潭梦落花，可怜春半不还家。江水流春去欲尽，江潭落月复西斜。斜月沉沉藏海雾，碣石潇湘无限路。不知乘月几人归，落月摇情满江树。

如果我说，《春江花月夜》是"以孤篇压倒全唐"，也许你会不以为然。

如果我说，若非身处江南，便写不出《春江花月夜》，也许你会略微皱一下眉头。

如果我说，《春江花月夜》的写法是纯粹的白描和意识流，也许你再也忍不住，会笑出声来。

你读懂了《春江花月夜》了吗？你真的读懂了《春江花月夜》了吗？

《春江花月夜》的作者张若虚，扬州人。一生仅留下两首诗的他，因为这一首《春江花月夜》，"孤篇横绝，竟为大家"。而扬州，则是江南最具代表性的城市之一。"腰缠十万贯，骑鹤下扬州"，这曾经是无数凡夫俗子梦想的神仙生活。"天下三分明月夜，二分无赖是扬州。"天下三分明月，扬州就占了二分，可见老天爷是怎样钟情于这座富庶而又明丽的城市了。总而言之，一切自然的、人文的条件都恰到好处地集中到了扬州的身上，再加上张若虚对于美的事物天才般的感受力，终于诞生了与初唐时代气息遥相呼应的《春江花月夜》。

如果《春江花月夜》由一个北方人来写，那肯定写得四平八稳，简练朴拙，这是北方文学的气质。只有南方文学，才是奇情壮采，飘逸奔放，风流潇

洒。《庄子》、《楚辞》以及李白的诗歌等等，都是南方文学的精华，像这样的天才作品，哪里能够模仿呢？所以我说，《春江花月夜》只能由南方人来写，并且没有第二篇。《春江花月夜》之所以能够"以孤篇压倒全唐"，其中的奥秘也许就在这里吧。

《春江花月夜》是乐府《清商曲辞·吴声歌曲》旧题。曲调创始于南朝著名的昏君陈后主。《春江花月夜》是乐府当中最艳丽的曲调之一。正是这一体裁，奠定了《春江花月夜》无与伦比的音乐性的美。

然而，张若虚的这首《春江花月夜》却在绮靡艳丽之外，带来了扑面的清新，与无与伦比的明亮。也就是说，张若虚已经完全从宫体诗的绮靡浓艳中振拔出来了。不仅如此，敏感的诗人还从美的暂促性中一下子觉醒了，认识到了一个最缥缈又最令人惊喜与震怖的存在——永恒，这就把诗人眼前所看到的一切统统升华了，又把那惊鸿一瞥的美化为一个可以触摸的存在了。

《春江花月夜》全诗共 252 字，其中直接使用"春"字的有 4 次；"江"字，12 次；"花"字，2 次；"月"字，15 次；"夜"字，2 次。可见，整篇诗都是围绕着"月"来写的，其他事物都是"月"的陪衬。在这些陪衬之中，作者又特别强调"江"字，因为水是江南最具代表性的风物。

全诗从月生写到月落，从春潮着笔而以情溢于海作结，感情的潮水几起几落而又一气灌注，时空的跳跃空灵飞动、了无痕迹，仿佛一首以"月"为主旋律的曲子，节奏井然，悠悠不尽。而作者笔下所述，心中所想，无非是一片流水一样席卷而来的意识流，并没有太多沉重的现实悲痛和严肃的人生思考，因此，展现在我们面前的便始终是一派鲜丽华美而又澄澈透明的景观。

"在这种诗面前，一切的赞叹都是饶舌，几乎是亵渎。"闻一多这样惊叹。不仅如此，闻一多简直要忘形到不知手之舞之足之蹈之的地步了，他说："更夐绝的宇宙意识！一个更深沉、更寥廓、更宁静的境界！在神奇的永恒面前，作者只有错愕，没有憧憬，没有悲伤。""'有限'与'无限'，'有情'与'无情'——诗人与'永恒'猝然相遇，一见如故。""对每一问题，他得到的仿佛

是一个更神秘的更渊默的微笑，他更迷惘了，然而也满足了。""这里一番神秘而又亲切的、如梦境的晤谈，有的是强烈的宇宙意识、被宇宙意识升华过的纯洁的爱情，又由爱情辐射出来的同情心，这是诗中的诗、顶峰上的顶峰！"

李泽厚也说："其实，这诗是有憧憬和悲伤的。但它是一种少年时代的憧憬和悲伤，一种'独上高楼，望断天涯路'的憧憬和悲伤。所以，尽管悲伤，仍感轻快，虽然叹息，总是轻盈。它上与魏晋时代人命如草的沉重哀歌，下与杜甫式的饱经苦难的现实悲痛，都截然不同。它显示的是，少年时代在初次人生展望中所感到的那种轻烟般的莫名惆怅和哀愁。春花春月，流水悠悠，面对无穷宇宙，深切感受到的是自己青春的短促和生命的有限。它是走向成熟期的青少年对人生、宇宙的初次醒觉的'自我意识'，对广大世界、自然美景和自身存在的深切感受和珍视，对自身存在的有限性的无可奈何的感伤、惆怅和留恋。人在十六七或十七八岁，在似成熟而未成熟，将跨进独立的生活程途的时刻，不也常常经历过这种对宇宙无垠、人生有限的觉醒式的淡淡哀伤么？它实际并没有真正沉重的现实内容，它的美学风格和给人的审美感受，是尽管口说感伤却'少年不识愁滋味'，依然是一语百媚，轻快甜蜜。永恒的江山、无垠的风月给这些诗人们的，是一种少年式的人生哲理和夹着感伤、怅惘的激励和欢愉。你看，'人生代代无穷已，江月年年只相似。不知江月待何人，但见长江送流水'；你看，'年年岁岁花相似，岁岁年年人不同'；这里似乎有某种奇异的哲理，某种人生的感伤，然而它仍然是那样快慰轻扬、光昌流利……闻一多形容为'神秘'、'迷惘'、'宇宙意识'等等，其实就是说的这种审美心理和艺术境界。"

闻一多、李泽厚等人的分析无疑是深刻的。我想进一步说明的是，既然《春江花月夜》写的是对于青春的觉醒、错愕以及朦朦胧胧的憧憬和悲伤，那么，青春究竟是什么呢？

青春，恰似一朵花开的时间。还没来得及惊艳，依稀梦里，花落已纷纷。法国雕塑家罗丹说："真正的青春，贞洁的妙龄的青春，周身充满了新的血液、

体态轻盈而不可侵犯的青春，这个时期只有几个月。"这是从生理上而言的。从心理上说，也许突然遭受的一次挫折或打击，就会在一刹那间将你整个的青春杀得片甲不留！

美籍德人乌尔曼写过一篇短文《年轻》（也译为《青春》），在这篇文章中，乌尔曼对青春做出了一种完全不同的解释。他说：

年轻，并非人生旅程中的一段时光，也并非粉颊红唇和体魄的矫健，它是心灵中的一种状态，是头脑中的一个意念，是理性思维中的创造潜力，是情感活动中的一股勃勃朝气，是人生春色深处的一缕清新。

年轻，意味着甘愿放弃温馨浪漫的爱情去闯荡生活，意味着超越羞涩、怯懦和欲望的胆识与气质。而60岁的男人可能比20岁的小伙子更多地拥有这种胆识和气质。没有人仅仅因为时光的流逝而变得衰老，只是随着理想的幻灭，人类才出现了老人。

岁月可以在皮肤上留下皱纹，却无法为灵魂刻下一丝痕迹。忧虑、恐惧、缺乏自信才使人伛偻于时间的尘埃之中。

无论是60岁还是16岁，每个人都会被未来所吸引，都会对人生竞争中的欢乐怀着孩子般无穷无尽的渴望。在你我心灵的深处，同样有一个无线电台，只要它一刻不停地从人群中，从无限的时空中接收美好、希望、欢欣、勇气和力量的信息，你我就永远年轻。

一旦这无线电台坍塌，你的心便会被玩世不恭和悲观绝望的寒冰酷雪所覆盖，你便衰老了——即使你只有20岁；但如果这无线电台始终矗立在你的心中，捕捉着每一个乐观向上的电波，你便有希望死于年轻的80岁。

乌尔曼的文章使我们明白了：青春，并非包裹在梦幻般的轻声叹息里的一件空洞无物的华丽外衣；青春，是一部把整个人生都当作史诗来书写的气势恢宏的长篇小说！

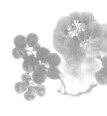

青春离家，叶落归来

回乡偶书 / 贺知章

少小离家老大回，
乡音无改鬓毛衰。
儿童相见不相识，
笑问客从何处来。

我做了一个奇怪的梦。我梦见自己踽踽独行在一片巨大的旷野上。旷野没有尽头，行人稀少。远远的，天空中飘浮着许多白色的云朵。云朵密密麻麻的，大小不一，形态各异，遮盖了整个天空。我是从哪里来的？要到哪里去？我伸出手去，想要抓住一点什么，但我什么也没有抓到。我觉得这云朵像蒲公英的种子，风一吹，就满天飘。我再次伸出手去，想抓一朵看看。我惊呆了。那不是蒲公英的种子，那是流浪的人。他们为什么在这旷野的天空中飘着？他们要到哪里去呢？我努力地想着，但我越想越不明白，仿佛整个脑袋都要炸开了。我挣扎着，醒来了。

我还年轻。我为什么会做这样一个奇怪的梦呢？我想到自己从十几岁开始，就离乡背井外出求学，然后成家、立业，半生的岁月，都在四处漂泊，我的眼泪流下来了。

贺知章，三十七岁中进士，半生宦游，八十六岁才回到故乡。《回乡偶书》这首传诵千古的名篇，不知是否写于贺知章告老还乡之时。如果是写于此时，那真是使人佩服的。因为他应了一位哲人所说的话："我认为，接近死亡的'成熟'阶段非常可爱。越接近死亡，我越觉得，我好像是经历了一段很长的

历程，最后见到了陆地，我乘坐的船就要在我的故乡的港口靠岸了。"《回乡偶书》给人的感觉就是这样。在这首诗里，我们看不见大片大片如树叶一样掉落下来的忧伤，我们看见的是如缎子一样整幅的温柔与平和，是一个甜蜜的圆满的微笑。

自称"四明狂客"的老顽童贺知章是可爱的。他是著名的"饮中八仙"的第一位，这有杜甫的诗为证："知章骑马似乘船，眼花落井水底眠。"骑马似乘船，眼花落井边，可见早已是醉态可掬。最妙的是，这位老兄觉得水里挺舒服，美美地睡了。据说，当年在长安时，贺知章一见到李白就倾心喜欢，惊呼其为"谪仙人"，并热情地邀请他到酒肆饮酒。由于忘带银两，贺知章取下皇帝赐给他的金龟，权充酒资，这就是历史上有名的"金龟换酒"。从这些逸事里，可以隐隐见出贺知章的性格。诗是从性格中来的。没有性格，也就没有诗。我们读贺知章的诗，也不能不注意到他的性格。

《回乡偶书》共两首，上引"少小离家老大回"即其第一首。其二写道："离别家乡岁月多，近来人事半消磨。唯有门前镜湖水，春风不改旧时波。"这两首诗都是从肺腑中流出，典型地概括了"少小离家老大回"的游子的共同感受。然而，乡音不改，鬓发已衰，风景依旧，人事消磨，这些固然都使人感到亲切、体贴，但还不是这首诗最了不起的地方。这首诗最了不起的地方是作者敢于直面人生的尴尬与无奈，从容地写出了那个富有戏剧性的场面：儿童相见不相识，笑问客从何处来。在这里，贺知章以一种自嘲的方式，达到了幽默的最高境界。自嘲，不仅仅是幽默，更有一种伟大的勇气。"儿童相见不相识"，这里的"儿童"一说是指贺知章儿时的伙伴。贺知章少小离家，老大归来，乡音犹在，容颜已改，就连儿时的伙伴也已认不出他来了，竟把他当成了异乡之客。一说是指他的孙儿女或曾孙儿女，或别户人家的小孩子。贺知章长期宦游长安，于八十六岁高龄子然一身还乡，自己的孙儿女或别户人家的小孩子不认识他是很自然的，童言无忌地问一声"客从何处来"，更显辛酸。对于这样一个小小的波澜，贺知章笑了，以一种豁达和幽默的方式。尽管他已从这询问中体悟到了人生的秋凉，但他绝不会像英国诗人托马斯所说的那样："老年应该怒

气冲天，怒斥光明的消逝。"老顽童的性格和做派里没有与时间争衡的懊恼和愤怒，他有的只是一派明净的平和，如水一样明净的平和。他老了，已世事参透，云淡风轻。因此，他选择了以一种伟大和勇敢的方式——自嘲，来化解眼前的尴尬，并借着这幽默，嘲笑了一把人生。真是高人啊——这个可爱的老顽童！

运命惟所遇，循环不可寻

感遇 / 张九龄

江南有丹橘，经冬犹绿林。
岂伊地气暖？本有岁寒心。
可以荐嘉客，奈何阻重深！
运命惟所遇，循环不可寻。
徒言树桃李，此木岂无阴？

屈原的《橘颂》是大家都很熟悉的名篇，其中的名句如"独立不迁，岂不可喜兮？深固难徙，廓其无求兮。苏世独立，横而不流兮"，很多人甚至能够背诵。相比而言，张九龄的这首咏橘诗（《感遇》十二首之七），一般人就比较陌生。我之所以特别喜欢这首诗，是因为诗中的两句话深深地吸引了我："运命惟所遇，循环不可寻。"

《感遇》十二首是张九龄由尚书右丞相被贬荆州长史时所作，这组诗托物言志，自明穷通得失，不变初衷，其境界高出一般怀才不遇、沦落自伤之作，不可以道里计。即以"江南有丹橘"一诗而言，作者极力赞扬丹橘独立不迁的人格，指出：橘林之所以经冬常绿，并不是由于南方气候温暖，而是由于橘的特性不怕风霜。橘产自南方，是上佳贡品，然而却被阻隔在深远隔绝之地。由此，作者感叹道：人的命运也和这佳果一样，佳果品质虽好，却不得其地；人纵有才干，却不得其时。一个人的命运否泰交替，犹如循环，找不出它的道理。

然则，何谓命运？《现代汉语词典》（第5版）的解释是："指生死、贫富和一切遭遇（迷信的人认为是生来注定的）。"这个解释本来很清楚，但是不知为什么偏偏要把最核心的内容放到括号中去。我们经常说"万般皆是命，半点不由人"、"生死有命，富贵在天"，这个"命"就是命运。简单地说，"人一生

的遭遇都是生来注定的",这就是命运。命运,从根本上说是一种世界观。这种世界观,在现在看来,当然不完全是对的。

命运,曾经是一根巨大的绳索,缚住了古往今来无数才智之士追求理想的翅膀;命运,也曾像一个不祥的预言,让无数善良的心灵深感恐惧。然而,勇敢的人类从来就没有完全为命运所左右。可以说,一个人从他生下来的那一刻起,就已经向命运正式宣战了。战争的结果并不重要,重要的是要去战斗,不能屈服。我们也许永远都左右不了命运,但我们也永远不会为命运所左右,这就是意义所在。

从积极的观点看,我们是在与命运的抗争中,迫使命运改变的。《周易》讲"否极泰来",即应作如是观。否是指坏运气,泰是指好运气。一个人的坏运气到了头,只要你一直坚持不放弃抗争,命运也会向你低头,逐渐好转。而好运气到了头,无以复加了,也会变坏。这是上天的平衡法。老子也认为,万物变化所遵循的规律最根本的一条就是"物极必反",所以他说"反者,道之动",又说:"祸兮,福之所倚;福兮,祸之所伏。"三国魏文学家李康《运命论》说:"木秀于林,风必摧之;堆出于岸,流必湍之;行高于人,众必非之。"这就把命运具体运用到世事人情上去了,并且做出了最为精确传神的概括,让人过目难忘。

我认为,西方对命运思考得最为深入的人,是写出过不朽名著《君主论》并因书中"为达目的不择手段"一语而被无数人误解和指责的意大利思想家马基雅维里。在《君主论》一书中,作者专列一章来谈命运,题目是"命运在人世事务上有多大力量和怎样对抗"。他说:"我认为,正确的是:命运是我们半个行动的主宰,但是它留下其余一半或者几乎一半归我们支配。"这仍然是从积极的一面立论的,同时绝不夸大人类自身的力量。因为他知道,人类本身就是一个半成品,一半是魔鬼,一半是天使。

在马基雅维里看来,命运是暴戾的。他说:"我把命运比作我们那些毁灭性的河流之一,当它怒吼的时候,淹没原野,拔树毁屋,把土地搬家;在洪水面前人人奔逃,屈服于它的暴戾之下,毫无能力抗拒它。事情尽管如此,但是我

们不能因此得出结论说：当天气好的时候，人们不能够修筑堤坝与水渠做好防备，使将来水涨的时候，顺河道宣泄，水势不至毫无控制而泛滥成灾。对于命运，情况正复相同。当我们的力量没有做好准备抵抗命运的时候，命运就显出它的威力，它知道哪里还没有修筑水渠或堤坝用来控制它，它就在那里作威作福。"在与命运抗争方面，马基雅维里认为最好的策略是迅猛与强力。他说："迅猛胜于小心谨慎，因为命运之神是一个女子，你想要压倒她，就必须打她，冲击她。人们可以看到，她宁愿让那样行动的人们去征服她，胜过那些冷冰冰地进行工作的人们。因此，正如女子一样，命运常常是青年人的朋友，因为他们在小心谨慎方面较差，但是比较凶猛，而且能够更加大胆地制服她。"

恰如马基雅维里所说："命运是我们半个行动的主宰。"上天是公正而又明智的，它不偏不倚，把一半支配权交给命运，一半交给人类自己。这是上天在洞悉人性的优点和弱点后所做的恰当安排。尽管我们可以按照自己的意志和愿望决定自己的行动，但我们却不可能事事如愿，我们成功的概率最多只有50%。叔本华说："人虽然能够做他所想做的，但不能要他所想要的。"这句话十分深刻。俗话说，一个人的性格，就是他的命运。这一说法，恰如其分地显示了命运的威力。莎士比亚的著名悲剧《哈姆雷特》、《奥瑟罗》等，都是活生生的性格决定命运的好教材。经常思考"生存还是毁灭"这一人生终极问题的忧郁王子哈姆雷特，其典型性格就是迟疑和延宕。因为迟疑和延宕，他对弑父娶母的叔叔、丹麦国王克劳狄斯迟迟下不了手，最终酿成了自身灭亡的悲剧。奥瑟罗深爱着自己的妻子——美丽的苔丝狄蒙娜，但他生性嫉妒和猜疑，因怀疑苔丝狄蒙娜与别人私通，他亲手扼死了自己的妻子。正如马基雅维里所说，当我们的力量（人性的弱点）不足以抵抗命运的时候，命运就在那里作威作福。

但是，命运并没有完全剥夺我们行动的自由，它留下了其余几乎一半归我们支配。这就是说，一个人可以通过后天的种种努力，使自己的天性臻于完美，同时对人性的弱点予以防备和控制，筑牢篱笆和堤坝，这样，命运就对其失去毁灭的能力了。为了成就现世的事功，我们必须摆脱命运的羁绊；而要摆脱命运的羁绊，我们除了提升人类的天性使之日臻完善之外，别无他法。没有事功，

不能成就英雄。而英雄，首先是能够使自己的天性日臻完美之人。英雄所能成就事业的高度，度量着命运为人类所能掌握的最大限度，也度量着人性所能改善的最大尺度！正如袁了凡所说："但惟凡人有数（数，即命运）；极善之人，数固拘他不定。"

此生何所求？更上一层楼

登鹳雀楼／王之涣

白日依山尽，黄河入海流。

欲穷千里目，更上一层楼。

《登鹳雀楼》一诗以区区二十字赚尽盛唐气象。

这二十个字在音律、色彩、动静、义蕴、情思等方面的奇妙组合，完全给人以一种新的艺术享受，代表着一种新的审美方向和美学追求，具有强烈的浪漫主义色彩和个性特色，青春郁勃、生气弥满，雄浑奔放、光彩熠熠，形式规范、高不可及。这就是后人所艳羡的"盛唐之音"。

王之涣之所以能够写出这样大气磅礴而又明亮素朴的作品，一方面固然是由于时代气氛的濡染和激荡，另一方面也还因为他受过极好的训练且具有写作的天才。我真的很怀疑，一切可以称得上是天才的作品，大概都是来自"天授"者多，而借助"人力"者寡。像王之涣的这首《登鹳雀楼》，整首诗浑然一体、匀称自然，这哪里会是刻意写出来的呢？刻意写出来的诗，总会留下一点残缺。

"白日依山尽，黄河入海流。"诗的头两句写鹳雀楼周围的景物，极有层次。诗人在此不用工笔而纯写意象，寥寥十字，气象何其开阔。沈括《梦溪笔谈》记载："鹳雀楼三层，前瞻中条，下瞰大河。"从诗中所描写的景物及《梦溪笔谈》所记载的方位判断，鹳雀楼的地理位置是极佳的。因此，我敢断定，

这座楼的设计者也一定是一位胸中有丘壑的艺术巨匠。王之涣之所以能够写出这首名垂千古的佳作，一半的功劳应该归功于这座楼的设计者。如果没有这位艺术巨匠替他取景，王之涣心中的诗情怎么会在斯时斯楼被逗引出来，并与时代风云和心中哲思偶然遭遇，烧成一片永恒的灿烂呢？

"欲穷千里目，更上一层楼。"最后一句诗写人，而把物和人、景与情连接在一起的是第三句。诗人大概是在傍晚时分登楼，然后从一楼四周慢慢欣赏，又登上二楼观赏夕照辉映下的黄河滚滚远去。在二楼上，诗人的目光一直紧紧地追随着一个目标，由近及远。也正因此，诗人浑然不觉时间的匆匆流逝。夕阳渐渐西沉，那个目标越来越模糊了，越来越遥远了，诗人感觉到自己的目力无法穷尽了。诗人畅享着这美丽瞬间，余兴未尽。于是他才急切地想要登上三楼去，好继续享受这场美的盛筵。登上三楼后又怎样呢？诗人没有说，也不必说。但是，那无穷无尽的憧憬和想象，那无穷无尽的可能性和人生境界，都在这一句"更上一层楼"当中了。

我细味"更上一层楼"这句诗，感觉它像一泓深潭，明亮清澈而又深不可测。

一则，"更上一层楼"的目标所向，不在于和他人竞争，而在于同自己较量。二则，"更上一层楼"的衡量尺度，不是世俗的标准，而是心灵的尺度。三则，"更上一层楼"的终极意义不在于得到，而在于享受攀登的乐趣。在现实生活中，如果我们善用心灵的力量，而又谨慎地避开无益的诱惑，那么，我们的人生就会时时呈现"更上一层楼"的新美图画。

人生恰如登楼。人生之楼，无形而常在。斯楼也，高百尺而无止境，有境界之分而无高低之别。虽然捷足者自谓先登，才高者觉其已至，然终其一生，人人皆在攀登之中。

人生的攀登历程，大致可以分为三个阶段：懵懂阶段、愤激阶段和成熟阶段。

第一个阶段是懵懂阶段，这是一个人从出生到懂事的阶段。这个阶段，也

就是孔子所说"吾十有五而志于学"的阶段。这个阶段的特征，可以用宋代禅宗大师青原行思的参禅第一重境界来概括，即看山是山，看水是水。童稚之时，世上一切事物对于我们来说都是新鲜的，眼睛看见什么就是什么。此时，我们对许多事情懵懵懂懂，却固执地相信自己所见到的就是一切。这个阶段是美好的。冯友兰把这个阶段称为自然境界，就像小孩子和原始人那样，对任何事并无觉解，或不甚觉解。

第二个阶段是愤激阶段，这是一个人从懂事开始，投身茫茫人海努力奋斗，但又没有完全达到目标或者没有完全理解人生的阶段。这个阶段大致相当于孔子所说"三十而立"、"四十而不惑"这样一个时期。这个阶段的特征可以用参禅第二重境界来概括，即看山不是山，看水不是水。年龄渐长，阅历渐多，对社会、人生、世界有所认识，但尚显青涩。此一阶段，我们往往处处碰壁，愤激满怀，彷徨挣扎，身不由己。但这个阶段却是人生最重要的一个阶段，不成熟中已经孕育着成熟的种子。冯友兰所说的"功利境界"（为自己做事）和"道德境界"（为社会做事）大概都应归在这一时期。但冯友兰的人生四境界并不是一个随年龄增长而逐渐上升的过程，他是平列的四个不同层次。即便我在这里划分的人生三个阶段，也是不可以完全以年龄来区分的。

第三个阶段是成熟阶段，这是茅塞大开、世事看透、内心平静的时期。这个时期大致相当于孔子所说"五十而知天命"、"六十而耳顺"直至"七十而从心所欲，不逾矩"这个时期，其间分了三个层次。这个阶段的特征可以用参禅第三重境界来概括，即看山还是山，看水还是水。只是这山这水，看在眼里，已有另一种内涵罢了。冯友兰所说的"天地境界"庶几相当于这个阶段。

何谓成熟？余秋雨在《苏东坡突围》一文中说："成熟是一种明亮而不刺眼的光辉，一种圆润而不腻耳的音响，一种不再需要对别人察言观色的从容，一种终于停止向周围申诉求告的大气，一种不理会哄闹的微笑，一种洗刷了偏激的淡漠，一种无须声张的厚实，一种并不陡峭的高度。"人生的终极目的，是不是也在于追求这一份心灵的成熟状态呢？一个人一旦慬悟到这种状态，他大概离"更上一层楼"的境界也就不远了吧。

　　人生的每一个阶段、每一种境界、每一个层次，都是人生攀登历程中不可缺少的一环。而我们对于每一个阶段、每一种境界、每一个层次的透彻认识和勇敢超越，就是我们攀登的意义所在。

吾爱孟夫子

留别王维／孟浩然

寂寂竟何待，朝朝空自归。

欲寻芳草去，惜与故人违。

当路谁相假？知音世所稀！

只应守索寞，还掩故园扉。

在群星璀璨的唐代诗国中，如果要给诗人们排座次的话，孟浩然绝对可以进入前十名。这有武汉大学王兆鹏教授的研究成果为证。王教授用定量分析的方法，通过对历代唐诗选本、评点资料和研究论文等数万个数据进行统计分析，得出了唐诗一百首名篇的排行榜。随后，根据各位诗人创作名篇的多少，王教授又研究确定了唐代十大诗人的排名：杜甫第一，李白第二，王维第三；接下来依次是李商隐、杜牧、王昌龄、孟浩然、刘禹锡、白居易和岑参。在这个学术版唐代诗人排行榜中，孟浩然位居第七。

古语云：文无第一，武无第二。各人的性格、喜好、学养、鉴赏能力等各不相同，因此，要想取得对唐代诗人排名完全一致的意见，绝无可能。但从艺术的角度看，我一向认为，凡有所好，皆自性格中来。性情相近，妙赏独多。因此，纯粹从个人喜好的角度出发，自个儿在心里替唐代诗人排个先后，应该说还是遵循诗歌艺术创作的一般规律的，用学术的眼光看，这也可以认为是一种文艺批评。

以下是我排定的唐代诗人座次表，或者说民间版唐代诗人排行榜：李白第一，杜甫第二，李商隐第三，王维第四，白居易第五，杜牧第六。上述6人，无疑是唐代诗国里最耀眼的明星，代表着唐代诗歌的最高成就。他们是诗人中

的诗人，是把自己的生命全部交给了诗的诗人，民间分别为他们上尊号如下：李白"诗仙"，杜甫"诗圣"，李商隐"诗神"，王维"诗佛"，白居易"诗魔"，杜牧"诗逸"。"诗神"的尊号是我替李商隐加上去的，大概能够代表大多数人的看法。西方传说中的诗神缪斯是一位女性，中国虽然没有这样美丽的传说，但让李商隐这位深于情、也善于以诗言情的诗人来当诗神，怕也是说得过去的。再者，以李商隐的诗风而论，迷离恍惚，情思百结，缠绕于心，仿佛三日不可解者，大概也真有点"神"。"诗逸"的尊号也是我替杜牧加上去的。"诗逸"的意思，一方面是指杜牧的诗歌超越凡俗、高不可及，另一方面也指杜牧的私生活放荡、个性风流潇洒。以上 6 人之外，其他人大概都要降一等，只宜简明扼要地称之为诗"人"了。

让我们另起一行，排定稍次一点的诗人，他们是（依时间顺序排列）：王勃、孟浩然、王昌龄、王之涣、崔颢、高适、岑参、韦应物、张继、刘禹锡、李贺、元稹，共 12 人，大致可以居于第二层次。这些诗人，即使放在整个中国诗歌史上来考量，也是一流的诗人。再其次，其作品可以入选《唐诗三百首》的，属于第三层次；可以入选《全唐诗》的，属于第四层次。说到这里，也许有人会问，你是不是把唐代两大文豪韩愈和柳宗元给忘了？我没有忘。那你准备把他们排在哪里呢？这的确让我为难。韩、柳虽不以诗名家，但其佳什，的确够得上一流水平。在"唐宋八大家"中，韩愈赫然居首，柳宗元其次。难道你能将唐代古文运动的这两员主将范铸在诗国里与李、杜一较短长吗？或者换句话说，你能够将李、杜的诗歌单项成绩与韩、柳多方面的文学造诣放在一起比个高下吗？我的办法是，另起一行，"上帝的归上帝，恺撒的归恺撒"。

孟浩然是我喜爱的诗人，他的诗，我尤喜读。开元十七年（729 年）春，孟浩然于不惑之年第一次赴长安应试，没有考中。在他滞留京师期间，他曾想走献赋上书的路子求得汲引，登入龙门。因此，他与王维往来频繁，希望得到帮助。但王维此时已经弃官，无力帮助他。是年冬，孟浩然在极度失望中打算还乡，行前写了这首诗留别王维。

　　诗的大意是说，自从落第之后，我就在投谒无门、寂寥孤独中打发日子。我已心灰意冷，打算归去，但我依然留恋故人。朝中的当权者有谁能够欣赏我、任用我呢？世上的知音本来就少。我已经下定决心，后半辈子要坚守寂寞，归隐故园，从此绝了那仕途经济的心。

　　面对世态炎凉，诗人的笔触饱含感情，细细咀嚼着心中的隐隐悲酸，越咀嚼越是痛彻肺腑。辛酸的诗行一旦从诗人的肺腑中汩汩涌出，那是特别使人感觉沉痛的。阮籍的"穷途之哭"，杜甫的山河破碎之泪，李商隐的迷离惝恍之思，哪一个音符不是从诗人的肺腑中涌出？他们因残酷的现实而痛苦，因痛苦而思考，因思考而发为歌吟。诗，是他们存贮泪水的容器，是他们锁闭秘密的木匣，是他们镌刻记忆的雕刀。千百年后，我们打开这个容器，解读这个木匣，研究这把雕刀，寻绎着感情的丝缕，直至我们的心与诗人的心，怦然相遇。我们就这样读懂了诗人，同时也以诗人之情思滋润了自己干涸的心灵。

　　诗有多种，诗人亦有多种。真正的诗人，是把命运完全交付出去的那一种，比如屈原、司马迁、李白、杜甫、苏轼、曹雪芹等人。真正的诗或者真正的文学，是以真善美为武器，刺痛我们的灵魂并给我们的灵魂以拯救的作品。它在我们的内心深处积聚和引爆一场感情涅槃，从而使旧我死去、新我诞生。但忧伤的情绪，或者说消极的心态，却是一种潮湿的空气，它使我们的心灵因不堪负累而朝下坠落。它像瘟疫一样，能够迅速传染，使我们的心灵失去免疫力。因此，忧伤或者愤激本身并不是诗，能够把忧伤或愤激融化的东西，才是诗。

　　"当路谁相假？知音世所稀！"这是愤激之词，更是辛酸之语。尽管我没有办法使诗人不愤激、不辛酸，但是我恨，恨极了诗人的脆弱，恨极了书生的无用。清人黄景仁说："十有九人堪白眼，百无一用是书生。"这话说得够透彻的了。但是我恨，恨极了诗人。在这恨之中，我的心隐隐感到疼痛。诗人，让我们看到了人性中的苍白与脆弱，并且把这些人生无价值的东西展览给人看！他们（其实也是我们），为什么没有勇气改变呢？为什么没有勇气去发掘和确证自己的价值呢？文人就一定要走仕途经济的路吗？古往今来，又有几个文人曾经飞黄腾达、平步青云？杜甫叹道："纨绔不饿死，儒冠多误身。"究竟是缪斯

女神错误地选择了他们，还是他们自己走错了道路？我多想起古人于地下，向他们追问缘由。我多想告诉他们：只要稍稍改变一下自己的态度和想法，就可以改写自己的人生。

世上最近的道路，不是直直地走去，而是当你面对高山阻隔或者深谷切割时，你能够从容而又谨慎地选择迂回的道路，并向着既定的目标前进，不达目的誓不罢休。从这个意义上说，孟浩然的选择归隐田园，真的是一个明智的选择。但他选择这一道路，却是经历了一番痛苦的，否则他也不会在诗中愤激地低吟那"当路谁相假，知音世所稀"的句子了。多年后，孟浩然当初所作的这个抉择，却让大诗人李白羡慕得不得了，以致忘情地歌颂道："吾爱孟夫子，风流天下闻。红颜弃轩冕，白首卧松云。醉月频中圣，迷花不事君。高山安可仰，徒此揖清芬。"

"黄河之水天上来，奔流到海不复回。"横贯中国北方大地的黄河，纵横五千四百多公里，最终奔向大海。伟大的黄河一旦选定目标，就只顾向前流去，遇山改道，随物赋形。哪怕在河套地区一折再折，曲曲弯弯，但它最终的目标仍是滔滔大海。

海上没有一条笔直的航线，陆地上没有一条不拐弯的路，人生，也没有一条直达目标的金光大道。航线上遇到暗礁或者岛屿，必须绕过去；修路时遇到巨津大泽，也没有必要去搬山填湖；人生遇到挫折，更没有必要牢骚满腹，一条道走到黑。迂回一下，绕过去，往往可以柳暗花明又一村。

迂回并非倒退，而是前进中的必要过程和手段。适当的迂回，能够使你更好、更快地前进。在人生之路上，迂回的方法是多种多样的。遇到困惑和逆境时，不妨去寻觅老者、智者指点迷津，不妨去做做先前想做而没有顾得上做的事。只要你永远保持心中的激情，努力去开辟人生的新境，生活必将给予你丰穰的回报。

说说柳永吧。这位仁兄是宋代词坛一大家，他的才华让我肃然起敬，他对于人生的态度更是让我佩服得五体投地。柳永很早就以写作世俗喜爱的风流曲

调闻名，他曾写过一首《鹤冲天》，全词如下：

> 黄金榜上。偶失龙头望。明代暂遗贤，如何向。未遂风云便，争不恣狂荡。何需论得丧。才子词人，自是白衣卿相。
>
> 烟花巷陌，依约丹青屏障。幸有意中人，堪寻访。且恁偎红翠，风流事、平生畅。青春都一晌。忍把浮名，换了浅斟低唱。

据说柳永考进士时，宋仁宗硬是把他的名字给勾掉了，说："且去浅斟低唱，何要浮名？"这位仁兄倒也潇洒，索性自称"奉旨填词"，专写歌词去了。这位仁兄真是冰雪聪明啊，反正没穿鞋不怕湿脚。他背上诗囊和画笔，从此混迹于市井与青楼，专为歌儿舞女写作歌词，以至"凡有井水饮处，皆可歌柳词"。这位性情中人潇洒得真有点不可救药，相传他死在僧舍，是一群歌伎集资埋葬了他的尸骨。这也是人生，我所欣赏的一种人生。正如他自己所说："才子词人，自是白衣卿相。"何必紫袍玉带、执笏行礼，才是真的人生?!

孤云高

送陈章甫／李颀

四月南风大麦黄，枣花未落桐叶长。青山朝别暮还见，嘶马出门思旧乡。陈侯立身何坦荡，虬须虎眉仍大颡。腹中贮书一万卷，不肯低头在草莽。东门酤酒饮我曹，心轻万事如鸿毛。醉卧不知白日暮，有时空望孤云高。长河浪头连天黑，津吏停舟渡不得。郑国游人未及家，洛阳行子空叹息。闻道故林相识多，罢官昨日今如何？

　　《送陈章甫》一诗是入选了《唐诗三百首》的。能够入选《唐诗三百首》的诗，可见是浅显易懂、脍炙人口的。

　　作者李颀，河北赵县人。"燕赵古称多慷慨悲歌之士"，在李颀身上，也有燕赵之士的这种风骨。他任侠好道术，交游甚广。曾任新乡尉，长期未得升迁，遂弃官归隐。作品多古诗，尤擅七言歌行，风格豪放洒脱，线条鲜明。

　　李颀有不少富有特色的人物素描诗，比如《别梁锽》：

梁生倜傥心不羁，途穷气盖长安儿。

回头转盼似雕鹗，有志飞鸣人岂知！

虽云四十无禄位，曾与大军掌书记。

抗辞请刃诛部曲，作色论兵犯二帅。

一言不合龙额侯，击剑拂衣从此弃。

朝朝饮酒黄公垆，脱帽露顶争叫呼。

庭中犊鼻昔尝挂，怀里琅玕今在无？

世人见子多落魄，共笑狂歌非远图。

忽然遣跃紫骝马，还是昂藏一丈夫。

......

　　这首送别诗主要不是抒写离情别绪，而是着重为梁锽这一人物写照。诗一开始就突出梁锽穷途落拓、雄迈不群的气概，然后层层深入地加以刻画、渲染，使得这一人物的形象和他的内心世界浮雕似的跃然纸上，鲜明而又生动。在美学风格上，这首诗给人的突出印象不是优美而是崇高。

　　又如《送陈章甫》一诗，从"陈侯立身何坦荡"到"有时空望孤云高"，寥寥八句，五十六个字，就传神地刻画出了陈章甫魁奇的相貌和坦荡不羁的性格。特别是"有时空望孤云高"一句，写其空怀大志而不遇于时的孤高心境，"飞流直下三千尺"地打动了我，让我惊喜莫名。一首诗里能够有一句这样的句子，已经是好诗了。李颀的诗，是通篇皆好，排山倒海而来，颇有点韩愈所说"气盛言宜"的味道。

　　我喜欢读李颀的诗，我也喜欢读海子的诗《面朝大海，春暖花开》。我觉得他们的心是相通的。

　　　　从今天起，做一个幸福的人
　　　　喂马、劈柴，周游世界
　　　　从明天起，关心粮食和蔬菜
　　　　我有一所房子，面朝大海，春暖花开

　　　　从明天起，和每一个亲人通信
　　　　告诉他们我的幸福
　　　　那幸福的闪电告诉我的
　　　　我将告诉每一个人

　　　　给每一条河每一座山起一个温暖的名字
　　　　陌生人，我也为你祝福

愿你有一个灿烂的前程

愿你有情人终成眷属

愿你在尘世获得幸福

我只愿面朝大海，春暖花开

我觉得，诗人海子、李颀，还有陈章甫等人，是一群仰望天空的人。他们之所以仰望天空，并且因仰望而感到痛苦（"有时空望孤云高"），恰恰是因为他们心中装有整个世界，恰恰是因为他们心轻万事如鸿毛，恰恰是因为他们不肯低头在草莽。

正因为他们心中装有整个世界，他们才会把个人得失看得比鸿毛还轻；正因为他们心中装有整个世界，他们才会深入地思考人类的幸福；正因为他们心中装有整个世界，他们才会使自己的心灵面朝大海，春暖花开。

胸阔千愁似粟粒，心轻万事如鸿毛。这是怎样敞亮开阔的一种幸福和快乐啊！

古人云：大事小事看担当，顺境逆境看襟度，临喜临怒看涵养，群行群止看识见。陈章甫心轻万事，不以罢官为意，这种不以物喜、不以己悲的胸怀，岂非担当和襟度？立身坦荡，腹藏诗书，虽然还没有得到表现的机会，却万万不肯埋没草莽，这种自信和真诚，岂非涵养和识见？李颀为我们树立起来的陈侯这一巨大精神偶像，值得我们一读再读！

勇敢的心

话说开元年间，王昌龄、高适、王之涣三人共诣旗亭，贳酒小饮。这时忽然有梨园掌管乐曲的官员率十余子弟登楼宴饮。三位诗人回避，拥炉火以观。一会儿，又有四位漂亮而妖媚的梨园女子，珠裹玉饰，摇曳生姿，登上楼来。随即乐曲奏起，演奏的都是当时有名的曲子。因此他们三人预先约定："我辈各擅诗名，每不自定其甲乙。今者，可以密观诸伶所讴，若诗人歌词之多者，则为优矣。"不一会，一个女伶唱道："寒雨连江夜入吴，平明送客楚山孤。洛阳亲友如相问，一片冰心在玉壶。"王昌龄哈哈大笑，用手往墙壁上一画，豪迈地说："一首了。"接着，又一个女伶唱道："开箧泪沾臆，见君前日书。夜台何寂寞，犹是子云居。"高适听了，连忙也用手往墙壁上画一下，谦虚地说："我也是一首。"接着，又一个女伶唱道："奉帚平明金殿开，暂将团扇共徘徊。玉颜不及寒鸦色，犹带昭阳日影来。"王昌龄赶紧又画一下，说："两首了。"这时，一旁的王之涣坐不住了，站起来，气壮山河地夸下海口："刚才那几个女子都是通俗唱法，何谈高雅？你们给我看好了，那个长得最漂亮的女子，如果她唱的不是我的诗，我就甘拜下风，终生不与二位平起平坐，一较高下。"王之涣话音未落，正好轮到那个梳着双鬟的女子唱。但见她开口唱道："黄河远上白云间，一片孤城万仞山。羌笛何须怨杨柳，春风不度玉门关。"王之涣大笑，曰：

"田舍奴！我岂妄哉？"这就是唐诗史上著名的"旗亭画壁"的故事，也可以说是三位盛唐诗人的"赛诗会"。从这个故事里，可以见出，唐代的诗歌是可以配乐歌唱的，而且王昌龄、王之涣等大诗人的诗在当时就受到了人们的高度喜爱。

我也特别喜欢王昌龄的诗，心悦诚服的那种喜欢。他有两顶桂冠，特别使当时的诗人艳羡，也特别使后世的粉丝理直气壮。一顶是"诗家天子王江宁"，一顶是"七绝圣手"。明代王世贞认为，盛唐七绝，只有他可以和李白争胜。这个评价，盖了帽了。读过他的诗的人都有一个共同感受，那就是，王昌龄的诗语言精美，情致丰厚，意象浑深，诗味隽永。流传下来的作品，以边塞、宫怨、闺情、送别之作为多，艺术造诣也最高，几乎篇篇都是精品。

王昌龄的边塞诗有很高的艺术概括力，其着眼点往往不在具体的战事，而是把边塞战争作为一种历史现象，在各个视角上进行深入的思考。《从军行》一诗正是如此。关于这首诗的主题，也就是隐藏在诗句背后的占主导地位的思想感情是什么，后世诗评家主要有两种看法。一种是"悲苦"说，即"悲从军之多苦"。一种是"慷慨"说，即表现了战士们为保卫祖国矢志不渝的崇高精神。毛泽东是主张"慷慨"说的。

1958年2月3日，毛泽东因担心女儿李讷的病情，给她写了一封充满亲情的信，信中说：一个人害病严重时，往往心旌摇摇，悲观袭来，信心动荡。这是意志不坚决，我也常常如此。病情好转，心情也好转，世界观也改观了，豁然开朗。意志可以克服病情，一定要锻炼意志。毛泽东还在信中凭记忆抄录了王昌龄的这首《从军行》，然后说："这里有意志。知道吗？"毛泽东真是慧眼独具，仅用"这里有意志"五个字，就把这首诗的根本点一语道破了。没有意志，哪来什么慷慨和豪迈呢？毛泽东之于王昌龄，虽然"异代不同时"，却是"心有戚戚焉"。

"青海长云暗雪山，孤城遥望玉门关。"寥寥数字，就把边塞的恶劣环境，以及在雪山长云、海天无际中独立雄关的将士形象鲜明地刻画出来了。"黄沙百战穿金甲"一句，写尽战斗的惨烈。在如此恶劣的环境、如此惨烈的战斗中，

将士们心中想的是什么呢？是悲苦、是退却、是愤激？不！是跃马沙场，荡平敌寇，不斩楼兰誓不还的钢铁意志和豪迈心情。

我们读这首诗，欣赏这首诗，就是要从这首诗里读出人生的豪迈，读出意志的力量！

在现实生活中，当我们面临这样那样的诱惑时，当我们处于人生的低谷时，我们尤其需要这种意志的鼓舞，尤其需要这种勇往直前的豪迈精神。

一个想要成就大事业的人，必须具备强大的意志力。但是，很多时候，今人的意志力并不比古人更强一点，男人的意志力也并不比女人更强一点。

项羽号称西楚霸王，论其勇猛与武力，"力拔山兮气盖世"，是大英雄。但论其意志与情感，却极其脆弱，不堪一击。楚汉相争打到最后，刘邦和项羽在垓下决战。在四面楚歌的情形下，项羽以为汉军已经尽得楚地，于是慷慨悲歌，上演了一出感天动地的"霸王别姬"故事。在虞姬心中，项羽自始至终是一位侠骨柔肠、顶天立地的男子汉、大英雄。项羽用自己的柔情，成就了虞姬的爱情。但爱江山的男人则一定不能如此。

项羽性格当中所固有的优柔寡断的气质和他那极其脆弱的意志力量，决定了他必然是一个悲剧的英雄。项羽的那一句"无颜见江东父老"，就是他作为大"英雄"的最后一句经典台词。尽管语言如何豪迈，表演如何悲壮，那骨子里却仍然是脆弱，脆弱，脆弱。

可惜的是，项羽的英雄形象及其经典名言却一次又一次地被后人误读了。李清照写过一首很著名的诗："生当作人杰，死亦为鬼雄。至今思项羽，不肯过江东。"李清照是赞颂项羽的，可惜她颂错了。也许李清照心中所理解的豪杰，也还只是语言上的慷慨、表演上的悲壮，而不是内在的坚强与钢铁的意志。唐代的杜牧也写过一首《题乌江亭》的诗："胜败兵家事不期，包羞忍耻是男儿。江东子弟多才俊，卷土重来未可知。"这首诗正确地指出，一个人能否"包羞忍耻"、意志坚强，像韩信一样忍受胯下之辱，像范叔一样忍受贫穷，恰恰是判定一位大英雄的尺度。但杜牧对项羽本人内在气质与性格特征的解读，却差不多是在闭上眼睛说梦话。包羞忍耻，卷土重来，如果这事换了刘邦，也许有可

能，如果是项羽，那就是痴人说梦。

每个人都会死去，但不是每个人都曾经真正活过。我们真正需要的，是一颗勇敢的心。

傅雷先生在《约翰·克里斯朵夫》一书的《译者献辞》里说："真正的光明决不是永没有黑暗的时间，只是永不被黑暗所掩蔽罢了。真正的英雄决不是永没有卑下的情操，只是永不被卑下的情操所屈服罢了。所以在你要战胜外来的敌人之前，先得战胜你内在的敌人；你不必害怕沉沦堕落，只消你能不断的自拔与更新。"这些话说得多好啊！我们用这些话来解读一千三百多年前王昌龄的这首诗，真是再恰当不过了。

当年的戍边将士如果不能够在内心先战胜自己，他们能够战胜强大的敌人吗？因此，我们也可以这样理解，当他们立下"不斩楼兰终不还"的誓言时，难道不正是战胜敌人的先兆吗？王昌龄的伟大，就在于他把这层没有说出来的意思，用精美的诗歌语言深深地刻在读者的脑海中了。

《从军行》是一首英雄主义的颂歌，是一首意志的颂歌。一千三百多年以后，我们再读此诗，如果不能透过尘封的历史理解到这层意思，那真是白费了王昌龄的一片苦心了。试问，一个没有意志力的人，一个没有一点英雄主义精神的人，他又能够有什么建树呢？

黑色的闺怨

闺怨 / 王昌龄
闺中少妇不知愁，
春日凝妆上翠楼。
忽见陌头杨柳色，
悔教夫婿觅封侯。

王昌龄也许是唐代最能理解女性的诗人之一。他写得最好的、最得心应手的作品就是宫怨、闺情等女性题材的诗。

在唐代，以闺怨为题材的诗主要是两个内容：一是思念征夫，二是怨恨商人。前者可以王昌龄的《闺怨》为代表，后者可以李益的《江南曲》为代表。李益的《江南曲》写道："嫁得瞿塘贾，朝朝误妾期。早知潮有信，嫁与弄潮儿。"诗以一个商人妻子的口吻，写出由于商人重利轻别离，造成少妇空闺独守、孤单寂寞的可悲命运。这首诗的伟大和感人之处在于后面两句，它以少妇异想天开的痴语，真实、直率地表达了少妇内心的苦闷以及对幸福生活的热烈向往，透射出人道主义的光辉！

如果说《江南曲》的成功主要在于构思奇特、形象鲜明，那么，《闺怨》的胜场则主要在于情景交融、刻画细腻。如果说《江南曲》中的少妇比较大胆、热烈、直率，宛如小家碧玉，辣得可爱。那么，《闺怨》中的少妇则显得大度、庄重、含蓄，仿佛大家闺秀，藏得有理。且看原诗：

开门见山就是一句"闺中少妇不知愁"，这实在让人惊诧！丈夫远征戍边，少妇空闺独守，照理应该有愁。那么少妇为什么不愁呢？一则因为女主人正当青春年少，且性格开朗，那点隐秘的忧愁大概深深地藏在心底，不会轻易流露

出来的吧。二则女主人出身名门，家境优裕，在唐代崇尚男儿立功边塞、觅取封侯的时代风气影响下，她大概还在做着瑰丽的贵夫人梦呢。

"春日凝妆上翠楼"是一个传神的细节，为后面少妇内心巨大的情感波澜埋下了伏笔。一个春天的早晨，女主人经过一番精心的打扮，登上自家的翠楼，随意地观赏春色。整个大地处处洋溢着明朗、温煦、欢乐的青春色彩。她看见了什么呢？

"忽见陌头杨柳色。"路边的杨柳已经返青，又是一个春天来到了！女主人的情绪一下子兴奋起来，简直要欢呼雀跃。啊，春天！多么美好的季节。去年此时，我就是在这里折柳送别夫君的啊，"功名只向马上取，真是英雄一丈夫"。可是，眼前呢？丈夫迟迟不归，楼上佳人是多么孤寂，眼见花自飘零水自流，偏偏又春色明媚如许，真恼煞人也！难道青春就这样白白虚度？

"悔教夫婿觅封侯。"啊，我的心乱了。我究竟是怎么了，面对无边春色，是什么在拨动着我浓情的心？气宇轩昂的大丈夫，我的夫君，我真后悔啊，要你去边疆立什么功，封什么侯。人生能有几度春色，白白地错过了这美丽季节啊！

一忽儿是满心欢喜，开朗活泼，一忽儿却是满腔幽怨，无限烦恼，这变化发生得如此迅速而突然，既无法把捉，也难以理解。但这却是全部的真实。

绚烂的春色不经意间撩拨了少妇心中瑰丽的梦幻，但转瞬间就被黑色的闺怨席卷而去了。是的，闺怨是黑色的。只有黑色，才足以说明少妇之怨的深度和浓度。也只有这黯然无光、深不可测的黑色，才足以象征少妇心中巨大的失望和悔恨。然而，这浓墨重彩的黑色，却是深深地埋藏在少妇心中的。不仅我们看不见，即便诗人，也是以彩色的笔调在着意掩盖呢。也许，艺术的规律就是这样，欲扬先抑，欲盖弥彰。

"女人一辈子讲的是男人，念的是男人，怨的是男人，永远永远。"古往今来，莫不如此，尤其是那些痴情的女子。在现实生活里，她们不能诉说，只能承受。幸而，有了诗人的那支笔。让她们的怨痛尽情地流泻在文字里。菩萨蛮、好事近、长相思、如梦令、念奴娇、玉楼春……春愁春情，满纸氤氲。闺怨，是历史画卷上抹不去，化不开，最打眼，最惊心的一片黑。

路路通

终南别业 / 王维

中岁颇好道，晚家南山陲。
兴来每独往，胜事空自知。
行到水穷处，坐看云起时。
偶然值林叟，谈笑无还期。

在中国文化史上，王维称得上是一个全面的典型。他精通音律，善弹琵琶，早年曾经做过大乐丞。他是书法家，兼擅草、隶各体。他还是一个大画家，被后人推许为南宗画派之祖。他自己曾自负地说："宿世谬词客，前身应画师。"王维还是一个虔诚的佛教徒，王维字摩诘，其名与字都取自佛教经典《维摩诘经》。

王维的文学创作就是建立在这样全面的艺术修养之上的，因而取得了很高的成就。王维在诗歌艺术上的独特造诣，主要在描绘自然景物方面。他与孟浩然等人一起，开创了一个以清淡雅秀为特点的绵延千年之久的诗歌流派——山水诗派，被誉为"诗佛"和"天下文宗"（唐代宗语）。他善于运用自然而又精炼、准确而又富于生气的语言，塑造出完美鲜明的形象。苏轼说："味摩诘之画，画中有诗；味摩诘之诗，诗中有画。"他就是这样一个纯净朴素的歌手，一切自然景物到了他的手里，都被他调配得那样雍容静穆，和谐完美，仿佛一切本来都是那个样子的，没有一点瑕疵。在诗情和画意的互相渗透和生发中，中国古典诗歌的抒情性、音乐性以及独特的意象之美、意境之美都被推到了一个新的高度。

《终南别业》是一首看起来很平常也很安静的诗。但就是这样一首很平常、

很安静的诗，你静下心来细细地读它，你会感觉它很有生气，很有力量，有一种接天连地、贯通宇宙的元气之美。"行到水穷处，坐看云起时。"那个"水穷处"，通往那个"云起时"，贯穿着宇宙生生不息的气脉。在俗人眼里，"行到水穷处"算是山穷水尽、无路可走了。但在王维看来，天与地是没有界限的，物与我也是没有距离的，它们都是生生不息、气脉贯通的，了无窒碍。因此，当他"行到水穷处"时，他不仅可以从容地"坐看云起"，而且偶然碰到一个伐薪的樵夫，他就高兴得要命，"谈笑无还期"。你看他心里是多么敞亮！

佛教认为，无明是烦恼的根源。什么是无明呢？无明就好像一个气球，充满了空气。打开看，什么也没有。其实，气球里面的空气和气球外面的空气完全一样，只是心有执着，用一个自私的我为范围把它聚集起来，就有了无明的力量。当我们执着于好、坏、你、我之时，无明就好像空气在气球里面一样。当我们放下执着时，便像气球的橡皮消失了，空气也在空间消失了，无明就没有了。

行到水穷处，坐看云起时。有些时候，我们对于爱情、事业和人生太执着了，想不开，放不下，这时我们心中就会不知不觉地升起一股无明的力量。此时，我们反观世事，会猛然感到，起初我们勇往直前，义无返顾，走到最后竟是一条"绝"路。此时，一种山穷水尽、悲哀失落的情绪袭上心来。怎么办呢？放下还是执着？王维告诉我们，那个"水穷处"，正通往那个"云起时"。只要我们轻轻地抹去心中的无明，人生又是一片新天地。

其实，人生并没有什么过不去的火焰山。所谓人生的绝境，多半是你自个儿执迷不悟的结果。鲁迅先生不是说过吗？"绝望之为虚妄，正与希望相同。"

面对人生的"绝"境，当有坐看云起的胸怀。静静地坐下来，把心中一切得失全部放下，让心灵活泼泼地跳动，你就会体会到，天地本是没有界限的，物我也是没有距离的，那个"水穷处"，正通往那个"云起时"。

可叹阮籍猖狂，常常率意独驾，不由径路，车迹所穷，辄恸哭而返。难道真的是无路可走了吗？谁叫他往一个方向走的？陆游说："山重水复疑无路，柳暗花明又一村。"他是洒脱的，也是智慧的。

　　心里有路，世上就有路。心路通了，世路也就通了。我曾经在云南密支那买过一块玉。椭圆形的玉石，晶莹剔透，两边相通，叫路路通。路路通的中心是空的，佩戴的时候用细绳穿过空洞戴于颈上，可以随着人的运动不停转动，象征着人生的道路永远畅通无阻。我非常喜欢这块玉，常常戴在身上。

迷失的意义

蓝田山石门精舍 / 王维

蓝田山石门精舍 / 王维
落日山水好，漾舟信归风。玩
奇不觉远，因以缘源穷。遥爱
云木秀，初疑路不同。安知清
流转，偶与前山通。舍舟理轻
策，果然惬所适。暝宿长林
人，逍遥苒松柏。朝梵林未
曙，夜禅山更寂。道心及牧
童，世事问樵客。暝宿长林
下，焚香卧瑶席。洞芳袭人
衣，山月映石壁。再寻畏迷
途，明发更登历。笑谢桃源
人，花红复来觌。

　　王维的这首《蓝田山石门精舍》，最精彩的是下面四句："遥爱云木秀，初疑路不同；安知清流转，偶与前山通。"这种山回路转、豁然开朗的景象，给人的印象极为深刻。然而，即便是这样清新的四句诗，却又远远不及陆游的两句诗："山重水复疑无路，柳暗花明又一村。"

　　在陆游存留下来的一万余首诗歌里，这两句诗犹如一粒金子，散发着永恒的光辉。

　　一重重山，一道道水，循环往复，如入迷阵。

　　难道真的无路可行了吗？

　　心灰意冷间，忽见柳色深绿，花光红艳，一条弯弯曲曲的小径，慢慢地向前延伸，一个村庄居然展现在了眼前。

　　豁然开朗。

　　就像宝黛初会，宝玉心中的一句"咦，好像在哪里见过了？"此情此景，我们又何尝没有遇见过？只是少了诗人们的锦心绣口。

　　"山重水复疑无路，柳暗花明又一村。"人生的情境，何尝不是如此？

　　但丁说："在人生的中途,我发现我已经迷失了正路,走进了一座幽暗的森林。"最终,但丁在维吉尔和贝雅特丽齐的引导和帮助下,经历地狱和炼狱,到达天堂。

　　一个圣徒,苦苦寻求通往天国的道路,经过了灰心沼,遇到了世故老人,穿过了窄门,带着沉重的十字架,翻越了艰难山,抵御了美丽宫殿的诱惑,与魔鬼抗争,向死神宣战,……最后沐浴了神圣的灵光。

　　我们需要山重水复,更需要柳暗花明;需要迷失,更需要超越。这原本就是我们不断面临的生存状态呀!

　　如果世上有一条唯一正确的道路,那么,那个从一开始就踏上这条道路的人一定是最幸福的人吗?

　　如果世上存在这样一个人,从未迷失过方向,从未经历过任何失败和挫折,就顺顺当当地走完了人生的历程。你愿意成为这样的一个人吗?

　　我不愿意!

　　与其一贯正确和永远幸福,我宁愿选择最遥远的迷失和最深刻的痛苦。正如没有死亡,人生就没有价值一样。没有痛苦,快乐也就失去了意义。没有失败,成功也就不再值得期待。

　　如果我们把山重水复理解为失败、挫折、痛苦、挣扎、挑战、迷失,那么,柳暗花明就是成功、成长、超越、幸福、真理、永恒。只有那些把人生当作一部恢宏的史诗来书写的人们,只有那些在人生道路上经历过最艰辛最遥远的探索的人们,才能够真正了悟"山重水复疑无路,柳暗花明又一村"这句话最深微的含义。

　　人生,除了以错误来昭示真理,以存在来见证永恒以外,还有什么更其伟大的意义呢?

　　但是,我们却常常误解了"山重水复疑无路,柳暗花明又一村"这句诗,或者说把这句诗理解得太肤浅了。我们常常这样认为,一旦我们走过山重水复的艰难险阻,前方必定是一个充满光明与希望的崭新境界。也就是说,成功是

必然的，或者更急功近利地认为，失败乃至追求本身并没有意义，只有成功才是有意义的。这就对人生歪曲得太厉害了。一切的急功近利，最终都是不能建立人生的丰碑的。

以长征为例，七十多年前，当那支伟大而英勇的军队从江西瑞金出发开始长征的时候，他们心中并没有对于速战速胜、一劳永逸、柳暗花明的急切期待，他们心中只有一样东西，即为崇高理想而不屈奋斗的坚定信念和精神意志。如果没有这种精神的支撑，血战湘江时他们本可以亡，大渡河边他们本可以亡，雪山草地中他们本可以亡，但是，他们硬是一步步走过来了，走出了一个新中国，走成了地球上一支永恒的红飘带。

长征的万万不可能成功，有力地反证了人类不屈的精神意志所能达到的高度！

山重水复，我们一路走来。

那么柳暗花明，就是完美的终结吗？

不。

就像浮士德历经艰辛到了天堂，只说了一句"你太美了，停留一下吧"，就堕入了万劫不复的深渊。

成功本身即是毁灭。奋斗的历程才是意义所在。

在这个世界上，我们亲手建立的丰碑，终究有一天还会由我们亲手将它毁灭或者假借后人之手将它毁灭。那么，什么才是终极的意义呢？

欧·亨利曾经写过一篇著名的小说：《最后一片藤叶》，那片其实并不存在的藤叶，可以说就是一个绝妙的象征。

苏和琼西是两位贫困的女画家。苏不幸患了肺炎，医生诊察后，告诉琼西说："我看，她的病只有十分之一的恢复希望，这一分希望就是她想要活下去的念头。"苏听到了医生与琼西的谈话，知道自己的时日不多了，沮丧地看着窗外在寒风中摇摆的藤叶，自言自语："冬天就要来临，藤叶一片片飘落。当最后一片藤叶落下时，我的生命也将结束。"这时，住在楼下的一位老画家贝尔门来看

苏，苏把琼西的胡思乱想告诉了他。

经过一晚的寒风，苏相信藤叶已经落完了。当琼西打开窗，奇迹出现在苏的眼前，在光秃秃的藤树枝上有一片、唯一一片藤叶。

一天，两天，三天，藤叶依然没有落下去。

生的希望也随着这片不落的藤叶升腾起来了，琼西竟奇迹般地战胜了病魔。

只到此时，琼西才得知，那片不落的藤叶，是画家贝尔门用生命换来的杰作。在最后一片叶子掉下来的那个晚上，贝尔门把它画在了树上。

人生就是这样。我们借着那片并不存在的绿叶建立起了生的希望，可是，那个支撑着我们生命的东西又是什么呢？是信念，是信仰。

山重水复本身并没有意义，柳暗花明本身也没有意义，唯有这连接着黑暗与光明，失败与成功，苦难与幸福的信念与信仰，在永恒地推动着人类前进的步伐。这，才是终极的意义。

伤心岂独息夫人

穿越时空的隧道，我又回到了那个战旗猎猎、群雄逐鹿的春秋时代。

"桃花夫人好颜色，月中飞出云中得。"我，曾经艳如天仙的桃花夫人，我的青春在哪里？我的尊严在哪里？我的爱情在哪里？我的自由在哪里？

我曾经有过一段美妙的青春，却因美丽而失去了尊严；我曾经有过一场刻骨铭心的爱情，却因脆弱而失去了自由；我也像常人一样拥有属于自己的平凡的生活，却因命运的捉弄而祸延三国。

最深的伤痛是无言。我只是一个弱女子，纵使拥有与命运抗争的勇气和胆魄，又岂能掌握自己的命运？我不过是他们——男权世界里的君主们的一枚棋子，一个玩物罢了。

我恨我自己，恨那不争气的命运，恨自己的脆弱。如果让我重生人间，我能够改变自己吗？当我再次面对曾经给予我荣华、羞辱和磨难的三个男人——息侯、蔡侯和楚王时，我是否愿意改写这一段人世的传奇？

"眼如秋水兮，面似桃花；丽若芙蓉兮，雅若蕙兰；立如临风弱竹兮，行如仙子凌云；彼其佳人兮，与我共眠！"蔡侯的戏谑之语，字字句句撕扯着我的尊严。我拂袖而去。

　　这个轻佻而无耻的蔡侯，就是我的姐夫，换句话说，我是他的小姨子。

　　桃之夭夭，灼灼其华。我曾是那样幸福地在夫君息侯的宠爱下盛开了。之子于归，宜其室家。我曾是那样欣喜地将满溢心中的爱化作了夫君忧劳兴国的勃勃生机。

　　我深爱着我的夫君息侯，我从心底里愿意和他在一起，为他守身如玉，生儿育女，过一种恬淡、自由和安乐的生活，既不企求稀世的荣崇，也不迷恋权力的宝杖。在我眼里，这些只不过是虚幻的迷梦，说得严重一点，甚至是罪恶。我不愿意使我的心灵失去宁静，我更不能使我内心骚动的欲望找到决堤的借口。这就是我的心愿，我的全部理想。但是我不知道我的夫君会对蔡侯做些什么。

　　一年后的一天，夫君带来蔡侯成为楚国俘虏的消息，我莞尔一笑，再也没有理会。

　　蔡侯的被俘，是夫君导演的一场戏。

　　但是这场戏并没有以夫君的胜利而告结束。楚王来了，像一个不速之客，一下子搅乱了我的生活，也急遽地改变了我命运的轨迹。

　　楚王的到来是蔡侯使的奸计，他要报复我，也要报复息侯。

　　蔡侯被楚国俘虏之后，楚文王为了实现自己进取中原的雄图，有意把他放了。在释放蔡侯归国时，楚文王假惺惺地为他饯行。筵席上，有个弹筝的女子，仪容秀丽。楚王借着醉意对蔡侯说："此女色技俱佳，可敬你一杯酒。"蔡侯一饮而尽。

　　楚王十分得意："君平生所见，有此绝世美色否？"蔡侯想起息侯导楚败蔡之仇，就说："天下女色，没有比得上息妫的，那才是天仙啊！"

　　楚王惊诧，问："色何如？"蔡侯说："目如秋水，脸似桃花，长短适中，举动生态，世上无有其二！"

　　楚王乃长叹道："寡人得一见息夫人，死不恨矣！"

　　楚王来了，他是借着巡狩的名义来打我的主意的。当天晚上，当夫君极其恭敬地迎接楚王时，我就有一种不祥之兆。当夫君唤我为楚王敬酒时，我的心中更是弥漫着挥散不开的阴霾。可我知道，在楚王面前不能慌张，我要维护息

国的尊严!

于是,我吩咐下人:"为我着盛装、环佩,设毯褥。"雍容华贵的绫罗、晶莹剔透的装饰,成功地掩盖了我不安的心灵。见到楚王,我以拜见国君之礼再拜称谢。然后,取过白玉酒杯,满斟一杯敬向楚王。此时,纤纤素手与玉色辉映,一个绝世美人呈现在楚王面前。楚王大惊,欠身而起,欲以双手亲接酒杯。我掩面回身,把酒杯递给了身旁的宫人。

席散后,楚王为我辗转反侧,夜不能寐。第二天,楚王设宴馆舍,名为答谢息侯之礼。

人生就像一场戏啊,虽然不知道导演是谁,但一切都如事先导演好的一样。夫君被楚王擒下。楚王亲自引兵在宫中寻我。

我闻讯,长叹一声:"引狼入室,吾自取也!"慌不择路,直奔后花园中,那里有一口深井。忽然,我的衣裾被一双大手牵住。斗丹对我说:"夫人不欲保全息侯的性命吗?何必夫妇俱死!"我踟蹰了。

息国成了楚国的属地。夫君被安置在汝水,封以十室之邑。然而不久,我便在楚王的细腰宫中得知息侯愤郁而死的消息。

此后的三年里,我没有与楚王说过一句话,我要把心中的绵绵悔恨封死,让它们烂在心里。

国已破,夫已亡,志已挫,身已辱。我哪里还有什么尊严?哪里还配活在人间?恶毒的议论像锋矢一样直射我的心窝,饮泣含垢的生活潜藏着无限悲凉。

这些我都认了,但有一样,我不能认。

但我又有什么办法呢?我只能默默地祈祷,默默地等待。

我已经为楚王生了两个儿子,我已经在自己的悲哀中享尽楚王赐予的荣华。一次又一次地,我想到死,但我死不瞑目。

只到有一天,楚王告诉我,他杀了蔡侯。此刻,我表面平静如水,内心却痛彻肺腑。毕竟,在这世上,我愿已了。然则,我心亦死。

息夫人的芳魂飘逝千载之后,她遇到了自己的第一个知音——王维。王维

以他特殊的际遇与富于感受力的心灵，第一次真正进入了息夫人的内心世界。

根据孟棨《本事诗》一书的记载，王维之所以写这首诗，原是要替一位弱女子打抱不平。唐玄宗的哥哥宁王李宪，喜欢醇酒与妇人，府中已有美女无数，还不满足，又霸占了一个卖饼人的妻子。这个女子纤白明晰，芳华暗吐，加之已是少妇，更平添了一种熟女风情。霸占卖饼人的妻子一年多以后，宁王问这个女子："你还想念卖饼的夫君吗？"少妇垂头沉默，一句话也没有说。宁王也许心里有点吃醋。一次，宁王在府中举行宴会，就派人去把卖饼人找来，让他们夫妻会面。少妇注视着自己的丈夫，凄楚无言，泪垂双颊。王维当时是宁王邀请的贵宾之一，他看到这个情形，心中顿时涌出一股莫名的感动，当场写下了这首诗。王维从眼前少妇的遭遇，想到了一千多年前的息夫人。又从一千多年前息夫人无言的决绝，深深理解了眼前少妇悲愤无助的心灵。王维真是个天才的情种！不是天才，不是情种，哪里能够写得如此体贴入微、撼人心魄呢？

中国人怎样表达相思?

《相思》这首诗是许多人都能背诵的。但是，会背诵这首诗的人有几个真正理解了这首诗呢？

相思之情，人皆有之，但各人的表达方式有不同。一般而言，北方人表达感情比较直白而简洁，南方人表达感情比较含蓄而美丽。汉乐府《上邪》即是直白风格的代表作，而《相思》则是含蓄风格的代表作。

诗词言情，贵在含蓄。我们常常会将很深的感情"藏"起来，就像人类最初用树叶来遮羞一样，我们也用语言的外衣来包裹感情。语言的包裹实际上具有相反相成的作用，既是遮蔽也是凸显，既是抗拒也是引诱。俗话说，只可意会，不可言传。我们的真感情，是需要对方用心去体会的。《相思》的迷人之处，正在于此。

我认为，要读懂这首诗，首先需要纠正一个误解。现在有很多年轻人把这首诗当作情诗来读或用，只取"相思"二字，借以传情。实际上，王维这首诗是写给友人的而不是写给情人的。此诗题目一作《江上赠李龟年》，可见诗中抒写的是眷恋朋友的情绪。据说安史之乱后，著名歌者李龟年流落江南，经常为人演唱它，听者无不动容。

其次，要有一点地理文化常识。红豆产于岭南一带，即今广东、海南等地，

结实鲜红浑圆。王维是北方人，但北方并不生长红豆，而作者本人又从来没有到过南方，所以作者见到的应该只是豆粒而已，而没有见过红豆的自然生态。

明白了上述两点，我们就知道，作者写这样一首诗寄给南方的友人，是别有深意的。

"春天来了，红豆树应该发芽了吧?"作者这样问是很自然很亲切的，也是很中国化的表达方式。红豆乃南国物产，在中国文化里，一地的风土、物产可以说就是此地的文化象征。因此，思物即是思人，这中间具有某种仿佛血缘般的同一性。

"等到红豆成熟的时候，我希望你一定要多采些回来，因为我此刻最思慕这玩意儿!"在这里，物与人实际上已经合二为一了，思慕物实际上就是思念人。王维的这层意思，读到此诗的友人是一看就会明白的。但作者却不明说，而是拐着弯儿来表达，这就显得含蓄隽永、诗意盎然了。

像这样的智慧，中国人是运用得太纯熟了!

红豆，又名相思子。相传古时有人客死在外，其妻哭死于树下，化为红豆，古人因以此物象征爱情或相思。比如，南宋周密《清平乐》："一树湘桃飞茜雪，红豆相思渐结。"又曹雪芹《红豆曲》："滴不尽相思血泪抛红豆，开不完春柳春花满画楼，睡不稳纱窗风雨黄昏后，忘不了新愁与旧愁，咽不下玉粒金莼噎满喉，照不见菱花镜里形容瘦，展不开的眉头，挨不明的更漏。呀! 恰便似遮不住的青山隐隐，流不断的绿水悠悠。"(《红楼梦》第二十八回)这首缠绵悱恻的爱情颂歌，包含了从古至今多少相思儿女的痛苦与哀愁啊!

相思，是一种神秘的感情。"独在异乡为异客，每逢佳节倍思亲"，这是亲情的相思。"我寄愁心与明月，随风直到夜郎西"，这是友情的相思。"思君如流水，夜夜减清辉"，这是爱情的相思。但是，不管是哪种相思，只要这相思之情一经触发，必然在我们心中激起经久不息的煎熬。

即使到了今天，流行歌曲也还在借着王维《相思》的智慧吟唱着情人间那永难抚平的相思魔咒。一曲《红豆》，王菲把它演绎成了绝唱，慵懒而充满感

伤的声音，颓废而极尽缠绵的旋律，唱尽了情人内心的悲苦。

　　还没为你把红豆熬成缠绵的伤口，然后一起分享，会更明白相思的哀愁。还没好好地感受醒着亲吻的温柔，可能在我左右，你才追求孤独的自由。有时候，有时候，我会相信一切有尽头。相聚离开都有时候，没有什么会永垂不朽。可是我有时候，宁愿选择留恋不放手。等到风景都看透，也许你会陪我看细水长流。

　　"长相思，摧心肝！"我常想，这人间要是没有别离，那该多好啊！"愿天下有情人，都成了眷属。"那该多好啊！

不开心，毋宁死

梦游天姥吟留别／李白

海客谈瀛洲，烟涛微茫信难求。越人语天姥，云霞明灭或可睹。天姥连天向天横，势拔五岳掩赤城。天台一万八千丈，对此欲倒东南倾。

我欲因之梦吴越，一夜飞渡镜湖月。湖月照我影，送我至剡溪。谢公宿处今尚在，渌水荡漾清猿啼。脚著谢公屐，身登青云梯。半壁见海日，空中闻天鸡。千岩万转路不定，迷花倚石忽已暝。熊咆龙吟殷岩泉，栗深林兮惊层巅。云青青兮欲雨，水澹澹兮生烟。列缺霹雳，丘峦崩摧。洞天石扉，訇然中开。青冥浩荡不见底，日月照耀金银台。霓为衣兮风为马，云之君兮纷纷而来下。虎鼓瑟兮鸾回车，仙之人兮列如麻。忽魂悸以魄动，恍惊起而长嗟。惟觉时之枕席，失向来之烟霞。

世间行乐亦如此，古来万事东流水。别君去兮何时还？且放白鹿青崖间，须行即骑访名山。安能摧眉折腰事权贵，使我不得开心颜！

　　在我们头顶灿烂的星空中，有两颗星星是用中国诗人的名字命名的，这两个诗人一个是屈原，一个是李白。李白死后能够在日月星辰中占据一个位置，可以说是我们这位天才诗人在世时最伟大的抱负之一。

　　李白，字太白，他为什么要取这样一个名字呢？李白自己跟别人说，他母亲生他的时候，曾经梦到太白金星钻到她的肚子里。这话等于是说，我李白是天上的太白金星下凡转世。因为这个缘故，后来贺知章老先生用"谪仙人"这个名号称呼他时，李白毫不犹豫就接受了。他等了那么久，现在终于有人承认他是天上的太白金星下凡了。民间还传说李白是喝醉了酒，下水捞月亮死的。总之，李白生时，他认真地相信自己就是太白金星下凡，并且他也被世人承认为"谪仙人"了；李白死后，他的精魂与月亮合而为一，又回到天上去了，并且真正成了天空中的一颗星星——"李白星"。

　　李白，这位诗歌史上罕见的天才，无论生前还是死后，真的并不寂寞。

　　西谚云：一千个读者，就有一千个哈姆雷特。其实，李白对于中国人而言，也是如此。

　　关于李白的形象，我以为还是魏颢的描述最为传神到位。这位仁兄是李白

的铁杆粉丝，年轻时为了追星，曾经跑了三千多里路去找李白。他说李白："眸子炯然，哆如饿虎，或时束带，风流蕴藉。"翻译过来就是说：李白的两颗眼珠子贼亮贼亮，大得像饿虎的眼睛似的。这形象，岂非一个生气淋漓的猛男？但他的穿着就有点出尘的味道了，有时戴着高高的云冠，身上的佩饰长到曳地。这形象，岂非一位高蹈远举、俯视红尘的仙子？这就是李白。

李白口才极好，大言不惭，有一种睥睨天下的气概。李白精力过人，会武术，也杀过人，还曾经混迹于江湖。李白爱好自由，性情浪漫，"一生好入名山游"。李白从小喜欢神仙，曾经认真地学过道，炼过丹，做过酒徒。李白自视甚高，眼高于顶，却又热中功名，喜欢女人，他既不愿摧眉折腰事权贵，又不肯低头在草莽……这样说来，李白在我们心目中的印象就是天才、诗仙、侠客、道士、旅行家、纵横家、神仙家、隐士、酒徒、性情中人……而且每一种形象都是那样的鲜明耀眼，令人过目不忘，以至于我们有时候会很迷惘，李白究竟是本来如此还是我们想象的产物？为什么他有时候那样像是我们的知己，有时候又那样像是一个异类？有时候飘逸得像是一个世外的高人，有时候又不可救药地像是一个红尘俗人？

李白究竟是谁？为什么谁都不了解他而又人人都喜欢他？

郭沫若曾说，李白、杜甫是中国古典诗歌的双子星座。但是二者的高下，在毛泽东、郭沫若甚至许多读者的心中，是非常明显的。毛泽东曾经直言不讳地说，他喜欢李白，不喜欢杜甫，原因是杜甫站在小地主的立场，哭哭啼啼，而李白却富于幻想。就拿二人对于安史之乱的态度来说，杜甫觉得全人类的苦难，他都应该一身承担起来，而李白却按捺不住内心的兴奋，天真地以为又一个好时代来临了。试问，在这两种截然相反的态度面前，你更喜欢哪一种呢？

李白的人生，正是这样，自始至终充满青春的骚动、浪漫的狂想和生命的激情。而这，正是我喜欢李白的原因之一。另一个原因当然是李白的诗写得太好了，神龙见首不见尾。而一切天才，都是让人喜欢的。

让我们先说李白精神上的伟大，再谈李白艺术上的天才。这个顺序，不容

颠倒。因为，倘若没有精神上的伟大，则艺术上的天才也就不值得称道。

李白精神上的伟大，最重要的是他认真地相信"天生我材必有用"，所以才有"蜀道之难，难于上青天"、"大道如青天，我独不得出"的真切痛苦，才有"生不用封万户侯，但愿一识韩荆州"的汲汲追求，才有"仰天大笑出门去，我辈岂是蓬蒿人"的自信满满，才有"花间一壶酒，独酌无相亲"的内心孤独，才有"安能摧眉折腰事权贵，使我不得开心颜"的潇洒脱俗，才有"大鹏飞兮振八裔，中天摧兮力不济。仲尼亡兮谁为出涕"的临终呼号……所有这一切，包孕着多么丰富的生命体验，寄寓着多少人的追求与渴望啊！李白这种精神上的自信自强，用一句话来概括就是：我是天才我怕谁！

李白精神上的伟大，还在于他以一个寂寞的超人的姿态，为我们展示了生命与生活的全部美好！李白是一个一生追求自由的人，他的家庭观念极其淡薄，甚至亲情方面也很淡漠，他一生的理想就是要做神仙，他要俯瞰尘寰、俯视世人，他认真地相信自己是一个超人，至少在精神上他相信完全是这样的，他是超越性的。另一方面，李白又是一个生命力极其旺盛、功名心极盛、欲望极多、热情极大而又不能自我约束的人。在精神上，一切世俗的东西都拘他不得，他独与天地精神相往来。他的生命与生活，永远是一种弥满的状态。他的人生，变幻太快，令人眼花缭乱。他的人生，理想太多，除了认真地想做神仙之外，我们甚至找不出他人生追求的真正中心点是什么。他的人生，奇情壮彩，五彩斑斓，我们甚至不知道他明天要去追求什么，还能玩出什么花样。人生，在他眼里，也许就是一连串没有目的却充满快乐的体验。在通向死亡的道路上，他为我们留下了流星一样璀璨的光芒。李白这种精神上的独立自由，用一句话来概括就是：不开心，毋宁死！

李白的精神，李白的人格，文学评论家李长之先生理解得最好。他说：

> 倘若说在屈原的诗里是表现着为理想而奋斗的，在陶潜的诗里是表现着为自由而奋斗的，在杜甫的诗里是表现着为人性而奋斗的，在李商隐的诗里是表现着为爱、为美而奋斗的，那么，在李白的诗里，却也有同样表

现着的奋斗的对象了，这就是生命与生活。

根本看着现世不好的人，好办；在现世里要求不大的人，好办；然而李白却都不然，在他，现世实在太好了，要求呢，又非大量不能满足；总之，他是太人间了，他的痛苦也便是人间的永久的痛苦！这痛苦是根深于生命力之中，为任何人所不能放过的。不过常人没有李白痛苦那样深，又因为李白也时时在和这种痛苦相抵抗之故（自然，李白是失败了的牺牲者），所以那常人的痛苦没到李白那么深的，却可以从李白某些抵抗的阶段中得到一点一滴的慰藉了！这就是一般人之喜欢李白处，虽然不一定意识到。

（李长之《道教徒的诗人李白及其痛苦》）

关于李白的诗歌艺术，著名美学家李泽厚曾经说过："盛唐艺术在（李白）这里奏出了最强音。痛快淋漓，天才极致，似乎没有任何约束，似乎毫无规范可循，一切都是冲口而出，随意创造，却都是这样的美妙奇异、层出不穷和不可思议。"

李白的诗，意境、气质、想象力无与伦比，语句精妙，几乎句句精彩，完全是浑然天成、"天然去雕饰"之作。让我随便举几首前人独得妙赏的诗篇吧。

罗帷舒卷，似有人开。明月直入，无心可猜。（《独漉篇》）

这几句诗是著名诗人兼学者林庚先生极为欣赏的。一个人静静地坐在屋子里，正在胡思乱想，突然感觉窗帘好像在动。窗帘为什么会动呢？难道是有人推开的？没有啊，外边并没有人进来。原来是明月把这个窗帘打开的，明月照得我的心敞亮。"明月直入，无心可猜。"这两句诗真是太伟大了！这样不可思议的想象力和构思，这样明快而新鲜的语言，非李白是写不出来的！

林庚先生欣赏的还有一首小诗：

　　人道横江好，侬道横江恶。一风三日吹倒山，白浪高于瓦官阁。（《横江词》）

　　单看前面两句，你会说，这成个什么诗呢？但李白就是李白，你永远没法猜到他写完上句下句会写什么，你的想象力永远跟不上他！后面两句写得太好了，"一风三日吹倒山，白浪高于瓦官阁"，叫人读了仿佛当时的情景如在眼前。在这么惊险壮观的景色面前，你到底是认为横江好呢？还是认为横江恶呢？这就逼得你必须自己去认识世界。认识世界可以采取各种不同的角度，从美学的角度看，好！多壮观啊。从实用的角度看，不好！多危险啊。到底好还是不好，作者没有说。他叫你去看，去想，这就很高明。

　　再比如大家都很熟悉的《赠汪伦》一诗，"李白乘舟将欲行，忽闻岸上踏歌声。"前面两句，平铺直叙，似乎没有什么了不起。你看他接下来两句，"桃花潭水深千尺，不及汪伦送我情"。完全超乎你的想象之外，不是你用常规思维所能把握的。正所谓神龙见首不见尾，飘逸瑰丽，这就是李白的伟大。

　　除了想象力的超逸之外，在精神气象与辞采方面，李白的诗也极为卓绝壮美。

　　弃我去者，昨日之日不可留；乱我心者，今日之日多烦忧。长风万里送秋雁，对此可以酣高楼。蓬莱文章建安骨，中间小谢又清发。俱怀逸兴壮思飞，欲上青天揽明月。抽刀断水水更流，举杯消愁愁更愁。人生在世不称意，明朝散发弄扁舟。（《宣州谢朓楼饯别校书叔云》）

　　开头两行长达 11 字的句子，全是大实话，但却是人人心中所有，人人笔下所无的妙句。后面抽刀断水的比喻更是精妙绝伦，深刻地揭示了诗人内心的痛苦。

君不见，黄河之水天上来，奔流到海不复回！君不见，高堂明镜悲白发，朝如青丝暮成雪！人生得意须尽欢，莫使金樽空对月。天生我材必有用，千金散尽还复来。烹羊宰牛且为乐，会须一饮三百杯。岑夫子，丹丘生，将进酒，杯莫停。与君歌一曲，请君为我倾耳听。钟鼓馔玉不足贵，但愿长醉不愿醒。古来圣贤皆寂寞，惟有饮者留其名。陈王昔时宴平乐，斗酒十千恣欢谑。主人何为言少钱，径须沽取对君酌。五花马，千金裘，呼儿将出换美酒，与尔同销万古愁。（《将进酒》）

诗人说："古来圣贤皆寂寞，惟有饮者留其名"，这种思想真是惊天动地，这世上恐怕也只有他李白才敢这么说。"天生我材必有用"，这又是何等的自信！秦末农民起义领袖陈胜说："王侯将相，宁有种乎？"固然骨子里也透着自信，但究竟不如李白的这一句响亮而且直白。

李白的作品是篇篇都好，没有一篇不好的，那种吞吐天地、牢笼古今的才气，简直可以化世间一切的腐朽为神奇。即如《春夜宴从弟桃李园序》开首几句："夫天地者，万物之逆旅；光阴者，百代之过客。"短短三句，囊括了对时间、空间和人生的精妙点评，表达出对人类自有思想以来的终极困惑的复杂感情。

在《梦游天姥吟留别》中，李白说："安能摧眉折腰事权贵，使我不得开心颜！"在我看来，这一句话是对李白整个自由精神和独立人格的高度概括，是他整个人生观的中心点和基石。林庚先生曾用"李白的布衣感"来概括李白身上的这种特质，我以为尚不如这两句诗全面。概括地说，这种特质就是，自由的、适意的个性追求，开放的、平等的价值观念，乐观的、向上的理想色彩，健康的、饱满的青春热情。所有这一切，就像一面辉耀着那个时代的最激动人心的大纛，昭示着李白的意义之所在。

诗意的忧愁

启功先生有几句话，谈唐诗的特点及此前此后各个朝代诗歌的特点，很有意思。他说："唐以前诗是长出来的，唐人诗是嚷出来的，宋人诗是想出来的，宋以后诗是仿出来的。嚷者，理直气壮，出以无心；想者，熟虑深思，行以有意耳。"

唐人出口即能吟出诗来，主要的原因，还在于唐人生活的丰富和富有诗意。在这个大气磅礴的时代，整个地弥漫着一股青春的气息、一抹梦幻的色彩、一片诗意的氛围。唐朝给人的感觉是，人人都激情四溢、感情充沛，一说话就云烟满纸、诗意盎然。在这样的文化土壤里，唐诗只可能是嚷出来的。唐诗怎么"写"得出来、想得出来呢？

谓予不信，请读唐诗！犹且不信，请读唐传奇！唐传奇到处都是诗意，到处都是诗！只要亲口品尝一下，你就会因领略到唐代文化变幻多姿的瑰丽、梦幻般的想象力和青春绚烂的色彩而醉倒！

李白的《秋浦歌》是嚷出来的。

"白发三千丈，缘愁似个长？"起句就非同凡响。李白的《望庐山瀑布》说："飞流直下三千尺，疑是银河落九天。"这瀑布仿佛是一道银河从天而降，

也才夸张到三千尺。而作者的白发拖曳到地上，竟然达到了三千丈！这是多么骇人心目的景象，这是多么令人惊异叹服的想象力。然而，借助艺术的魔力，这夸张竟能超越日常尺度的不合理而变得合理。"燕山雪花大如席"，"长风几万里，吹度玉门关"，在这里，我们除了真切感到那形象的巨大鲜明及其力量气势的不可遏抑之外，哪里会想到这夸张究竟合理不合理呢？

"不知明镜里，何处得秋霜！""明镜里"的"秋霜"当然不是霜，乃白发也！这白发因"愁"而生，也因"愁"而长。在这里，"愁"作为一个抽象的概念，借助上一句里那个巨大的形象——白发三千丈，已经赋予我们一个最直接最鲜明的印象。

自古以来，那些最成功最优美最出色的诗篇，都是把"愁"化为日常生活当中的具体物象来描写的，这是一条艺术的规律。

《诗经·邶风·柏舟》："心之忧矣，如匪浣衣。"你看，这是多么朴素而又新颖的比喻。女子心中的忧伤无处排遣，就好像穿了一件未曾浆洗的衣服一样难受！

曹操《短歌行》："慨当以慷，忧思难忘。何以解忧？唯有杜康。"曹操说，忧愁只能用酒来排遣。李白却说："抽刀断水水更流，举杯浇愁愁更愁。"忧愁的无可排遣，正如以刀击水一样，是多么的徒劳啊！

杜甫《自京赴奉先县咏怀五百字》："忧端齐终南，澒洞不可掇。"忧愁啊，你巍然矗立，像终南山一样高耸；你汹涌澎湃，像大海一样混茫不可收拾。

李煜《虞美人》："问君能有几多愁？恰似一江春水向东流。"愁如春水，滚滚东流，这是多么的新鲜、灵动、生意盎然。贺铸《青玉案》："试问闲愁都几许？一川烟草，满城风絮，梅子黄时雨。"这又是多么缠绵、迷乱、饱满。李清照《武陵春》："只恐双溪舴艋舟，载不动，许多愁。"这又一下子使得忧愁有了质感和重量，多么不可思议！

一句好诗，就像一片用水洗净了的天空。纯粹的诗意，使人忘记忧愁。

据说，李白曾经五上秋浦，在这里挥毫写下了以《秋浦歌十七首》为代表

的 45 首千古名篇，以致后世把秋浦河誉为"诗之河"。"白发三千丈"即是《秋浦歌》的第 15 首。这组诗中的其他名句还有："两鬓入秋浦，一朝飒已衰。猿声催白发，长短尽成丝"，"秋浦长似秋，萧条使人愁"，"炉火照天地，红星乱紫烟"，"水如一匹练，此地即平天"等等。

说到秋浦河，我有一点发言权。2005 年夏秋间，我曾探访过秋浦河。秋浦河位于皖南山区的石台县，依偎在青葱翠绿的仙寓山的臂弯里，平平静静，悠悠然然，一副与世无争的潇洒脱俗情态。在秋水泛溢的秋浦河里，乘着竹筏漂流，我的心悠悠不尽。我想，当年的李白也许就像我一样：乘一叶扁舟，徜徉秋浦河，轻吟"水如一匹练，此地即平天"的句子，看青山绿水云卷云舒，听空山灵雨清风微吟。在这样明丽的大自然里，愤激的诗人也平静下来了，在他的心中，瑰丽的诗意终于结晶成了一片澄澈，"白发三千丈，缘愁似个长？不知明镜里，何处得秋霜！"

往事越千年。今天的人们，已经浑然不知忧愁为何物。

你曾经为青春的美丽、人生的短暂忧愁过吗？你曾经为一切美好事物的逝去忧愁过吗？你曾经为内心深处莫名的激动忧愁过吗？

当我们已经快要忘却这一切的时候，我们才知道，我们对于诗意的忧愁，多么迫切！

把寂寞说出来

月下独酌 / 李白

花间一壶酒，独酌无相亲。
举杯邀明月，对影成三人。
月既不解饮，影徒随我身。
暂伴月将影，行乐须及春。
我歌月徘徊，我舞影零乱。
醒时同交欢，醉后各分散。
永结无情游，相期邈云汉。

李白的这首《月下独酌》，也许最能引起内心狂热的理想主义者、热中功名的失意之人以及爱好热闹的乐天派的情感共鸣。

李白与这些人，有一个共同的特点，就是特别富于感受性并且情感外露。李白的为人，整个地是青春的，自由的。李白的诗，也整个地是青春的，自由的。唯有青春的心灵，才会歌哭无端，真实而又酣畅。唯有内心极其热诚且充满理想，才会情感外露，恣肆而又张扬。

那么，李白在这首诗中究竟写了什么呢？寂寞。

李白是天真的，他把自己内心真实的寂寞，对着明月全部倾吐了出来。这是作者与自己心灵的一次对话。

"明月出天山，苍茫云海间"，"峨眉山月半轮秋，影入平羌江水流"，"了见水中月，青莲出尘埃"，李白眼中的月亮，似乎比任何人所看见的月亮都更为明亮、干净、纯洁。

公元八世纪的某个春夜，李白就是在这样的月亮的照耀下，在鲜花盛开的大地上，摆下一张桌子，望月饮酒赋诗。

然而，就在这份惬意和酣畅之中，寂寞像个幽灵，在诗人易感的心灵上猛

然刺了一刀。诗人感到美丽的受伤——"花间一壶酒，独酌无相亲！"

我想，人类的心灵大概都是这样的。繁花似锦当中，最容易感到美中不足。花好月圆之时，寂寞最容易袭来。

"良辰美景奈何天，赏心乐事谁家院。"可叹我这杯中徒有美酒，身边却无美人与共，真是寂寞啊！

去去去，你这卑鄙的寂寞！你为什么要来纠缠我？

难道是你感到寂寞了吗，明月？你这么清这么明这么亮，你一定是感到寂寞了。难道你想邀我共饮，以驱寂寞？或者，是那广寒宫里住着的美丽嫦娥感到寂寞了，想邀我共饮？我向着明月举起杯来，心儿早已飞到她的身边。

倏忽之间，寂寞的诗人已经谈笑风生。那月中嫦娥，月下谪仙人，以及大地上长长的影子，"对影成三人"了。

然而，任凭绮思缥缈、浮想翩跹，毕竟抵挡不住周遭沁凉的空寂。诗人的心绪更乱了。

你这不解风情的月亮，你哪里懂得畅饮的乐趣？你这幽灵似的影子，你为什么要围绕在我身旁？月儿啊，影子啊，你们哪里知晓这春夜良辰里我寂寞的心情。我是不忍看着这如花的年华、三春的美景，就这样流水似的白白逝去啊。美人如花隔云端。广寒宫里的嫦娥哪里能够抚慰我这空虚寂寞的心灵，她冷冰冰地躲在天上，连一句话儿也不跟我说。寂寞啊，真是寂寞。

问世间，谁人能懂？叹红尘，谁人与共？且让我暂且忘记忧愁，在这美好春夜里，花丛底下，就着美酒，与月、影共舞一场。

你这卑鄙的寂寞，我要与你绝交，你休想再来烦扰我。我已经决定，要与月、影结伴，直至醉倒在花荫底下。

"我歌月徘徊，我舞影零乱。醒时同交欢，醉后各分散。永结无情游，相期邈云汉。"

我醉了吗？不，是月亮醉了。你看，它那摇曳的影子，正在应着我的歌唱，和着我的节拍，手舞足蹈。

明月静静地照着，周遭花树斑驳的影子，在我的眼中，向着那巨大的黑暗，

隐去了。

李白究竟是在什么样的情况下、什么时间、什么地点，猛然间遭遇寂寞的呢？不知道。但是借着这首诗，我们却读懂了诗人的心。

遭遇寂寞，实在是一种痛苦的快感。因为寂寞之于我们，恰如一道洞彻灵府的光亮。借着这缕光焰，我们感受和触碰了空虚。鲁迅说："于浩歌狂热之际中寒。"应该正是作者遭遇寂寞时的真实感受吧。

人的一生，谁又能没有寂寞？当我们与寂寞不期而遇的时候，我们是否也和诗人李白一样，可以借着杯中美酒，诵明月之诗，歌窈窕之章，聊且狂歌悲寂寥，何惧醒时恼愁肠。如果我们能有这份悲哀但却美丽的心情，那么我们也就可以称得上是："充满劳绩，但人诗意地，栖居在这片大地上。"

唯一的人生

答王十二寒夜独酌有怀／李白

昨夜吴中雪，子猷佳兴发。万里浮云卷碧山，青天中道流孤月。孤月沧浪河汉清，北斗错落长庚明。怀余对酒夜霜白，玉床金井冰峥嵘。人生飘忽百年内，且须酣畅万古情。君不能狸膏金距学斗鸡，坐令鼻息吹虹霓。君不能学哥舒横行青海夜带刀，西屠石堡取紫袍。吟诗作赋北窗里，万言不直一杯水。世人闻此皆掉头，有如东风射马耳。鱼目亦笑我，谓与明月同。骅骝拳跼不能食，蹇驴得志鸣春风。《折杨》《黄华》合流俗，晋君听琴枉《清角》。《巴人》谁肯和《阳春》，楚地犹来贱奇璞。黄金散尽交不成，白首为儒身被轻。一谈一笑失颜色，苍蝇贝锦喧谤声。曾参岂是杀人者，谗言三及慈母惊。与君论心握君手，荣辱于余亦何有？孔圣犹闻伤凤麟，董龙更是何鸡狗！一生傲岸苦不谐，恩疏媒劳志多乖……

古往今来，凡有著述，都想就人生这个大题目，说些新话，但也终究说不出什么新话。人们常说：太阳每天都是新的。但人们也常说：太阳底下无新事。这两句话，把人们的种种努力说完了。

《庄子》说："人生天地之间，若白驹之过隙，忽然而已。"《古诗十九首》说："人生天地间，忽如远行客。"曹植说："人生处一世，去若朝露晞。"李白说："人生飘忽百年内，且须酣畅万古情。"所有这些话，归结起来，不过一个意思：人生短暂。真正形象鲜明，并将人生这个题目写到题无剩义的，是苏轼的《和子由渑池怀旧》，诗云：

> 人生到处知何似？应似飞鸿踏雪泥。
> 泥上偶然留指爪，鸿飞那复计东西！
> 老僧已死成新塔，坏壁无由见旧题。
> 往日崎岖还记否？路长人困蹇驴嘶。

才华横溢的青年苏轼，在《和子由渑池怀旧》一诗中，以一个"雪泥鸿爪"的精妙比喻，不费吹灰之力，就把人生的偶然性揪出来置于阳光底下了。

我认为，关于人生，一条是"人生短暂"，一条是"人生是充满偶然性的唯一"，这两条是主干，有了这两条，再来谈人生，就有"一干树立，枝叶扶疏"之妙。

苏轼的这首诗是和诗，题目说得很清楚，是和子由，即苏轼的弟弟苏辙的。诗的内容也很清楚，是"渑池怀旧"，即对兄弟两人当年途经渑池情形的追忆。因为是和诗，并且两人对那段经历都很清楚，所以不必花费笔墨去写这些劳什子。因此，苏轼一上来就别开生面，借题发挥，发了一大段议论。在苏轼看来，不仅一个人的行踪飘忽不定，即便整个人生，也充满了偶然性，就像鸿雁飞来飞去，偶尔驻足在雪地上，留下浅浅的印迹，鸿飞雪化，一切又都不复存在。

青年时代的苏轼发出这样飘忽的人生喟叹是可以理解的，毕竟他写这首诗时还太年轻——只有 26 岁。他还没有经历那个"梦绕云山心似鹿，魂飞汤火命如鸡"的阶段，因此他对人生的理解还不坚实。

敏感的诗人虽然直觉地感知到了人生充满种种偶然，但他并没有再深入进去思考一下，这个偶然对于人生究竟意味着什么呢？冥冥当中，到底有没有一种力量在支配着我们的人生呢？如果有，它又是什么呢？

接下来的四句诗并没有回答我们。这让我失望了。"老僧已死成新塔，坏壁无由见旧题。往日崎岖还记否？路长人困蹇驴嘶。"难道作者是要告诉我们，尽管过去的东西已经消逝，但我们却不能否认它的存在。就拿当日的经历来说吧，在崤山道上，我们骑着跛驴，在崎岖的山路上艰难地前行，这难道不是一种可贵的人生历练吗？因此，人生虽然充满偶然，但绝不应该放弃努力。如果没有当日的艰难困苦，我们哪里能够实现自己的理想，考中进士呢？苏轼的这些思考固然给人以向上的力量，但是，这些思考毕竟太过肤浅。

人生，是一条充满偶然性的河流，但却只在干涸的大地上画出唯一的道路。

我们每个人都只有一个人生，也就是说，生命属于每个人只有一次。我们应该怎样度过这一生呢？这有无限的可能性。显然，无限是个很诱人的字眼。

但是，无限意味着什么呢？无限意味着你必须做出选择。因此，在无限的可能性背后，都伴随着我们的一次次选择（不作选择也是一种选择）。选择即是放弃，同时也是确定。当然，每一次选择之后，我们仍然可能面对无限的可能性，也即偶然。人生将逼迫我们再次做出选择，依次类推，直至我们人生的终点。因此，人生实际上就是一连串的选择。选择，从本质上说，是一个概率事件，也即偶然性的事件。对于选择本身，我们别无选择。人生给予我们的机会只有一次，画得好是一次，画不好也是一次。我们当然希望画好。因此，人生与其消极地顺应，不如积极地改变。

人生，是短暂而又充满风险的。我们今天冒险做出的每一个选择，实际上都指向未来。你选择了这个，同时也就拒绝了那个。从这个意义上说，如果你今天已经拥有了一切，那么，我不应该向你表示祝贺，因为你已经失去了明天。如果你今天损失了一千万，我却应该向你道喜，因为在这个偶然事件的背后，你已经为明天开辟了无限的可能性。

你一无所有，所以你将拥有一切。你已经拥有一切，所以你注定将一无所有。只有在失去之后，你才有可能再次拥有一切。

人生，在某些人看来很悲观，但在某些人看来却很乐观。这是因为，人生充满风险。整天做着白日梦的，所遇无非失望。相反，谨慎地选择人生道路并且不畏艰辛不懈追求的，却有可能碰到一连串偶然性的惊艳。徐志摩曾经在《偶然》一诗中，用诗意的语言描述过这种偶然性：

我是天空里的一片云，
偶尔投影在你的波心——
你不必讶异，
更无须欢喜——
在转瞬间消灭了踪影。

你我相逢在黑夜的海上，

你有你的，我有我的，方向；
你记得也好，
最好你忘掉，
在这交会时互放的光亮！

　　其实，对于人生也好，爱情也罢，最好也是这样，既不必讶异，更无须
欢喜。

361
度

望庐山瀑布／李白

日照香炉生紫烟，
遥看瀑布挂前川。
飞流直下三千尺，
疑是银河落九天。

李白的这首诗历来为人所称道，它好就好在夸张，夸张到几乎不合理的程度，因此给人留下了不可磨灭的深刻印象。

写瀑布的诗，中唐徐凝有"千古犹疑白练飞，一条界破青山色"的名句，因为过于写实，就被苏轼骂为"恶诗"。

写庐山的诗，李白还有更精彩的《庐山谣寄卢侍御虚舟》："庐山秀出南斗旁，屏风九叠云锦张，影落明湖青黛光。金阙前开二峰长，银河倒挂三石梁。香炉瀑布遥相望，回崖沓嶂凌苍苍。翠影红霞映朝日，鸟飞不到吴天长。登高壮观天地间，大江茫茫去不还。黄风万里动风色，白波九道流雪山。"读了这诗，我想，庐山这个题材，怕是没有人能够写出更好的诗来了。

然而，苏轼偏偏不服气，他不经意地在庐山西林寺的墙壁上题了一首诗。没想到，他这一题，竟成了千古！

诗曰：

横看成岭侧成峰，远近高低各不同。

不识庐山真面目，只缘身在此山中。（苏轼《题西林壁》）

苏东坡以自己的悟性和智慧给庐山的自然景物注入了意味，而正是这种意味，使庐山这个无生命的自然变成了有意味的形式，变成了一种美。

恰如崔颢之于黄鹤楼，张继之于枫桥，杜牧之于江南，王勃之于滕王阁一样，这些诗人不仅是自然美的发现者，更是自然美的确定者和建构者。无情的山水因为诗人的赋予，而显示出活泼泼的生命和内在的奥蕴，召唤着一代又一代后来者投入自然的怀抱寻幽探胜，涤荡心灵。

元丰七年（1077年），苏轼刚入庐山的时候，曾写过一首五言小诗："青山若无素，偃蹇不相亲。要识庐山面，他年是故人。"他很风趣地说，第一次见到庐山，好像遇到一位高傲的陌生人。于是他下定决心要与庐山常来常往，那么日后再相见，就会像故人一样。此后他"往来山南北十余日"，日夕揣摩，终于在西林寺写出这篇杰作。

诗人眼中的庐山，从横向看，是道道山岭；从侧面看，是座座奇峰。远望，近看，俯视，仰观，所见景象全然不同。人们为什么不能识别庐山的真面目呢？因为未能跳出庐山之外，观察的角度受到了限制，因此看不到庐山的全部。"不识庐山真面目，只缘身在此山中。"这结尾二句，奇思妙发，为我们提供了一个回味体验、驰骋想象的绝妙空间。

哲学家说：看事物要从各个角度、各个侧面入手，才能看到其整体，认识其本质。

美学家说：对宇宙人生，须入乎其内，又须出乎其外；入乎其内，故有生气；出乎其外，故有高致。

对于芸芸众生来说，苏轼的奇思妙句分明是在告诉我们：如果你执着于人生之中，不能跳出人生之外来旁观默察，也就无法体味人生的真味。

月亮还没有爬上来，天上繁星闪烁。静谧的乡间小院里，夏虫唧唧唱成一片。母亲、父亲和我坐在院子里，谈天纳凉。那时候，我约摸十来岁。整个一部《说唐》，就是在那时、在那样一个环境里，父亲像说书人一样完全凭记忆

为我讲完的。夜空中不时有流星划过。流星倏然发出璀璨的光芒，还没等我的惊叫声住口，它就一扫而过，隐到天边更深的黑暗里去了。这时，母亲说："天边那颗最亮的星星就是毛主席了。"我扑闪着眼睛，问："那我们是哪颗星星呢？"母亲说："那些不太亮的小星星就是我们。"父亲转过身来，对母亲说："你们什么也不是。"母亲和我都沉默了。

我不记得小时候曾经多少次入迷地仰望那片璀璨的星空了。每次，我仰望它，它就在我眼中变幻出万千姿态。我站在地上，转着360度的圈，仰望它们，思考着它们的奥秘。但是直到今天，天空中的那些星星在我脑中仍然是一个谜。星星啊，我究竟该以怎样的角度仰望你，才可以破解你全部的秘密呢？

中央电视台《探索》节目有一次讲屎壳郎的故事，给我留下了深刻的印象。屎壳郎正奋力地推动着一颗粪球。在充满沙砾的路上，它一直向前推动着，一点也没有看见就在不远的前方，路边上斜伸出一枝荆棘。等它推到了荆棘边，粪球一下子插在上面。屎壳郎先是继续用力地向前推，可无论它怎样用力，粪球就是一动不动。它停了下来，绕到粪球侧面，又试着从侧面推，粪球依然不动。它放弃了从侧面推动的努力，又绕到粪球的背面，从背面轻轻一推，它动了。胜利的屎壳郎推着它的果实继续上路了。

小小的屎壳郎两次转换角度，终于成功了。如果它执着于从正面推，也许永无成功之日。相信苏轼看到了这一幕，一定会惊叹于造物的神奇，一定会认为这是一只带有佛性的小生灵，一定会发出由衷的微笑！

屎壳郎推动粪球的故事，给予我们一种积极的暗示。其实，我们要拆解人生这个巨大的圆球，也应该从不同的侧面去冷静观察。只有这样，我们才有可能找到一团乱麻中的线头，从而试着破解人生这个谜团。如果执着于某一侧面，必然陷入迷误而不能自拔。

学会换个角度思考问题，是破除人生执着的不二法门。

有一位大师，一直潜心苦练，几十年练就了一身"移山大法"。有人向他请教他用了什么神功练就这种本领，他笑着回答："练这种神功很简单，只要掌

握一点，山不过来就我，我就过去就它。"生活中有很多"大山"，如果我们移不动它，何不像这位大师一样，自己过去就它。当你无法改变事实时，就改变你自己的想法！一味的执着，最终只会使你撞得头破血流。人生是个圆球，对付这圆球，应该学习屎壳郎的智慧。

心有多大，天地就有多宽

登高／杜甫

风急天高猿啸哀，渚清沙白鸟
飞回。无边落木萧萧下，不尽
长江滚滚来。万里悲秋常作
客，百年多病独登台。艰难苦
恨繁霜鬓，潦倒新停浊酒杯。

　　"帝高阳之苗裔兮，朕皇考曰伯庸。摄提贞于孟陬兮，惟庚寅吾以降。皇
览揆余初度兮，肇锡余以嘉名。名余曰正则兮，字余曰灵均。纷吾既有此内美
兮，又重之以修能。"千载之前，屈子一遍遍地陈述着他显耀的身世。

　　千载之后，杜甫也一再吟赏着他那曾经辉煌的过往。

　　　臣之近代陵夷，公侯之贵磨灭，鼎铭之勋，不复炤耀于明时。自先君
　　恕、预以降，奉儒守官，未坠素业矣。亡祖故尚书膳部员外郎先臣审言，
　　修文于中宗之朝，高视于藏书之府，故天下学士到于今而师之。臣幸赖先
　　臣绪业，自七岁所缀诗笔，向四十载矣，约千有余篇。（《进雕赋表》）

　　杜甫的远祖西晋名将杜预，战功赫赫，并曾为《左传》作注，是典型的文
能安邦、武能定国的社稷之才。祖父杜审言，少与李峤、崔融、苏味道齐名，
称"文章四友"，晚年和沈佺期、宋之问相唱和，是唐代近体诗即律诗的奠基
人之一，引领初唐一代诗风。杜甫自述家世称"未坠素业"，即是指先祖的文
学事业。杜甫自幼就有继承并发扬光大先祖文学事业的志向，请看他的自述：

甫昔少年日，早充观国宾。读书破万卷，下笔如有神。

赋料扬雄敌，诗看子建亲。李邕求识面，王翰愿卜邻。

自谓颇挺出，立登要路津。致君尧舜上，再使风俗淳。（《奉赠韦左丞丈二十二韵》）

往者十四五，出游翰墨场。斯文崔魏徒，以我似班扬。

七龄思即壮，开口咏凤凰。九龄书大字，有作成一囊。

性豪业嗜酒，嫉恶怀刚肠。脱略小时辈，结交皆老苍。

饮酣视八极，俗物多茫茫。（《壮游》）

一切似乎做作好了铺排，就连盛唐郁郁葱葱、光昌流丽的国势也在为他而等待，等待着一个天才开始一场盛大的演出，舞台是天地，主角是自己！

然而，理想的路从来都不是一帆风顺的。

同李白一样，杜甫没能考中进士。李白根本就没有去考，这是不屑。杜甫是没有考上，这是不幸。围绕着杜甫没有考中进士的问题，后世很多人在怀疑杜甫的天才。李白毫无疑问是天才。杜甫是天才吗？在我看来，中国从古至今最有才华的人，庄周算一个，屈原算一个，司马迁算一个，李白算一个，杜甫算一个，韩愈算一个，苏轼算一个，曹雪芹算一个，统共加起来，不足两掌之数。

杜甫是有天才的，他也相信自己是有天才的。正是这种自信，使他在人世的艰辛里把最初的理想坚持到了最后。

困守长安十年，岁月早已染白了双鬓。如今的杜甫，依然是漂泊在西南天地间的一粒卑微的微尘。青天高，黄地厚，唯见月寒日暖，来煎人寿。

一天，他独自登上夔州白帝城外的高台，登高临眺，百感交集。望中所见，激起意中所触；萧瑟的秋江景色，引发了他身世飘零的感慨，渗入了他老病孤愁的悲哀。于是，就有了这首被誉为"古今七言律第一"的旷世之作。

十八九岁时，我读《登高》一诗，独赏其文字之美。及至后来在大学里聆听教授们字斟句酌的艺术分析，则只留下支离破碎的印象。而今，我再读此诗，则既不愿受历来诗评家们的蛊惑，也不顾及从来的正解，面更愿从自我人生经历之感悟中来独得其会心。我以为，《登高》这首诗的精髓，在于境界二字。

无边落木萧萧下，不尽长江滚滚来。这是怎样高远的一种境界！

面对空间的寥廓、时间的绵亘，身处天地之间的自己如此渺小，但你的心却可以很大很大，可以包容一切、承受一切、化解一切。正所谓心有多大，天地就有多宽。

王国维说："有造境，有写境，此理想与写实二派之所由分。然二者颇难分别。因大诗人所造之境，必合乎自然，所写之境，亦必邻于理想故也。"这段话大意是，大诗人心中陶冶创造出来的物象境界，离不开天地自然的范畴；而大诗人所摹写的天地物象，也是出于诗人内心的创造。换言之，一切物象的表现，都是心境的反映。我们的心有多大，天地就有多宽；我们的心境有多壮美，天地万物就有多壮美。

面对着同样秋天，屈大夫不是也说过"袅袅兮秋风，洞庭波兮木叶下"的话吗？（著名作家汪曾祺评曰："两句话，把洞庭湖就写完了！"）曹操不是也说过"秋风萧瑟，洪波涌起。日月之行，若出其中。星汉灿烂，若出其里"的话吗？王勃不是也说过"天高地迥，觉宇宙之无穷；兴尽悲来，识盈虚之有数"的话吗？李太白不是也说过"黄河落天走东海，万里写入胸怀间"的话吗？苏东坡不是也说过"寄蜉蝣于天地，渺沧海之一粟。哀吾生之须臾，羡长江之无穷"的话吗？这些大诗人所言之境界，既是天地物象之境界，亦是内心理想之境界。此种境界，非大诗人不足以造之，非大英雄不足以道之。

心有多大，天地就有多宽！

安史之乱后，盛唐华丽的帷幕已徐徐落下，颠沛，离乱，愁苦，一起奔涌纷沓而来。

所有这一切，并没有磨灭杜甫心中的意气，反而铸就了杜甫夔州时期诗艺

精绝、沉郁顿挫的不朽诗篇。

不济的是他的那些后继者，他们的心蜷缩在帝国夕阳的余照里，境界日渐逼仄，天地随之变小。诗坛充满着颓废、堕落及不可救药的暮气，他们只知道沉醉在女人的怀里，呻吟着无聊的悲哀。百年，万里，天地，在他们笔下都没了踪迹。

好的作品，是有自个儿在里面的。读诗，也要把自个儿放进去。没有自个儿在里面，怎么能够体会诗的妙处呢？

杜甫写《登高》，是有他自个儿在里面的。我们今天读《登高》，也要把自个儿放进去，细心体会。这个世界上最广阔的是海洋，比海洋更广阔的是天空，比天空更广阔的是人的心灵。心有多大，天地就有多宽。也许，在我们春风得意的时候、斤斤于得失祸福和名缰利锁的时候，我们不能够深切地体会到这句话的深意。但是，当我们的生命意志不得伸展、一无所有却雄心万丈的时候，当我们的内心为一种崇高的理想和激情所驱使的时候，我们也许能够体会到"无边落木萧萧下，不尽长江滚滚来"的壮阔与苍凉。像这样的时候，在我们的一生中能有几次呢？

心有多大，天地就有多宽。一旦我们幸遇生命中那个壮美的时刻，抓住它！抓住了生命中冒出来的这一点点星火，我们就有希望把自己的人生烧成一片壮丽的火海！人，得自个儿成全自个儿。

今夕何夕

赠卫八处士 / 杜甫

人生不相见，动如参与商。今
夕复何夕，共此灯烛光。少壮
能几时，鬓发各已苍。访旧半
为鬼，惊呼热中肠。焉知二十
载，重上君子堂。昔别君未
婚，儿女忽成行。怡然敬父
执，问我来何方。问答乃未
已，驱儿罗酒浆。夜雨剪春
韭，新炊间黄粱。主称会面
难，一举累十觞。十觞亦不
醉，感子故意长。明日隔山
岳，世事两茫茫。

相逢了，终于相逢了，在离别了二十多年之后，在目睹了一幕幕触目惊心
的离别上演之后，杜二与老友卫八终于相逢了。

感谢上苍！

然而，我们都已经老了，老了。

少壮能几时，鬓发各已苍。

"你还好吗？"

"还好，还好。"

简简单单的四个字，浓缩了半生的风雨，半生的牵挂。

我们都好。只是儿时的伙伴，一个个都已经离我们远去了，那才华横溢的，
那青梅竹马的，那木讷寡言的，那机智善辩的，便是怎样的惊呼，都渺无回音！

"访旧半为鬼，惊呼热中肠"二句，是全诗关锁，情感落差最大，也最能给
人以情感冲击力。有了这两句夺目锥心的诗，则前面写瞬间的幸福及后面写离
合的深痛，都被这一巨大的情绪力量所裹挟和笼罩，如江河泻地，酣畅淋漓；
如泰山压顶，力重千钧。

一首好诗就是这样，不会纯粹是黑暗，也不会纯粹是光明。杜甫的《赠卫
八处士》正是这样，暴风骤雨之后，又是一片光风霁月。

"夜雨剪春韭，新炊间黄粱。"这样清新脱俗的句子，夹杂在一片浓得化不开的情绪里面，真是让人欣喜莫名。细微处的诗意，恰如云缝中射出的一缕阳光，给人以无限的憧憬。

接下来是两位老朋友的体己话。主人说："此日一会，相见更待何年?! 让我们为生者，也为死者，干杯!"杜二默默地举起了酒杯。

人生，不能细想啊! 纵然相聚，能有几时。何况明朝又要分别，从此相隔千山万水。再聚的日子何其遥远，命运究竟要将你我带到何方?

恰如万顷波涛中的一朵浪花，茫茫人世间的一个微笑，悠悠史册里的一页光芒，杜甫将人生当中一次平凡的相逢细细写来，体贴人情，细致入微，叙述简洁，语言朴素，为我们提供了一个衡量文学作品的绝好范本。

凡是好的文学作品，必然是贴到人物来写的。"什么时候作者的心贴不住人物，笔下就会浮、泛、飘、滑，花里胡哨，故弄玄虚，失去了诚意。"即便是叙述的语言，也要尽量写得朴素，这样才能真实，言之有物。少年时读唐诗，觉得李白的诗奇伟瑰丽，灵动如水，真是好诗! 杜甫的诗则平淡寡味，静穆如山。年龄渐长，阅历渐多，再读杜诗，越来越觉得杜甫不简单。

但是，我们真的读懂了杜甫的真意了吗? 在平淡如水的岁月里，真正的悲欢难道不是早已忘却了的记忆吗?

人生何处不相逢，相逢犹如在梦中。

杜二与卫八的相逢，是一场梦。"飞花逐水流"一样的梦。"怀旧空吟闻笛赋，到乡翻似烂柯人"一样的梦。"忽魂悸以魄动，恍惊起而长嗟。惟觉时之枕席，失向来之烟霞"一样的梦。"落花流水春去也，天上人间"一样的梦。

杜甫的诗，是在梦中写成的。唯有在梦中，才会焕发如此灿烂的烟霞; 唯有在梦中，才能展示未经掩饰的狂喜; 唯有在梦中，才会生出执迷不悟的幸福感动。

梦醒了，诗也就没有了。

诗没有了，生活才给人以刺痛感。

短暂的幸福，赚来的是长久的刺痛。

人生的悲欢离合，本属常有。但是，不到中年，又岂能体会这中间的悲哀？

明乎此，我们也就不难理解，为什么杜甫中年归来，偶与儿时好友卫八相逢，一时间竟悲欣交集，连忘情都来不及了？

是杜甫，让我们体味到了相逢的美好。

流年似水。静夜灯下追忆往事，他们的足音永远近在咫尺，仿佛只需轻唤一声，他就会提着一壶老酒，推开半掩的竹门，信步而来，细数别后的风尘。

恋人的相逢，更是缠缠绵绵，唧唧啾啾。

喜欢极了《诗经》里的那首《绸缪》。绸缪，多么美好的名字。

> 绸缪束薪，三星在天。今夕何夕，见此良人。子兮子兮，如此良人何！
> 绸缪束刍，三星在隅。今夕何夕，见此邂逅。子兮子兮，如此邂逅何！
> 绸缪束楚，三星在户。今夕何夕，见此粲者。子兮子兮，如此粲者何！

还有那临水照花般的张爱玲。她在我们心里刻划了一个这样的场面：

> 于千万人之中遇见你所要遇见的人，于千万年之中，时间的无涯的荒野里，没有早一步，也没有晚一步，刚巧赶上了，那也没有别的话可说，唯有轻轻地问一声："噢，你也在这里吗？"

多么经典！

还乡记

闻官军收河南河北 / 杜甫

剑外忽传收蓟北，初闻涕泪满衣裳。却看妻子愁何在？漫卷诗书喜欲狂。白日放歌须纵酒，青春作伴好还乡。即从巴峡穿巫峡，便下襄阳向洛阳。

　　清人浦起龙说，《闻官军收河南河北》是杜甫"生平第一首快诗"。此言不虚！

　　如果把这首诗比作一首乐曲的话，那么，它的主旋律就是快乐。王嗣奭说："此诗句句有喜跃意，一气流注。"顾宸说："此诗之'忽传'、'初闻'、'却看'、'漫卷'、'即从'、'便下'，于仓促间写出欲歌欲哭之状，使人千载如见。"金圣叹说："临老得见太平，即一日亦是快乐。我纵不善歌，当为曼声长歌。纵饮不得酒，当为长夜泥饮，皆所以洗涤向来之郁勃也。"关于此诗，看看这些也就够了，实在不宜多作解说。只需将老杜那生气勃勃的文字拿来，把酒临风，且饮且歌，岂不快哉！

　　人生最快乐的一件事情，就是回家。不管你是衣锦还乡还是失意而归，家，永远是你人生的港湾。

　　"日暮乡关何处是？烟波江上使人愁。"我想这是真的。一个漂泊在外的浪子，他心中最甜蜜的角落，一定是关于家乡的回忆。尽管家乡的影子在他的心中早已模糊，仅剩下一条河湾，半壁苍苔，几个伙伴，但是他对于家乡的思念却始终不曾改变。

　　"近乡情更怯，不敢问来人"，这是生怕被故乡遗忘了的甜蜜忧愁。

"昔我往矣，杨柳依依；今我来思，雨雪霏霏"，这是沉浸在故乡美丽风物中突然痛感生命流逝的戚戚悲伤。

"旧路青山在，余生白首归"，这是经历漫长的煎熬与等待之后终于无悔归来的落落圆满。

杜甫说得好："白日放歌须纵酒，青春作伴好还乡。"我真的弄不明白，为什么老杜在欢欣雀跃的时候，就想要回家呢？

余秋雨在《乡关何处》一文中说："在一般意义上，家是一种生活，在深刻意义上，家是一种思念。"我想再加上一句——"在情感意义上，家是一种快乐。"

在历史上，有两个人回家，曾经被司马迁的史笔浓墨重彩地描写过。这两个人回家，都很有意思。一个是项羽，一个是刘邦。

项羽率领十万江东子弟杀入咸阳，灭掉秦朝并烧了阿房宫以后，他的小农意识和思乡病就犯了。你想啊，现在天下都是他的了，他可不想独自一个人乐和。他要把这一切拿去同他心爱的虞姬分享，他要把这一切拿去在江东父老面前显摆。不分享不足以显示他对虞姬的深爱，不显摆不足以表现他的豪气和能耐！

于是他就想回家，回到故乡徐州去称王称霸。在这样一种情况下，他说了一句非常非常著名的话，他说："富贵不归故乡，如衣绣夜行，谁知之者！"翻译过来就是，一个人在外边发达了不回故乡，那就好像一个人穿着锦绣的衣服在夜间行走，有谁知道你发达了？项羽这话一说出来，旁边就有位智者冷笑了："听说楚国人是沐猴而冠，果真是如此啊！"项羽不傻，他听出来了，知道这个人是骂他，就毫不客气地把他给煮了。说起来也真是让人感慨，儿女情长、家乡观念特别重的项羽因为定都的失策（当然还有其他更重要的失策），最后让刘邦给灭了，只能演出那霸王别姬的悲壮一幕。

刘邦的家乡观念就淡薄得很，他是以天下为家。公元前195年，刘邦平定了淮南王英布的反叛之后，回朝途中经过故乡沛县，演出了一幕亘古未有的豪举。《史记》是这样记载的：高祖还乡，"置酒沛宫，悉召故人父老子弟纵酒，

发沛中儿得百二十人，教之歌。酒酣，高祖击筑，自为歌诗曰：'大风起兮云飞扬，威加海内兮归故乡，安得猛士兮守四方！'"仅凭这一句"大风起兮云飞扬"，刘邦就不愧为一代雄主。他的那股子豪气，真是让人佩服。

刘邦回家的排场，元人睢景臣的散曲《高祖还乡》有极为传神幽默的描绘："红漆了叉，银铮了斧，甜瓜苦瓜黄金镀。明晃晃马镫枪尖上挑，白雪雪鹅毛扇上铺。这几个乔人物，拿着些不曾见的器仗，穿着些大作怪衣服。""辕条上都是马，套顶上不见驴。黄罗伞柄天生曲。车前八个天曹判，车后若干递送夫。更几个多娇女，一般穿着，一样妆梳。""那大汉下的车，众人施礼数。那大汉觑得人如无物。"你道那大汉是谁？"白什么改了姓更了名唤做汉高祖！"

觅渡，觅渡，渡何处

蜀相／杜甫

丞相祠堂何处寻？锦官城外柏森森。映阶碧草自春色，隔叶黄鹂空好音。三顾频烦天下计，两朝开济老臣心。出师未捷身先死，长使英雄泪满襟！

山河破碎，身世浮沉。漂泊了半生的诗人，终于来到四川成都，得到一个安身立命、暂时喘息的机会。

带着一身的疲倦困顿，带着一颗需要慰藉的心灵，他默默地寻找着圣贤的足迹，寻找着他未曾谋面的知音。

他找啊，找啊，找到了武侯祠。

苍凉的时光如水，渡我，渡我，到遥远的国度。

那是一幕幕叫人如何不思量的场景。一颗诚心，三顾茅庐。在耐心与诚心的一番考量后，我们的主人公登场了。隆中对策，赤壁鏖战，从出山的那一刻起，就注定了一生的鞠躬尽瘁。从此，诸葛丞相站在了历史的大舞台上，浓墨重彩地描绘着历史的画图，伯仲之间见伊吕，指挥若定失萧曹。

白手起家，一匡蜀国。三分天下，六出祁山，最终魂断五丈原。一生的轰轰烈烈，无比精彩的开端，换来的却是兵败如山倒，乐而不思蜀的结局，这是上天的玩笑，还是历史的荒诞？

"三顾频烦天下计，两朝开济老臣心"。前半章的调子多么欢快明丽，真正的华彩乐章。"出师未捷身先死，长使英雄泪满襟！"后半章的调子多么灰暗低沉，月盈必亏，物极必反，英雄末路的悲哀。

其实，湖海散人早在开篇就点明了这个结局的。《三国演义》第三十七回：

> 玄德曰："元直临行，荐南阳诸葛亮，其人若何？"徽笑曰："元直欲去，自去便了，何又惹他出来呕心血也？"玄德曰："先生何出此言？"……徽出门仰天大笑曰："卧龙虽得其主，不得其时，惜哉！"言罢，飘然而去。

虽得其主，不得其时。熟知天命的你，又如何不知道这一点？当三国鼎立的局面形成之后，你的人生也就达到了顶峰。这个顶峰来得太快，也太早了，这个格局规划得太伟大、太完美，也太封闭、太局促了。到了顶，也就意味着无路可走，只有慢慢地下来。你自然明白，以蜀国的发展空间，蜀国的实力，和当时的形势，你个人是无力回天的。这就是时，这就是命。

可惜了你一腔忠诚，满腹经纶。只能偏霸益州，维持现状。其实，直到此时，你面临的考验才真正开始啊！你不愿偏霸一隅，你不愿安享太平，你拒绝和棋，你选择了北伐——一个几乎不可能完成的任务。逆天而行，逆时而动，等待你的是什么？

其实你知道答案。是"出师未捷身先死"的悲哀，是"长使英雄泪满襟"的唏嘘，是一曲英雄末路的悲歌！

时来天地皆同力，运去英雄不自由。也许冥冥之中真的有一只操纵命运的手。你看冯唐历经三代，本事也有，可官就是升不上去，九十多岁了，还是个郎官。别人问他咋回事？冯唐无奈答曰：文帝好文，我却以武见长；景帝爱用老成人，我正年轻；武帝上台搞年轻化，我却已经老了。阴差阳错，就这么蹉跎了一辈子。

罢罢罢，难道大名垂宇宙的诸葛丞相给予你杜二的就是这样一个答案？难道你在对于诸葛丞相的无尽赞美与哀伤之间，得到的竟是这样一种感悟？

在这里，时间在流逝，热血在冷却，一种无情的冰冷横亘在你心里。

你要的本是一种慰藉，本是一种精神支撑，是苦难中能给你精神力量的良药啊！你是带着宗教般的肃穆与虔诚来到这里的啊！

一声"出师未捷身先死，长使英雄泪满襟"，包含了你多少壮志难酬的感慨，多少落寞和绝望。

但是，你的救世热忱何尝不是一个美丽的泡影呢？

你怀着"致君尧舜上，再使风俗淳"的梦想，带着"葵藿倾太阳，物性固莫夺"的执着，沿着自古以来无数人走过的路，走向了长安。然而，为时晚矣，帝国已近黄昏，长安已是一台大戏的尾声。任凭它冠盖满京华，你却是斯人独憔悴。穷困潦倒，投献权贵，六载应试，功名未取。那匹瘦驴驮着你的理想和抱负，在大雁塔下徘徊，碰到的却是紧闭的门户。寄食富门，卖药市上，自尊早已踩在脚下。

执着，换来的是一生的漂泊。

一夜又一夜，你在如豆的青灯下，咀嚼着时代的苦难，任那种叫作忧愁的植物在你心中疯长。从长安到凤翔，从华州到成都，兵车，丽人，伤兵，胡马，在你如椽的巨笔下一一裸裎。朱门酒肉臭，你看到的却是路有冻死骨；幼子饿已卒，你却在默念失业徒；秋风破茅屋，你想的却是广厦千万间，大庇天下寒士俱欢颜。任你笔落惊风雨，诗成泣鬼神，这些，都换不来你可以暂时栖身的地方，就连死，也是在岳州一条风雨飘摇的小船上。

你怎么就不放下那些忧？那些愁？却任由它们无休止地噬咬着你那颗真诚却得不到回应的心？

人活在世上，总要找到安身立命的价值，他才能够活下去。你找到的是什么呢？你秉持着奉儒守官的家教传统，抱着兼济天下的执着理想，像屈大夫一样，虽九死其犹未悔！你怎么就不试着建立新的人生基点呢？你怎么就不能试着给自己的生命存在寻找一种新的解释呢？你可以采菊东篱下，悠然见南山，在自然中体悟生命的真味。你可以小舟从此逝，江海寄余生，在无何有之乡逍遥自在。你可以会须一饮三百杯，与尔同消万古愁，在盛世中及时行乐。你可以万事不关心，躲进小楼成一统，管他冬夏与春秋。给你的选择其实很多很多。

而你呢？任凭弱水三千，偏只取一瓢饮。这一饮，就要了你的命！

本来，安史之乱后的大唐帝国已近黄昏，你却依然怀抱着致君尧舜的梦想，

希望只身承担起全天下人的苦难。你的坚持是对的，然而你的力量却是渺小的。

千古的，只有你那留在旧箱箧里皱皱巴巴的诗文！

人生失意无终
人生得意有尽，

咏怀古迹 / 杜甫

群山万壑赴荆门，生长明妃尚
有村。一去紫台连朔漠，独留
青冢向黄昏。画图省识春风
面，环佩空归月夜魂。千载琵
琶作胡语，分明怨恨曲中论。

"昭君怨"是古典诗词当中一个常见的主题。但把这个题材写成经典的，并不很多。庾信《昭君辞应诏》有几句写昭君出塞的情形，相当精彩："冰河牵马渡，雪路抱鞍行。胡风入骨冷，夜月照心明。"试想，在一个四顾无援的异域，一个一切都由他人支配的陌生天地，一个语言不通、习俗不同的环境里，一个孤零零的弱女子要有多大的勇气来面对这未可知的命运！

此后，成为绝唱的倒还不是杜甫的这首《咏怀古迹》，而是比他晚了将近300年的王安石的《明妃曲》和欧阳修的《再和明妃曲》。

> 明妃初出汉宫时，泪湿春风鬓角垂。
>
> 低徊顾影无颜色，尚得君王不自持。
>
> 归来却怪丹青手，入眼平生未曾有。
>
> 意态由来画不成，当时枉杀毛延寿。
>
> 一去心知更不归，可怜着尽汉宫衣。
>
> 寄声欲问塞南事，只有年年鸿雁飞。
>
> 家人万里传消息：好在毡城莫相忆，
>
> 君不见咫尺长门闭阿娇，人生失意无南北！（王安石《明妃曲》）

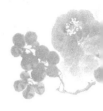

汉宫有佳人，天子初未识。

一朝随汉使，远嫁单于国。

绝色天下无，一失难再得。

虽能杀画工，于事竟何益。

耳目所及尚如此，万里安能制夷狄！

汉计诚已拙，女色难自夸。

明妃去时泪，洒向枝上花。

狂风日暮起，漂泊落谁家。

红颜胜人多薄命，莫怨东风当自嗟。（欧阳修《再和明妃曲》）

这两篇《明妃曲》，就思想的深刻和见解的独到而言，都是他人所不及的。

曹雪芹《红楼梦》第六十四回曾借薛宝钗之口对这两首诗作过一段相当精彩的评论："作诗不论何题，只要善翻古人之意。若要随人脚踪走去，纵使字句精工，已落第二义，究竟算不得好诗。即如前人所咏昭君之诗甚多，有悲挽昭君的，有怨恨延寿的，又有讥汉帝不能使画工图貌贤臣而画美人的，纷纷不一。后来王荆公复有'意态由来画不成，当时枉杀毛延寿'；永叔有'耳目所见尚如此，万里安能制夷狄'。二诗俱能各出己见，不与人同。"

有一种观点认为，诗歌或者说广义的文学作品，是作者和读者共同创造的产物。因此，作者把一个作品写出来，充其量还只是一件半成品，必须经过读者的审美阅读和再创造，才能成为一件完整的艺术品。所以，从接受美学的角度讲，就有这样的名言："一千个读者就有一千个哈姆雷特。"也就是说，我们读一个作品，可以有多个角度；而真正的好诗，不管你从哪个角度去分析，都必然是好的。宝钗指出王安石的《明妃曲》一诗好就好在立意上，是一个角度。有评论家指出，《明妃曲》描写昭君之美，运用了莱辛在《拉奥孔》中提出的"不到顶点"的写法，又是一个角度。还有人认为，此诗"人生失意无南北"一句，借昭君之口抒发深沉的人生感慨，力重千钧，又是一个角度。当然

还有许多其他的角度。

《明妃曲》在艺术上的巨大成功，就在于它选取了一个最具有包孕性、最能让人的想象自由活动的顷刻来描绘昭君出塞这一重大历史事件，因而给人留下了不可磨灭的印象。《后汉书·南匈奴传》这样描写昭君离别汉宫的情形："昭君丰容靓饰，光明汉宫，顾景裴回，竦动左右。帝见大惊，意欲留之，而难以失信，遂与匈奴。"这段描写着意选取昭君最光彩夺目的一刻来加以铺排，固然使人眼睛为之一亮，但却不能引人遐想。人物之美，尤其是天生丽质，从来难以画传，更不用说用语言来描述了。不管你怎样堆砌辞藻，都只能使僵死的字句在活生生的风情美仪面前相形见绌。

王安石就不这样写，他选取了一个即将达到顶点的顷刻来描写，并且是从侧面来写，这就不知高明到哪里去了。"明妃初出汉宫时，泪湿春风鬓角垂。低徊顾影无颜色，尚得君王不自持。"昭君初出汉宫，心中悲戚，泪眼蒙眬，尚且使得君王难以自持，昭君该有多美啊！简简单单几句话，让人对昭君之美生出无限想象。而这样描写恰恰又是最符合人物心理的，是最能与生活贴近的。《后汉书·南匈奴传》描写昭君离别汉宫时"丰容靓饰，光明汉宫"，仿佛是春风得意，还说她"顾景裴回"，似乎是风情万种。这样写简直笨拙极了，一点也没有贴到人物来写。就像一个吃力不讨好的工匠，尽管在尽力地往画上涂抹，却怎么也不能给人以生动的美感。你想想看，昭君远嫁异域，这是一件多么悲惨的事情，她笑得出来吗？

王安石更精辟的见解是他说的那一句"意态由来画不成"，可惜那些缺乏文学才能的史家，不知天高地厚，偏偏就想"画"出昭君的美来。

德国文艺理论家莱辛在《拉奥孔》一书中对"不到顶点"的写法进行了美学分析，他说："既然在永远变化的自然中，艺术家只能选用某一顷刻，特别是画家还只能从某一角度来运用这一顷刻；既然艺术家的作品之所以被创造出来，并不是让人一看了事，还要让人玩索，而且长期地反复玩索；那么，我们就可以有把握地说，选择上述某一顷刻以及观察它的某一个角度，就要看它能否产生最大效果了。最能产生效果的只能是可以让想象自由活动的那一顷刻了。我

们愈看下去，就一定在它里面愈能想出更多的东西来。我们在它里面愈能想出更多的东西来，也就一定愈相信自己看到了这些东西。在一种激情的整个过程里，最不能显出这种好处的莫过于它的顶点。到了顶点就到了止境，眼睛就不能朝更远的地方去看，想象就被捆住了翅膀，因为想象跳不出感官印象，就只能在这个印象下面设想一些较软弱的形象，对于这些形象，表情已达到了看得见的极限，这就给想象划了界限，使它不能向上超越一步。"

"君不见咫尺长门闭阿娇，人生失意无南北！"

陈皇后阿娇的故事，耐人寻味。汉武帝小时候信誓旦旦地说要以金屋贮之的，就是这位阿娇。失宠后被幽闭在长门宫里，不甘寂寞，用千金购买大文豪司马相如的赋，想要借此使君王醒悟的，也是这位阿娇。但是，在与命运的抗争中，陈皇后最终没有赢得胜利，身后留下的是一连串的失意与落寞。

王昭君的遭遇也没有好到哪里去，"一去紫台连朔漠，独留青冢向黄昏"，同样充满了失意与落寞。诗人自己呢？似乎也仍然是一生与失意和落寞相伴。在人生的前半期，王安石壮志难酬，怀才不遇。到了后半期，虽然受到宋神宗的重用，一展宏图，但他的理想有哪一条完全实现了呢？这个"中国十一世纪的改革家"留下的，是一个更为残破的国家和一个更为残缺的人生。王安石说："人生失意无南北。"如果往深里想，这世上尽是失意之人，哪里分什么时间和地点呢？稍稍得意于一时的，也必将在更大的失意中度过长久的岁月。

人生得意有尽，人生失意无终。大概，这也算是人生的常态吧。

二十八个字的回忆录

江南逢李龟年／杜甫

岐王宅里寻常见，
崔九堂前几度闻。
正是江南好风景，
落花时节又逢君。

这首诗是杜甫绝句中最有情韵、最富含蕴的一首，读罢令人感慨不已。清人黄生说："今昔盛衰之感，言外黯然欲绝，见风韵于行间，寓感慨于字里。"

伟大的现实主义诗人杜甫仅仅用了寥寥二十八个字，就成功地营造出了一个以长安与江南、华堂与落花等为中心意象的两幅对比鲜明的画面，并通过作者与友人的意外相逢这一极具戏剧性的故事情节，把今与昔、物与人、景与情水乳交融地绾结在一起，构成了一部剪裁精当且又极富个性的有关安史之乱的历史画卷，同时也是一部风情摇荡、繁华难掩但业已发黄褪色的缩微式回忆录。

李龟年是唐代著名音乐家，善歌，又擅长羯鼓、筚篥。据《明皇杂录》一书记载："唐开元中，乐工李龟年、彭年、鹤年兄弟三人皆有才学盛名，彭年善舞，鹤年、龟年能歌……特承顾遇，于东都大起第宅，僭侈之制，逾于王侯。宅在东都通远里，中堂制度，甲于都下。其后龟年流落江南，每遇良辰胜赏，为人歌数阕，座中闻之，莫不掩泣罢酒。"为什么李龟年流落江南以后，他的歌声能够使得听众产生强烈的共鸣，以至于"莫不掩泣罢酒"呢？这除了李龟年本身歌唱艺术的高妙之外，大概也是因为歌者在经历安史之乱的沧桑巨变之后，思想感情上也更多地染上了悲凉的色调吧！

岐王李范是唐睿宗第四子，好学工书，雅爱文章。崔九即殿中监崔涤，与

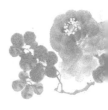

玄宗过从甚密，常出入禁中。这些人，都是当年杜甫经常见到，相与游学的老一辈名流。杜甫暮年写《壮游》一诗，其中说："往昔十四五，出游翰墨场。斯文崔魏徒，以我似班扬。"又说："脱略小时辈，结交皆老苍。"杜甫当时结交的"老苍"，除了诗中提到的崔尚、魏启心外，想必也应包括岐王李范、崔涤等名流在内。

《江南逢李龟年》是老杜创作生涯中殿后的绝唱。公元 770 年，暮春时节，诗人流落到潭州（今长沙），途中忽遇开元年间曾经风华绝代的歌唱家李龟年，这突然的相逢使得两个飘萍一样的老人不胜感慨，记忆的闸门由此打开。哈佛大学著名汉学家宇文所安在分析这首诗的时候，曾经这样说："这是一首描述相逢的诗，它追忆的是很久以前的某一时刻，要让对方想起这个时刻，只需要稍微提醒一下就可以了。因为关系密切，所以只需要稍微提醒一下……各种细节就会涌入我们的记忆……无声地涌入脑海。"那么，当诗人与李龟年相遇时，涌入诗人脑海里的究竟是什么呢？

我们无法给出答案，因为诗人也并不想要我们知道这答案。知道这答案有什么意味呢？实际上，诗人是在诗中布下了一张大网，同时又赋予读者许多神秘的暗示，这暗示似断似续，刺激着我们求解的欲望。然后，我们不得不走入作者的迷网中，也即走入作者的心中，并沿着作者情感的脉络和记忆的线索，去完成一次极其特殊的神秘旅行，即寻求意义与美，也即参与诗的创造。

因为这缘故，我们只能猜测。作者已经赋予了我们这一权利，并且暗示了我们许多蛛丝马迹。因此，我们可以说，老杜也许想起了"七龄思即壮，开口咏凤凰"的金色童年，也许想起了"放荡齐赵间，裘马颇轻狂"的青年时代，也许还想起了那"稻米流脂粟米白，公私仓廪俱丰实"的一去不复返的"开元全盛日"，那是怎样的一个黄金时代啊！那时，作者有幸亲耳聆听李龟年美妙的歌声，也曾观看"一舞剑器动四方"的著名舞蹈家公孙大娘的剑器舞，更有幸与李白、岑参、高适等人相伴相随、旅食京华。

然而，如今诗人行将暮年，江南也已是一派落花流水景象。想不到啊想不到，我竟然能与昔日"天王巨星"李龟年在此相遇！我老杜有今天也就罢了，

　　昔日"天王巨星"李龟年不应该从繁华一梦中跌落下来，直至今日啊；李龟年跌落下来也就罢了，我巍巍大唐不应该在短短八年间，从繁荣昌盛的顶峰跌落下来，直至今日啊。但是，谁又料得定，谁又说得清，人生也好，历史也罢，转眼间，已是南柯一梦。但是，那些长留心中的无比温馨、无比珍贵的记忆，正如这美丽的江南一样，任凭风吹雨打，怎么也抹不去啊！

　　唱不尽兴亡梦幻，弹不尽悲伤感叹，凄凉满眼对江山。

　　在寂寞身后，在萋萋江潭，尽情摇曳着，那首美丽的诗。

　　　　岐王宅里寻常见，崔九堂前几度闻。

　　　　正是江南好风景，落花时节又逢君。

　　一本厚重的回忆录，一段惊心动魄的历史，只用了二十八个字。

到远方去

白雪歌送武判官归京 / 岑参

北风卷地白草折，胡天八月即飞雪。忽如一夜春风来，千树万树梨花开。散入珠帘湿罗幕，狐裘不暖锦衾薄。将军角弓不得控，都护铁衣冷难着。瀚海阑干百丈冰，愁云惨淡万里凝。中军置酒饮归客，胡琴琵琶与羌笛。纷纷暮雪下辕门，风掣红旗冻不翻。轮台东门送君去，去时雪满天山路。山回路转不见君，雪上空留马行处。

浮在万米之上的高空，透过舷窗往下望去，厚厚的云层像碎絮一样在舷舱下面深深的谷底铺开、涌动，像翻卷起落的海潮，像将崩未崩的雪山，泡沫似的，连成一片，挤成一堆，温润的，柔滑的，一股变幻雄奇到无可比方的华丽感觉。真的，这是我生平第一次看到世界屋脊上的奇观，这样的奇观使我再也没有气概藐视雄伟的喜马拉雅山。哪怕我们飞得再高，我也无法释去那压倒一切、涵盖一切的无际无涯。一个神奇的名字——青藏高原就这样盘踞在了我的心头。

飞机在贡嘎机场降落以后，我才发现天空是一种明晃晃的蓝，透明而彻底，而阳光却像有重量似的，十分质感地射在身上，有一种清凉的热度。这样的感觉真是太好了，你简直是在跟日光游戏，而四围的草、树也十分温润而饱满，油油的，像在水底招摇。这使我猛然想起地质学上的一个常识，在第四纪冰川以前，青藏高原本是一片海洋，只是因为地壳的运动，才将青藏高原抬升为世界上海拔最高的大高原。但是直至今天，这阳光好像还是照在深邃的海底似的，有一股柔柔的、温润的沁凉。

顺着曲水河往上走，除了一种辽阔而又粗犷的感觉弥漫心胸之外，油然而生的是对于西藏神秘之美的向往和种种不着边际的想象。然而，在这神秘里面，

我要说有很大一部分是来自于我们对于西藏的一种距离——因距离而产生的美感。多少世纪以来，我们一直在一个与现实错位的历史空间里想象。探险家们的故事和传奇，还有他们发自内心的对于青藏高原的向往、敬畏和膜拜，无不增添着西藏的神秘色彩。18世纪末进入藏区的一位苏格兰人这样描绘西藏："无论目光投向多远，都不会遇到树，披着赭红色的大地，蔑视春天的颜色。"事实上，除了高高的山顶上白石嶙峋，常常裸露出紫色或赭色的质地之外，在河谷地带却是另一番温润舒适而又绿意葱茏的景象："上部，南方的白云飘浮，下部，一条清河碧波荡漾，二者之间有雄鹰翱翔。"当然，如果你往更广阔更深远的地方走去，是会遇到一种深沉的寂静的。但是，这种寂静我却没有遇到。

我固执地往西藏的内心走去，沿着一条从来就没有规划好的路线。

到远方去，到远方去！我不知道，这一声呼唤是从哪里传来的。也许是从遥远的天际，也许是从久远的过去，也许是从深深的心底。

早在唐代，或者更远的时代，在天才作家们的诗篇中，就已经描绘出了人类这一共同的向往——到远方去。这就是唐代的边塞诗。

到远方去，那里有辽旷的空间和永恒的陌生；到远方去，那里有我们想要拥有却不可能拥有的生活；到远方去，那里寄托着我们积极向外追求的自由心灵和幽梦。

北风卷地白草折，胡天八月即飞雪。

忽如一夜春风来，千树万树梨花开。

诗人写北方飞雪，却用南方的春风和梨花作喻，这不仅因为本体和喻体之间有着内在的相似点，也因为唯有这样写，才能使生活在此一世界的人们充分理解和感知存在于彼一世界的风物。

岑参还以丰富活跃的想象描绘过吐鲁番北部的火焰山：

火山突兀赤亭口，火山五月火云厚。

100

火云满山凝未开，飞鸟千里不敢来。（岑参《火云山歌送别》）

他写水咸不冻的伊塞克湖，借助传闻和想象，以奇崛的语言和夸张的手法，写出了一个斑驳陆离的童话世界，给人留下了极其鲜明的印象。

> 侧闻阴山胡儿语，西头热海水如煮。
> 海上众鸟不敢飞，中有鲤鱼长且肥。
> 岸旁青草常不歇，空中白雪旋明灭。
> 蒸沙烁石燃虏云，沸浪炎波煎汉月。
> 阴火潜烧天地炉，何事偏烘西一隅。（岑参《热海行送崔侍御还京》）

王维在《使至塞上》中这样描写河套一带的奇特风光："大漠孤烟直，长河落日圆。"

前一句于旷荡荒凉之中展示冉冉上升的画意，后一句于悲壮奇丽之中显现太阳无限磅礴的气势。从来丘壑之美，没有写得这么令人印象深刻的。《红楼梦》第四十八回，香菱说："这'直'字似无理，'圆'字似太俗，合上书一想，倒像见了这景的……似乎无理的，想去竟是有理有情的。"的确，王维写的是实景，没有来一点虚的。河套一代，为高气压中心盘踞之地，晴朗无风，日光强烈，近地面处，温度较高，向上则气温急剧下降。烟在由高温到低温的空气中，愈飘愈轻，又无风力搅动，故凝聚不散，直上如缕。又，河套一代是平坦的大高原，人在高处，视野辽阔，可以看到落日如轮在黄河上渐渐下降的壮丽景象。这一联的妙处在于写出了"动"的全过程，这一点是连绘画艺术也无法达到的。

然而，荒凉的塞漠却只因有了英雄的胸怀才会变得壮美动人。

> 千里黄云白日曛，北风吹雁雪纷纷。
> 莫愁前路无知己，天下谁人不识君。（高适《别董大》）

葡萄美酒夜光杯，欲饮琵琶马上催。

醉卧沙场君莫笑，古来征战几人回。（王翰《凉州词》）

在王翰的《凉州词》里，当作者充分地意识到人作为生命存在的最大而且必然的孤独——人必须孤独地死去时，他的表达几乎是豪迈旷达而又痛楚至极的。

唐代的边塞诗，大大拓展了中国诗歌的描写领域与意识内涵，反映了当时一部分士人生活所显露的特殊的生命情调与文化意识。在这类诗里，作家们所要表现的主要意识内涵，在我看来可能是：当一个人被抛掷在天长地久、辽阔广大的自然环境中时，他所感受到的一己存在的真切的生命意识，以及当他与完全不同于平常生活的特殊空间（异域）猛然相遇时，当他真正成为一个文化意义上的异乡人时，他所体认到的自我作为生命存在的必然的孤独和自由。

这就是唐代的边塞诗。

生死双美之境

欲识生死譬，且将冰水比。
水结即成冰，冰消返成水。
已死必应生，出生还复死。
冰水不相伤，生死还双美。

——《欲识生死譬》/ 寒山

这首诗所要讨论的中心问题是生死。庄子说："死生亦大矣。"莎士比亚也说："生存还是毁灭，这的确是一个问题。"生死问题，对于任何人来说，都是一个大问题。

何谓"大问题"？可以作两层解读。一层是，任何人都要面对和思考这个问题，无法回避。另一层是，这个问题的重要性超出其他任何人生问题之上，是最重要的、居第一位的问题。

那么，关于生死，寒山说了什么呢？他说，人的生与死，不过是气的聚散，气聚则生，气散则死。这就像冰与水的转化一样，冰会变为水，水又会结成冰，并不是什么了不起的事情。因此，我们应以达观的态度，顺应生死的变化。只有顺应生死的变化（古人称为"顺变"），才能够"两全其美"——生也美，死也美。恰如印度诗人泰戈尔所说："生如朝花之绚烂，死如秋叶之静美。"在这里，寒山的思考在一定程度上解决了我们对于生死的态度问题、心态问题，但并没有解决生死问题。

那么，生死问题能够"解决"吗？

《圣经》说，上帝造人。这当然是"无中生有"。又说，人死，或升入天国，或堕入地狱。这当然也是虚构的。但从本体论上讲，是解决了"生死"的

问题的，即人从哪里来、要到哪里去的问题。当然，我们所说的"解决"，至今为止，也只是在哲学的层面上得到了"解决"。

人作为自然存在物，是有限的，必然面临生死问题。但是和其他物种不一样的是，只有人才有思想，才会思考生死存亡这一根本问题；也只有人才会给予人生种种实践以终极性的价值和意义根据，以求克服生与死的尖锐冲突。终极关怀正是源于人的存在的有限性而又企盼无限的超越性本质，它是人类超越有限追求无限以达到永恒的一种精神渴望。对生命本源和死亡价值的探索构成人生的终极性思考，这是人类作为万物之灵长的哲学智慧；寻求人类精神生活的最高寄托以化解生存和死亡尖锐对立的紧张状态，这是人的超越性的价值追求。只有终极关怀才能化解生存和死亡、有限和无限的紧张对立，才能克服对于生死的困惑与焦虑。终极关怀是人类超越生死的基本途径。

张岱年先生指出，古今中外的终极关怀有三种类型：1、皈依上帝的终极关怀；2、返归本原的终极关怀；3、发扬人生之道的终极关怀。

皈依上帝的终极关怀就是把宗教信仰作为基础，以上帝为最后的精神寄托。宗教用臆想的彼岸世界来吞没现实世界以消弭生（有）死（无）的矛盾，宗教徒蜷缩于上帝、神的阴影下希冀彼岸世界的灵光，生死完全委付给神，生命完全屈从于神，有限的卑微的个体以与神同在、以成为上帝的仆从的方式获得无限和永生。返归本原的终极关怀就是追溯世界本原，以抽象的道来代替虚拟的上帝作为人类精神生活的最高寄托，如哲学通过建构理性世界以观照现实世界的方式来消除有限与无限的矛盾。发扬人生之道的终极关怀把道德看得比生命更高贵更重要，追求天人合一、内圣外王乃至为万世开太平成为精神世界的真正依托。这三种类型的终极关怀对生死矛盾提供的解决方式在某种程度上都是有效的，都在追索人生最高价值的过程中以不同的方式实现了对生死的超越，但无疑都是抽象的。

关于生死，从终极关怀的意义上，或者从哲学的意义上，有人更是提出了这样的假设：人是死而不亡的。何谓"死而不亡"？

我们知道，人如果没有死亡，人生就没有意义。生与死是相联系、相对应

的，没有死亡，就不用探讨人生的理想意义问题，因为他一直活下去的。人一直活下去还有什么意义呢？他自己就是一切，就是神，就是上帝！因此，人只有通过死，才能够使生变得有意义。换句话说，人的死使生存在，人不死，则生不存在。人，有生，是开头，有死，是结尾，这个过程，确证了时间的存在，没有生死，时间也就没有意义，不存在。

但人又不是完全"死"去，只能是"死而不亡"。人如果完全"死"掉，世界重新开始，即人的存在对于他人无意义，那么，人生依然无意义。所谓"死而不亡"，其含义正在于人虽死，但人仍活在他人的世界中，对他人的生活、思想发生影响，即"隐性"存在。人之所以能在他人的生活中、思想中存在，是因为他人能够认识和理解我过去的"事业"的意义。从这个意义上说，人的死，即是自我的完成，是我作为这种新的"存在"意义的开始。人通过他人——一代又一代人的生死相续，及他人对我过去"事业"的各不相同的认识和理解，而使自己获得"永恒"的"生"。

从某种意义上说，我们只有认真地思考过生死问题，并确信对这个问题有了更透彻的理解之后，我们才可以将现世的人生追求建立在更为可靠的支点上。

回头说说寒山。这位疯癫的诗僧是唐代诗国里的一个异数，他的诗更是白话通俗诗歌中的一枝奇葩。但是，遗憾的是，关于寒山其人，我们现在能够知道的却太少了。他的生卒年及姓名我们都不知道，只知道他是初唐贞观时人或者中唐大历时人，因为长期隐居于天台的翠屏山（又称寒岩、寒山），因而自称为寒山或寒山子。

可是，就是这样一个在中国文学史上长期不受重视、甚至被排斥在正统之外的无名诗人，却在千余年之后成为欧美"嬉皮士"运动所追捧的偶像。1956年8月，加里·斯奈德（Gary Snyder）在《常绿评论》（Evergreen Review）杂志上发表了二十四首寒山译诗。1958年，被誉为"垮掉的一代"发言人的杰克·凯鲁亚克（Jack Kerouac）出版了自传体小说《达摩流浪汉》，扉页上就写着"Dedicate to HanShan"（献给寒山）。在这本书中，凯鲁亚克把寒山和斯奈德双

双捧成了"垮掉的一代"的祖师爷。由于斯奈德的寒山译诗二十四首和凯鲁亚克《达摩流浪汉》的相继出版，寒山诗在二十世纪五六十年代的美国迅速风行起来，引发了席卷欧美的"寒山热"。

寒山对于嬉皮士们的感召力最直接的来自其外貌行为。寒山的形象，斯奈德是这样描述的："一个衣衫破烂，长发飞扬，在风里大笑的人，手里握着一个卷轴，立在一个山中的高岩上。"从内在精神上说，寒山诗有两点契合了"垮掉的一代"内心深处的渴望。一是其遗世独立的精神。寒山游离于一切社会规则与秩序之外，"独居寒山，自乐其志"，世俗的权威和力量不再能干扰和制约他，这对嬉皮士们特立独行、标榜自我的价值追求是一种刺激和鼓励。第二点就是回归自然的意识。嬉皮士们鄙视社会、背弃社会，于是只能走向旷野的自然。而在寒山诗中，他们惊喜地听到了灵魂呼唤大地与山峦的深沉回响——浑然天成的寒岩美景，坐拥青山白云的东方诗人，一切似乎都洋溢着安宁、祥和的气氛和禅的生机。正是这种朴实无华的意境和格调，以及寒山身上所特有的田园诗般的精神气质和超越性的内在追求，抚慰了他们充满动荡感、空虚感的心灵。

有诗为证：

　　　　人问寒山道，寒山路不通。
　　　　夏天冰未释，日出雾朦胧。
　　　　似我何由届，与君心不同。
　　　　君心若似我，还得到其中。

　　　　杳杳寒山道，落落冷涧滨。
　　　　啾啾常有鸟，寂寂更无人。
　　　　淅淅风吹面，纷纷雪积身。
　　　　朝朝不见日，岁岁不知春。

吾心似秋月，碧潭清皎洁。

无物堪比伦，教我如何说？

这样的诗，岂非充满生命与禅机，岂非如婴儿一般圣洁？

寒山对于自己的诗，是充满自信的。他说："有人笑我诗，我诗合典雅。不烦郑氏笺，岂用毛公解。不恨会人稀，只为知音寡。若遣趁宫商，余病莫能罢。忽遇明眼人，即自流天下。"尽管中国文学史至今没有给予寒山诗以应有的地位，但他却在二十世纪五六十年代的欧美遇到了"明眼人"和知音，他的诗早就流布天下了。这是西方世界的悲哀，还是中国的悲哀？

古寺听钟

枫桥夜泊／张继

月落乌啼霜满天，
江枫渔火对愁眠。
姑苏城外寒山寺，
夜半钟声到客船。

诗是什么呢？诗，是关于心灵的事情。马一浮先生说："诗以感为体，令人感发兴起，……须是如迷忽觉，如梦忽醒，如仆者之起，如病者之苏，方是兴也。"诗的本质是兴发感动，使人感发兴起。能够使人感发兴起的东西，才是诗。怎样才是感发兴起？"须是如迷忽觉，如梦忽醒，如仆者之起，如病者之苏"。诗，就是要给人以美的感受，就是要把人们从平庸、浮华与困顿中提升出来，直到如梦相似的境界。举个例子来说，生活，就像人看到一株荷花开了一样普通；而诗，是使人看到一个开花的梦。诗，是直觉的美好。

我年轻的时候，远离家乡，求学在外，每当秋风乍起的时候，一个人静静地走在落叶缤纷的校园里，心里就特别地想家，沛然莫之能御。此时，一首小诗就会浮现脑际：

日暮苍山远，天寒白屋贫。

柴门闻犬吠，风雪夜归人。（刘长卿《逢雪宿芙蓉山主人》）

我忽然就觉得，那个大风大雪中，快要回到家中的夜归人，就是我自己的背影啊，心里一下子有说不出的温暖与感动。

陈寅恪说："诗若不是有两个意思，便不是好诗。"这话说得很对。一首诗如果给人看到的只是字面的意思，除此之外一点也不能引起人的联想，那么，它就不可能使人感动。不能使人感动的东西，也就不是诗了。

一千多年前的一个月夜，科考落榜的诗人张继顺着京杭大运河南下，客船停泊在了苏州城外的枫桥边。

此时，月亮已经落下去了。夜气中弥漫着满天霜华。诗人满腹心思，伫立船头。

江边的枫树兀立森森，浸透寒意。远处几片孤舟，飘来点点渔火，更有那乌鸦凄厉的啼叫，搅得人心里空落落的，难以入眠。正在这时，从岸边寒山寺里传来了洪亮的钟声。在这寂静的夜里，这浑厚的钟声仿佛敲在诗人的心上，一下子把诗人满腹的忧愁和孤单敲醒。

这破空而来的寒山寺的钟声，使得诗人深深地感动了。他提起如椽巨笔，将心中如潮水般涌动的诗情画意，就这样水乳交融地涂抹在一帧图画里了。"月落乌啼霜满天，江枫渔火对愁眠。"这不是一串僵死的文字，这是一幅新美的画图。"姑苏城外寒山寺，夜半钟声到客船。"乍看起来，这诗仿佛没有给予你任何的思考和思想。是的，它没有替你思想，但它给予了你一个生命中从未有过的新鲜的、感性的激动，它给予了你一个浮在生活之上的梦，和梦后面的浮想联翩。

据研究，寒山寺的钟声之所以在诗人的感觉里是那样清晰而又鲜明，是有科学道理的。夜半时分，地表气温低，空气密度大，声速小。因此，寒山寺的钟声在向四周传播时是向下拐弯的，易于传到枫桥边的客船上。加上夜半时分，万籁俱寂，干扰的声音又少又小，钟声相对于嘈杂的白天就更容易辨别了，故而听得清楚。同时，这也与人在暗夜中听觉的感受能力增强有关系。诗人科考落第，心情苦闷，自然夜不能寐，看霜色，观渔火，听钟声，触景感怀。钟声不但衬托出了夜的静谧，烘托出四周幽寂冷清的氛围，更有利于表达作者听钟时种种难以言传的心绪。

仿佛是刹那间的灵光一闪，这破空而来的寒山寺的钟声，轰然与诗人的才华相遇，从此改变了寒山寺与枫桥的命运。

据说，千百年来，每逢除夕之夜，都会有大量中外游客聚集到寒山寺，来倾听新年的一百零八记钟声。

"当一场纷纷扬扬的小雪落定之后，当苍茫的寒江余音远去之后，当开花的土地经过成熟又经过收割之后，当群山经繁茂而凋尽万木由葱茏而萧疏之后，在夜半，在姑苏城外，在淡淡的远远的月光下，你会听到一种声音，一种由远而近又由近而远的声音，一种一直萦绕于你的心际似不断轻叩着你心上的那扇门的声音，一种似在近处相识却又似远隔时空的声音，那声音平静而舒缓，那声音空灵而幽秘，它脉动于所有的空间，它浸润着整个的人世。"

"这就是寒山寺的钟声。"

著名诗人严阵这样描写寒山寺的钟声。这声音仿佛有着金属的质地，有着春天的色彩，有着温润的情感，有着空灵的思想。在这声音里，我们听到了什么呢？

"我曾多次来过寒山寺，也曾多次谛听过寒山寺的钟声，可是直到最近我都不能说我已经听懂了那里的钟声。因为那钟声里有一座'天一阁'，它藏满了历代古籍，历尽了人间兴亡。因为那钟声里有一块'无字碑'，它记载着人情冷暖，体味了世态炎凉。因为那钟声里有一面镜子，它能在瞬间为你映照出你留在所有的道路上的所有的脚印。因为那钟声里有一把尺子，在不用任何语言的评述中，客观地为你衡量出你的所长和你的所短。"

"默默地听那岁末的午夜时分悠然远播的钟声吧，那钟声里也浮动着一种春的气息，一种你似乎感觉到又似乎尚未感觉到的一种生机，一种要萌动出无数新芽，一种要爆裂出无数新蕾的欲望，一种要在枝头上迎接风雨布满果实的力量。那钟声里也含满微笑，含满四方美丽的风景，含满相交者相识者相知者相爱者的那些春花秋月的思绪和桂子荷花的情愫。"

啊，原来这就是寒山寺的钟声呢。浅薄浮躁的生灵，竟然从来不曾驻足聆听这宏壮的声音。

　　的确，当我们沉溺在物质世界里的时候，我们错过了太多太多美好的东西。什么时候，我们的心才能真正安静下来，然后，静静地去听一听自然界的声音，静静地去看一看自然界的颜色，静静地去想一想自然界的事情呢。

蒹葭苍苍，白露为霜

夜上受降城闻笛／李益

回乐峰前沙似雪，
受降城外月如霜。
不知何处吹芦管，
一夜征人尽望乡。

今夜，又轮到自己值守了。

夜风咻溜溜地吹过。我赶紧裹紧寒衣，提着长矛，登上城去。

受降城？匈奴既已受了降，为何还要让戍边将士夜夜警戒？倒不如将受降的假面撕了去，露出连年征战丑陋而又苍凉的底色，免得让得胜回朝的念头丝丝缕缕的勾引着。

回乐峰下，一片广袤的沙地，在月光的映照下，透着凛凛的寒意，还有那惨淡的白，难道是雪？月色如霜，皎洁、寒冷，洒满了城外的每寸土地，也洒在每个人的心上，让人脆弱得不堪一击。

回乐峰？多么令人温暖的名字！端的连这些无情的烽火台也在逗引乡思。

浸透寒意的空气里，我的意识格外清醒。思乡的潮涨起来了，雀跃着，将自己席卷进去。

那是爹爹的面孔吗？

陟彼岵兮，瞻望父兮。父曰："嗟！予子行役，夙夜无已。上慎旃哉！犹来无止。"（《诗经·魏风·陟岵》）

登临葱茏山冈上，远远把我爹爹望。似闻爹爹对我说："我的儿啊行役忙，早晚不停真紧张。可要当心身体啊，归来莫要留远方。"

那是娘亲的面孔吗？

> 陟彼屺兮，瞻望母兮。母曰："嗟！予季行役，夙夜无寐。上慎旃哉！犹来无弃。"（《诗经·魏风·陟岵》）

登临荒芜山冈上，远远把我妈妈望。似闻妈妈对我说："我的儿啊行役忙，没日没夜睡不香。可要当心身体啊，归来莫要将娘忘。"

还有我至爱的妻，今夜，你是否也和我一样？

"君子于役，不知其期，曷至哉？鸡栖于埘，日之夕矣，羊牛下来。"我的良人，你怎么了？首如飞蓬，憔悴如斯！犹记得，你初为人妇时，那灼灼其华的容妆，在灯光的摇曳下炫亮，让我不敢正视。

"生死契阔，与子成说；执子之手，与子偕老。"我笨拙地握住了你的手，奉上了我庄严的承诺。

只是，这突如其来的战争，让我的承诺早已被风吹散。

远远地，一声芦管传来，打破了夜的沉寂。

曲调幽幽地，缓缓地，揉碎了将士的心。

起初，只有一支颤抖的、孤零的芦管在吹。接着，四面的营盘里都起了和声。苍凉的月，勾起了无数士兵的乡情。

一点，两点，帐篷里漏出越来越多的火光，在苍茫的沙丘中显得分外刺眼。战马呜呜悲啼的声音，卷在风里也远远地传过来了，加入了思乡的合唱。

木桩，沙袋，石块，杂乱地堆在远处的斜坡上。马粪，血腥，干草香，在微明的晨光中飘荡。天快亮了，该回营帐了。

此刻，在营帐里，一个梦呓的老军正呢喃着家乡的稻米香。

迎接第二天的征途吧。

等着我们的，又将是怎样的一场厮杀。血光飞溅，一个个战士倒下去了，

一个个战士又踩踏着死者的尸体迎上来了。若干年后，又是一批战马从累累白骨上边踏过。

可怜无定河边骨，犹是春闺梦里人。

昨夜的梦里，他来到我身边，而我没有醒来。多么可恨的睡眠！

他在静夜中来到，手里拿着琴，我的梦魂伴着他的琴音翩翩起舞。

为何他的气息穿透不了我的睡眠，为何我总是看不清他的脸？多少个春宵良夜，就这样虚度了。

瑰丽的梦还在连日连夜地徒然做着，他却早已倒下去了。

他倒下去的那一刻，多么想给他新婚的妻子捎一个音信。然而，他没有来得及说出来。

战争，有时候就是这样冷漠、残酷，剥夺了你的怜悯。

昨天，他还在奋力拼杀，前行。

昨天，他还活得好好的，在芦管声里思念你。

一声芦管，勾起如雪的苍凉。

然而，正是这芦管，在那和平的年月里，不也曾吹奏过甜蜜的爱情吗？

谁不知道《诗经》中那绝妙的爱情篇什《蒹葭》呢？"蒹葭苍苍，白露为霜。所谓伊人，在水一方。"蒹葭，一个多么生动的意象，予人无限遐想！"所谓伊人，在水一方。"这无边而又缥缈，惝恍而又迷离，深情而又哀婉的思慕之情，被一片苍苍蒹葭演绎得生气淋漓。

蒹葭，就是芦苇。而芦管，正是取材于这沿水而生，柔韧而又坚强的芦苇。

秋天到来，芦花团团开放，如白雪，如飞絮，一望无垠，气势苍茫，让人一下子陷入洁白而又轻灵的梦境里，陷入奢华而又悠长的思念里。

著名边塞诗人岑参曾作《裴将军宅芦管歌》，歌曰：

辽东九月芦叶断，辽东小儿采芦管。

　　可怜新管清且悲，一曲风飘海头满。

　　海树萧索天雨霜，管声寥亮月苍苍。

　　辽东将军长安宅，美人芦管会佳客。

　　裴将军对于芦管，可谓知之深者。在这既清且悲的芦管声中，不但寄托着将军征战沙场的豪情与萧瑟，也寄托着将军与家乡悠远而又渺茫的血肉联系。

　　当刘禹锡登上西塞山，面对滚滚长江，抒发他那无尽的兴亡之叹时，也借用了这苍苍的芦苇。

　　王濬楼船下益州，金陵王气黯然收。

　　千寻铁锁沈江底，一片降幡出石头。

　　人世几回伤往事？山形依旧枕寒流。

　　今逢四海为家日，故垒萧萧芦荻秋。（刘禹锡《西塞山怀古》）

　　芦苇，在中国古典诗歌意象当中，更多的是用来渲染苍凉。

　　芦苇，只有到了秋天，才绽放它美的极致。而秋天，却是一个萧瑟的季节。芦苇的一生，是那样的沉默、淡泊。只有到了秋风乍起，百花凋零的时节，它才以它壮美的姿态，蓬蓬勃勃地开在秋野长天之下，将自己如雪的淡雅，与萧瑟秋风打成一片，与白云秋融为一体，向人们展示自己的柔韧和坚强。

　　它是秋天的代表，如同秋雁。

　　聪明的画家总是将芦苇与雁群相互衬托，作为画作的素材。

　　他们都与诗人一样，忍不住要将撑得满满的思念之情，借着那支小小的芦苇倾泻而出。

爱心树

大唐歌飞少年行，那是盛唐的气势与辉煌给予无数士子的胆与魂。

而我，却出生在大唐从绚烂走向迟暮，日渐式微的夕照里。

我的家世，恰如中唐的国运，令人忧伤。父亲只做到一个小小的县尉，就早早地去世，剩下嗷嗷待哺的兄弟三人，和孤苦无依的母亲。

母亲用她瘦弱的肩膀扛起了一切。

寒来暑往，冬去春来，我们一点点地长高了，长大了，母亲一点点地变弱了，变瘦了。

母亲，我已长大，要出去闯荡世界、追寻梦想了，你等着我回来，我要把这个世界上最珍贵的礼物带回来，奉献给你。

"傻孩子，出门在外，平安就好，不要心比天高，太过辛劳。"母亲温煦地笑着抚摸着我的头，在她眼里，我还是个孩子。

长安米贵，居之不易。辗转流离，四处碰壁。

一次落第，两次落第，青丝愁白发，意气渐萧瑟。

我已经四十六岁。这次是第三次应试了，难道落第不偶，就是我的宿命吗？

放榜的日子到了，围观的人真多。

中了，中了。

所有愁苦一扫而空，眼前天宇高远，大道空阔。

> 昔日龌龊不足夸，今朝放荡思无涯。
> 春风得意马蹄疾，一日看尽长安花。（孟郊《登科后》）

无论如何也按捺不住内心的狂喜。冥冥中，有个声音从天外飘来，我知道，那是你的叮咛，母亲！

然而，一切美好，恰如春花般短暂易逝，及第的余温不足以抵挡接下来三年苦苦寻觅职位的寒冷。

到了五十岁，我终于谋到了溧阳尉这个职位。

母亲，我应该回来接你了。

草地上刺刺刺地长着针尖似的草，一条狭窄崎岖的小道穿过这片草地指向远方。几株枯树在小道的尽头飘摇着老去。

天色黑下来，大地和天空都显得空落落的。

日之夕矣，牛羊下来。

广大的地面上看不见一只牛羊，它们已经回到村里的棚圈里去了。

远远地，我从长安走来。那是你吗？母亲，染白了的双鬓，伛偻着的腰身，昏花的眼神伴着跳跃着的油灯，一针针，一线线，在缝着一件御寒的冬衣……

爱的暖意在胸中泛溢，满腔心语如泉水般汩汩涌出：

> 慈母手中线，游子身上衣。
> 临行密密缝，意恐迟迟归。
> 谁言寸草心，报得三春晖！

一棵稚嫩的小草，如今刚刚抽出几星嫩芽，虽然这嫩芽努力朝向太阳生长，可是，我那幼弱的枝叶，哪里能够报答你光芒四射、如太阳普照的恩德呢？

你在青春里憧憬，在老迈中等待，在退缩中坚持，在孤寂中挺立，一针一线，一点一滴，就这样把一生的希望缝进了我的衣。

我们得到了，但我们不一定懂得；我们懂得了，但我们不一定来得及报答！

我推开了门，轻唤了一声："母亲！"

孟郊的诗真是说到了我们心坎里。仅凭这首小诗，我们就应该塑一尊铜像来纪念他。

也许是《游子吟》太深入人心的缘故，清人贺裳把这首诗推为"全唐第一"。由一首表现母爱的诗来佩带唐诗的桂冠，这简直就是天意！

唐代另一位大诗人白居易的《燕诗示刘叟》，也刻画了一个经典的母亲，燕子。

梁上有双燕，翩翩雄与雌。

衔泥两椽间，一巢生四儿。

四儿日夜长，索食声孜孜。

青虫不易捕，黄口无饱期。

觜爪虽欲敝，心力不知疲。

须臾十来往，犹恐巢中饥。

辛勤三十日，母瘦雏渐肥。

喃喃教言语，一一刷毛衣。

一旦羽翼成，引上庭树枝。

举翅不回顾，随风四散飞。

雌雄空中鸣，声尽呼不归。

却入空巢里，啁啾终夜悲。

燕燕尔勿悲，尔当返自思。

思尔为雏日，高飞背母时。

当时父母念，今日尔应知。

燕犹如此，人何以堪！

母爱是泉，永不枯竭。

母爱是海，是山，拿走再多，依然是那么高，那么深。

母爱是坚实的大地，漂泊再远，根仍然深深地扎在泥土里。

我曾听说，老鹰在小鹰出生后不久就要把小鹰赶出鸟窝，让它到广阔的天空中去飞翔。如果你说老鹰太残酷，那就错了。这是老鹰对于儿女最深沉的爱和希望！我还曾听说，老鹰喂食时，要先把自己的子女喂饱，然后才去喂养自己的父母。如果你说老鹰太无情，那又错了。老鹰说：它的父母就是这样对它的。

美国作家谢尔·希尔弗斯坦写了一本感动全世界的书——《爱心树》（The Giving Tree），讲述了一个简简单单却又令人动容的故事。

从前有一棵大树，它喜欢上一个男孩儿。男孩儿每天会跑到树下，给自己做王冠，想象自己就是森林之王。他也常常爬上树干，在树枝上荡秋千，吃树上结的苹果，同大树捉迷藏。累了的时候，就在树荫里睡觉。

小男孩儿爱这棵树，非常非常爱它，大树很快乐。但是时光流逝，孩子逐渐长大，大树常常感到孤寂。

有一天孩子来看大树，大树说："来吧，孩子，爬到我身上来，在树枝上荡秋千，吃几个苹果，再到阴凉里玩一会儿。你会很快活的！"

"我已经长大了，不爱爬树玩儿了，"孩子说，"我想买些好玩儿的东西。我需要些钱，你能给我一点儿钱吗？"

"很抱歉，"大树说，"我没有钱，我只有树叶和苹果。把我的苹果拿去吧，孩子，把它们拿到城里卖掉，你就会有钱，就会快活了。"

于是孩子爬上大树，摘下树上的苹果，把它们拿走了。大树很快乐。

很久很久，孩子没有再来看望大树。大树很难过。

后来有一天，孩子又来了。大树高兴地摇晃着肢体，对孩子说："来吧，孩子，爬到我的树干上，在树枝上荡秋千，你会很快活的！"

"我有很多事要做，没有时间爬树了。"孩子说，"我需要一幢房子保暖。"他接着说，"我要娶个妻子，还要生好多孩子，所以我需要一幢房子。你能给我一幢房子吗？"

"我没有房子，"大树说，"森林就是我的房子。但是你可以把我的树枝砍下来，拿去盖房。你就会快活了。"于是那个男孩儿把大树的树枝都砍下来，把它们拿走，盖了一幢房子。大树很快乐。

孩子又有很长时间没有来看望大树了。

当他终于又回来的时候，大树非常高兴，高兴得几乎说不出话来。"来吧，孩子，"它声音喑哑地说，"来和我玩玩吧！"

"我年纪已经大了，心情也不好，不愿意玩儿了。"孩子说，"我需要一条船，驾着它到远方去，离开这个地方。你能给我一条船吗？"

"把我的树干砍断，用它做船吧。"大树说，"这样你就可以航行到远处去，你就会快活了。"于是孩子把树干砍断，做了一条船，驶走了。大树很快乐，但是心坎里却有些……

又过了很久，那孩子又来了。"非常抱歉，孩子，"大树说，"我没有什么可以给你的了。我没有苹果了。"

"我的牙齿已经老化，吃不动苹果了。"孩子说。

"我没有枝条了，"大树说，"你没法儿在上面荡秋千了——"

"我太老了，不能再荡秋千了。"孩子说。

"我也没有树干，"大树说，"不能让你爬上去玩了——"

"我很疲倦，爬也爬不动了。"孩子说。

"真是抱歉，"大树叹了口气，"我希望还能给你点儿什么东西……但是我什么都没有了。我现在只是个老树墩，真是抱歉……"

"我现在需要的实在不多，"孩子说，"只想找个安静的地方坐坐，好

好休息。我太累了。"

"那好吧。"大树说，它尽量把身子挺高，"你看，我这个老树墩，正好叫你坐在上面休息。来吧，孩子，坐下吧，坐在我身上休息吧。"于是孩子坐下了。

大树很快乐。

哀哀父母，生我劬劳！

"父兮生我，母兮鞠我。拊我畜我，长我育我，顾我复我，出入腹我。欲报之德，昊天罔极！"

人生可问，命运不可问

一个人，孤寂而又渺小，背负皑皑千山，面朝悠悠岁月，端坐在空阔江面上的一只小小渔船上，钓着一江的寒冷。

这是一个巨大而又坚定的形象，居于整个世界的中心，执拗而又强硬地叙说着一种超然的孤独。

谁能承载这巨大的命运的寒冷？谁能用一根细细的丝线，在无边的绝望中钓起满船的希望？

难道你就不能放下手中的钓竿，就像垂下你高贵的头颅？难道你就不能退到一个小小的角落，就像从人生矛盾的中心退却？

你的坚决让我震惊，你的悲情让我热血沸腾。难道你是在守候生命永恒的孤独，就这样沐浴在一江寒冷中，以一种永不改变的姿态，守望千年？

这就是《江雪》——以一个寒江独钓的渔翁形象向我们宣告了一种精神的存在。这种存在，必须仰赖诗人非凡的想象力，和人类广阔的理解能力。

明人张岱在《陶庵梦忆》中，也刻画了一个与渔翁形象绝似的"痴人"形象。

崇祯五年十二月，余住西湖。大雪三日，湖中人鸟声俱绝。是日更定，

余拿一小舟，拥毳衣炉火，独往湖心亭看雪。雾凇沉砀，天与云与山与水，上下一白；湖中影子，唯长堤一痕，湖心亭一点，与余舟一芥，舟中人两三粒而已。到亭上，有两人铺毡对坐，一童子烧酒炉正沸。见余，大喜曰："湖中焉得更有此人！"拉余同饮。余强饮三大白而别。问其姓氏，是金陵人，客此。及下船，舟子喃喃曰："莫说相公痴，更有痴似相公者！"

这几个痴人，同样是一种精神的存在。

然而，数年前，当我从山东画报出版社出版的《老照片》系列中赫然看到一幅袁世凯隐居洹上图时，我惊呆了！

我能够想象出来的柳宗元《江雪》中的渔翁形象，大概很难超出眼前这帧照片中的渔翁形象。

照片以一片雪白的江山为背景，江面上一只孤舟，舟中一人头戴斗笠，身披蓑衣，端坐船头，面容冷峻安详，眼中闪露希望。逼近了看，我猛然一惊，舟中渔翁双手紧握钓竿，旁边虽然放着鱼篓，但却没有丝线垂在江中。他是谁？他想干什么？

他就是袁世凯。这位工于伪装且善于变节的清廷军机大臣、民国大总统、"洪宪皇帝"、窃国大盗，也曾在他生命的冰点，学柳宗元笔下的老渔翁，披蓑戴笠，隐居洹上，窥视全局。

从画上情景判断，渔翁已经垂钓多时了。他的身上，乃至船上，早已落了厚厚的一层雪。在另一边，渔翁（也就是袁世凯）的弟弟一身船夫装扮，神情静穆地立于船尾，将一只长长的竹篙深深地插进冰冷的水中。

对于袁世凯的这段隐居生活，侯宜杰在《袁世凯传》中这样评述道："袁世凯这种貌似闲云野鹤式的生活与名士派头，似乎给人一种强烈印象：他看破了'红尘'，下决心要隐遁了，至少也心灰意懒，从此与政治绝缘，不再当际会风云的人物了。其实不然，他做的这些表面文章，是故意给人看的，意在欺骗清政府，借以消除对他的注意力。实际上，随着岁月的流逝，他非但没有养成清心寡欲的习惯，乐天安命，怡然自得，其权势利禄之欲反而与日俱增，益发

强烈了。他无时无刻不在窥伺着方向，等待着时机，企图东山再起，重握军政大权，而且相信这个日子终有一天会到来。"

解放后，毛泽东来到安阳，曾经对身边随行人员谈起袁世凯："他从天津小站练新军起家，混入维新派，骗取了光绪的信任。戊戌变法时，他当面慷慨陈词，实行兵谏，诛杀荣禄，软禁慈禧，拥戴光绪；但暗中又向荣禄告密，用出卖维新派的代价，换来了直隶总督兼外务部尚书的头衔。宣统初年，清廷已看出袁世凯有野心，要杀他，又怕袁世凯一伙造反，便令其回家养'足疾'。袁世凯看中了安阳这个地方，来到洹上隐居。名为隐居，其实他一刻也没有闲着。他与自己在各地的势力紧密联系，伺机以动。""武昌起义后，资产阶级民主革命力量直接威胁清廷的命运。清廷又想起了袁世凯，让他镇压革命。袁世凯借机要挟民主革命派和清廷，大耍手腕，窃取了大总统的职位，不久又搞复辟，由于他倒行逆施，出卖国家和民族利益，引起全国人民的反对，只当了83天皇帝就见上帝去了。可见逆历史潮流而动，肯定是短命的。"

人生是多么诡谲啊！"洹上钓叟"袁世凯不甘寂寞的人生表演，以及他内心深处曾经有过的种种热望和雄图，对于历史和命运而言，究竟是一种嘲笑，还是一种无奈？进而言之，我想追问的是，如果我们抛却历史评判的重负，仅仅把他还原为一个人、还原为一个有血有肉的生命个体，他是不是可以被理解为一个勇敢地站出来向命运挑战的英雄呢？同样作为一个人，难道我们就有权以历史的意见来评判一位"英雄"的内心吗？换了是你，难道就可以在历史与命运的双重使命中轻而易举地同时获得成功？

历史，当然是由人来书写的。但当个人奋斗的方向（"命运"）与历史前进的方向相左时，难道我们就有充足的理由批判这就是人性之恶吗？历史，是兴衰，也是命运。

唐诗的趣味

石鼎联句／韩愈

巧匠斫山骨，刳中事煎烹。直柄未当权，塞口且吞声。龙头缩菌蠢，豕腹涨彭亨。外苞干藓文，中有暗浪惊。在冷足自安，遭焚意弥贞。谬当鼎鼐间，妄使水火争。大似烈士胆，圆如战马缨。上比香炉尖，下与镜面平。冻芋强抽萌，一块元气闭，细泉幽窦倾。秋瓜未落蒂，焉知怀抱清。方当洪炉然，益见小器盈。睆睆无刃迹，团团类天成。遥疑龟负图，出曝晓正晴。旁有双耳穿，上有孤髻撑。又似无足铛，或讶短尾铫。可惜寒食球，何当出灰灺。无计愧瓶罂，岂能煮荷斛。陋质荷陶甄，狭中愧羊羹。形模妇女徒，酌但未污童。药度量儿童轻，岂能废堇仙。傍似废堇重，笑不过升合盛。时于蚯蚓窍，性见折轴横。仰侧作苍蝇鸣。窈微

　　大抵一种文学形式发展到成熟阶段，各种题材和内容都被天才作家们一一写过了，那么，这种文学形式就会发生变异。此时，一般的士子（读书人）对这种文学形式写作技巧的掌握、运用已经达到烂熟的地步，但他们再也没有什么好写的了，他们便开始玩弄文字的技巧，玩弄纯形式的技巧，这就是所谓"玩文学"。表现趣味，即是这种玩法之一种。这种情形，在唐传奇中已经可以清晰地见出某些迹象。

　　韩愈的《石鼎联句诗序》即是一篇奇趣文字。它的实质，是用诗歌的形式表现一种奇趣、谐趣和文趣。诗是刘师服、侯喜和轩辕弥明三人的联句，韩愈为之作序。序很长，叙事详悉，很富有传奇性，所以后来就被人改称《轩辕弥明传》，并且收入《太平广记》中去了。实际上诗是韩愈一个人写的。宋人刘克庄《释老六言十首》之八说："吾尝评石鼎诗，盖出一手所为。若使弥明能道，唐朝有两退之。"明人胡应麟《少室山房笔丛》卷三十六《二酉缀遗》也说："《石鼎联句诗序》明是退之脚手，盖亦《毛颖》、《革华》遗意。至轩辕切韩、弥明影愈，又其不必言者。"

　　韩愈作诗，往往避熟趋生，变态百出，笔力遒劲瘦硬，雄健峭拔，语言尚异务新，搜齐用怪，且好押险韵，用僻字，谈笑谐谑，曲尽其妙，表现出一种

125

雄放奇崛的诗歌风格和以怪为美的审美风貌。《石鼎联句》正是这个路子,全诗写得光怪陆离,炫人耳目。王阙之《渑水燕谈录》卷七说:"唐韩吏部序侯喜、刘师服与道士轩辕弥明《石鼎联句》,其词颇怪。弥明之词警绝远甚,世以为非神则仙,殆非人思所能到,孙汉公以为皆退之语也。盖以其词多讥刺,虑为人所知,故假以神其事。"其中诗句如"龙头缩菌蠢,豕腹涨彭亨"、"旁有双耳穿,上为孤髻撑"、"形模妇女笑,度量儿童轻"、"时于蚯蚓窍,微作苍蝇鸣"等,均落想天外,奇诡贴切,诚非大家手笔不能办此。

从小说的角度看,《石鼎联句诗序》写得很有传奇性。韩愈充分运用欲擒故纵、借外现内的方法,描写才智过人的道士轩辕弥明与刘师服、侯喜二人联诗的戏剧性过程和人物的心理变化。他先写道士的貌不惊人,"白须黑面,长颈而高结,喉中又作楚语",因而反衬出侯喜、刘师服"视之若无人"的高傲似乎合情合理。但当二人应弥明之请而联诗后,这种心理上的高傲就开始发生变化:一开始听到写诗,刘师服便"大喜,即援笔题其首两句",侯喜也当仁不让,"踊跃,即缀其下",道士却一面"袖手竦肩,倚北墙坐",一面高吟两句"龙头缩菌蠢,豕腹涨彭亨",机带双敲,诡谲中暗含讥刺,两人便惊住了;但他们心中仍然不服,还想倚多取胜,"声鸣益悲,操笔欲书,将下复止,竟亦不能奇",道士则"应之如响,皆颖脱含讥讽"。直到三更,两人心理上已彻底被击溃,而道士"又唱出四十字",这时两人"大惧,皆起,立床下",道士却已"倚墙睡,鼻息如雷鸣"。这篇文字如同小说,把两个文人酸文假醋的模样、前倨后恭的心理和道士不拘小节、放荡机智的形象写得十分生动。

王洙的《东阳夜怪录》也是一篇趣味横生的作品,作者以游戏之笔墨、借精怪之声口,在鄙陋与高雅的极不协调之中制造滑稽感。这篇传奇开篇说,元和进士王洙,遇秀才成自虚于荥阳逆旅,成自虚向其讲述所见之异。自言:于渭南县夜行,迷道,投宿于东阳驿南佛舍,遇老病僧智高,呼为高公,俗姓安氏,生在碛西;前河阴转运巡官、试左骁卫胄曹参军卢倚马,呼为曹长;桃林客、副轻车将军朱中正,呼为朱八、朱八丈;又有敬去文、奚锐金,四人相与谈诵诗文。后又有苗介立呼为苗十者、胃藏瓠、藏立兄弟相继而来,加入谈咏。

126

在精怪们的谈咏中，将姓名、外形、职衔及生世经历用拆字、谐音、典故、双关等方法设为隐语，呈露出来。老僧智高，俗姓安氏，安谐音鞍，驼峰俗称肉鞍；高指其身高；生在碛西，指其出西域沙漠，故高公乃一骆驼。卢倚马者，卢马合即为驴字，此乃拆字；前河阴转运巡官即指为河阴官府运粮之事；曹长、胄曹参军，即暗指槽；着皁裘、背及肋有搭白补处，暗指其毛乌而背、肋有白斑，故卢倚马乃官府运粮之驴。朱八，牛、八合为朱字，朱中正，暗指朱字之中为牛字；桃林客用《尚书·武成》"放牛于桃林之野"典；副车将军言其驾车之用，故朱八乃一拉车之牛。敬去文者，敬字去文为苟，谐音狗字，故敬去文乃一狗。奚锐金，奚字取鸡字之旁，锐金言金距之锐，李白有诗"君不能狸膏金距学斗鸡"，故奚锐金乃一公鸡。苗介立，介立言蹲立之状；呼为苗十，注云"以五五之数，故第十"，五五，谐音猫之鸣叫之声，故苗介立乃一猫。胃藏瓠、藏立兄弟，胃谐音猬，藏瓠、藏立，指其藏于破瓠、破笠中之事，故胃藏瓠、藏立兄弟乃藏于破瓠、破笠中的一对刺猬。不仅名字隐喻精怪们之本相，在他们各自所咏之诗中，也多借诗意暗示。如高公所吟之一云："为有阎浮珍重因，远离西域赴咸秦。自从无力休行道，且作头陀不系身。"即暗指其来自西域沙漠，因老迈无力而止于此。因此，这些精怪所赋之诗，直是诗谜耳。然则，《东阳夜怪录》叙述精怪聚会作诗，不过是人间文人聚会吟咏唱和的投影而已。所有这些经过精心设计的巧妙关合，都透露出作者的睿智和幽默。

文中共有诗14篇，诗写得很含蓄，运用典故，语带双关，然而意义无多，更谈不上诗味了。作者之所以穷心竭力地来写这些诗，无非是要炫耀文才和表现趣味。且看原诗：

谁家扫雪满庭前，万壑千峰在一拳。吾心不觉侵衣冷，曾向此中居几年。（高公）

长安城东洛阳道，车轮不息尘浩浩。争利贪前竞着鞭，相逢尽是尘中老。（卢倚马）

日晚长川不计程，离群独步不能鸣。赖有青青河畔草，春来犹得慰羁

情。（卢倚马）

拥褐藏名无定踪，流沙千里度衰容。传得南宗心地后，此身应便老双峰。（高公）

为有阎浮珍重因，远离西国越咸秦。自从无力休行道，且作头陀不系身。（高公）

爱此飘飘六出公，轻琼洽絮舞长空。当时正逐秦丞相，腾踔川原喜北风。（敬去文）

舞镜争窝彩，临场定鹍拳。正思仙仗日，翘首仰楼前。（奚锐金）

养斗形如木，迎春质似泥。信如风雨在，何惮迹卑栖。（奚锐金）

为脱田文难，常怀纪涓恩。欲知疏野态，霜晓叫荒村。（奚锐金）

乱鲁负虚名，游秦感宁生。候惊丞相喘，用识葛卢鸣。黍稷兹农兴，轩车乏道情。近来筋力退，一志在归耕。（朱中正）

为惭食肉主恩深，日晏蟠蜿卧锦衾。且学志人知白黑，那将好爵动吾心。（苗介立）

鸟鼠是家川，周王昔猎贤。一从离子卯，应见海桑田。（胃藏瓠）

事君同乐义同忧，那校槽糠满志休。不是守株空待兔，终当逐鹿出林丘。（敬去文）

少年尝负饥鹰用，内愿曾无宠鹤心。秋草殿除思去宇，平原毛血兴从禽。（敬去文）

"万壑千峰"、"双峰"隐喻驼峰，骆驼生于碛西大漠之中，"雪满庭前"、"流沙千里"均暗指其环境。"车轮"、"着鞭"、"尘中老"均写马。"临场"、"养斗"则指斗鸡之戏，"田文"句用"鸡鸣狗盗"典故，"风雨"句借用《诗经·郑风·风雨》："风雨凄凄，鸡鸣喈喈"、"风雨如晦，鸡鸣不已"原句而不落痕迹。"宁生"句用宁戚饭牛典故，喻贤才落魄。《离骚》："宁戚之讴歌兮，齐桓闻以该辅。""日晏蟠蜿卧锦衾"者，猫也。晏，晚，"天晏了"就是天晚了，成都话中今天还这样说、这样用。"家川"即家园、故乡，苏轼《罢徐州

往南京马上走笔寄子由五首》之五："卜田向何许，石佛山南路。下有尔家川，千畦种秔稌。""鸟鼠是家川"是胃藏瓠（刺猬）题旧业诗中的一句，意思是"鸟鼠以此（山川荒野）为家"。"家川"与"家山"意同，《东阳夜怪录》文中有"雪山是吾家山"句，"家山"即故乡。"子卯"以十二生肖之名代指"鼠兔"。"饥鹰"句双关犬，古时射猎常鹰犬并用，"平原毛血兴从禽"即指此。

在唐传奇这座文学宝库中，之所以出现《东阳夜怪录》、《石鼎联句诗序》这样以表现趣味为主的诙诡文字，是唐代小说、诗歌创作进入自觉状态的结果，也是唐代一部分作家的非功利意识进入创作实践，从而把小说、诗歌的审美性、娱乐性和赏玩性作为主要表现对象和创作目标的结果。

附：石鼎联句诗序／韩　愈

元和七年十二月四日，衡山道士轩辕弥明自衡下来，旧与刘师服进士衡湘中相识，将过太白，知师服在京，夜抵其居宿。有校书郎侯喜，新有能诗声，夜与刘说诗。弥明在其侧，貌极丑，白须黑面，长颈而高结，喉中又作楚语，喜视之若无人。弥明忽轩衣张眉，指炉中石鼎谓喜曰："子云能诗，能与我赋此乎？"刘往见衡湘间人说云年九十余矣，解捕逐鬼物，拘囚蛟螭虎豹，不知其实能否也。见其老，颇貌敬之，不知其有文也。闻此说大喜，即援笔题其首两句，次传于喜。喜踊跃，即缀其下云云。道士哑然笑曰："子诗如是而已乎！"即袖手竦肩，倚北墙坐，谓刘曰："吾不解世俗书，子为我书。"因高吟曰："龙头缩菌蠢，豕腹涨彭亨。"初不似经意，诗旨有似讥喜。二子相顾惭骇，欲以多穷之。即又为而传之喜，喜思益苦，务欲压道士，每营度欲出口吻，声鸣益悲，操笔欲书，将下复止，竟亦不能奇也。毕，即传道士。道士高踞大唱曰："刘把笔，吾诗云云。"其不用意而功益奇，不可附说，语皆侵刘、侯。喜益忌之。刘与侯皆已赋十余韵，弥明应之如响，皆颖脱含讥讽。夜尽三更，二子思竭不能续，因起谢曰："尊师非世人也，某伏矣，愿为弟子，不敢更论诗。"道士奋曰："不然。章不可以不成也。"又谓刘曰："把笔来，吾与汝就之。"即又唱出四十

129

字，为八句。书讫，使读。读毕，谓二子曰："章不已就乎？"二子齐应曰："就矣。"道士曰："此皆不足与语，此宁为文耶！吾就子所能而作耳，非吾之所学于师而能者也。吾所能者，子皆不足以闻也，独文乎哉！吾语亦不当闻也，吾闭口矣。"二子大惧，皆起，立床下，拜曰："不敢他有问也，愿闻一言而已。先生称吾不解人间书，敢问解何书？请闻此而已。"道士寂然若无闻也，累问不应。二子不自得，即退就座。道士倚墙睡，鼻息如雷鸣。二子怛然失色，不敢喘。斯须，曙鼓动冬冬，二子亦困，遂坐睡。及觉，日已上。惊顾觅道士不见。即问童奴，奴曰："天且明，道士起出门，若将便旋然。奴怪久不返，即出到门觅，无有也。"二子惊惋自责，若有失者。间遂诣余言，余不能识其何道士也。尝闻有隐君子弥明，岂其人耶？韩愈序。

人生若只如初见

题都城南庄 / 崔护

去年今日此门中，
人面桃花相映红。
人面不知何处去，
桃花依旧笑春风。

经过时光的不断淘洗，仍然熠熠生辉的诗篇，一定包含着某种深刻、独特而又相当普泛的人生体验。

崔护的这首诗正是如此，它写出了人人都曾有过的一段人生体验——初恋的美好，但它留给我们的却是千年的惆怅。

人生初恋，有如花开。

公元 790 年，年方弱冠的诗人崔护举进士不第。时方三月，杂花生树，群莺乱飞。崔护信步而行，不知不觉来到城南。抬眼望去，一湾流水旁边，红墙绿瓦的一家小院宛然如画。院中桃花盛开，争奇斗艳。花儿挨挨挤挤，蔚然一片烟霞。几只不知名的雀儿，栖在枝头，欢快地鸣叫。

连空气里都充溢着暖意。踏着柔密的浅草，崔护径自前去。

一声，两声，三声……，敲了很久，仍然没有回应。

走还是不走？转身之际，一个脆生生的声音飘了过来。

"公子请留步。"

崔护下意识地回过头去。一张笑脸猝然相遇。站在他面前的这位少女是多么清新明澈啊，约摸十五六岁的年纪，鬟发如云，桃花满面，一袭绿衫，婀娜

临风，双目炯炯有神、脉脉含情。她仿佛原来就站在那里等待着他的到来似的，没有些许的矜持和羞涩。崔护一时间竟如触电一般，愕然了。

"公子！公子！"接连两声，如梦方醒。

崔护慌忙上前一步，揖下身去，道："小生姓——姓——姓——姓崔，春日寻芳至此，适遇口渴……"该死，怎么到了这当儿，连舌头也打了结。

少女的眼睛直直地望着他。面前这位公子虽然性情孤洁，却是玉树临风，英俊潇洒。

没等崔护说完，掩饰不住地，一串格格的笑声无所顾忌地倾泻出来，就像快乐的泉水经过涧底的沙石。

无地自容，只想逃走。然而，似乎有个什么东西像一张网一样，攫住了他；又像是有一只锚，挂在了他那漆黑深湛的心海里。

一种从未有过的预感和期待，浸润了他的身心。

就这样神情恍惚地跟着少女进了院门。

温煦的风微微拂过，像是少女的纤纤玉手一样，轻抚身侧那一树繁密的桃花。轻薄如绡的花瓣点点飘落到她身上，又像是风儿轻柔的抚触。

"公子请稍候。"说完，少女轻盈得像一阵风似的，款款而去。

纤纤玉手，盈盈碧杯。就在递茶的瞬间，她的手偶然碰到了他的手指。愉悦的触碰，快乐，激动。他觉得她是有意的，他的心被这个触碰搅乱了。她的手白皙而又柔软，泛着新鲜的水嫩的光彩。他看着那双美丽的手，傻了。一种从来没有过的感觉涌上心头，痒痒的。一霎间，他但愿一辈子也不离开这个房间，不离开这个女子。

就这样陷入了青春的撩拨中。

难道这就是初恋吗？仿佛只是一个无意的蓦笑，却是那样的新鲜，那样的完美，那样的意味深长。

她斜倚在桃花底下，绰约如处子。花光明艳，映照着她的脸颊。

偶尔，她转过脸去的一刹那，怯怯地投过一瞥，仿佛在窃笑他那拘谨的

样子。

时间一点一滴地过去，他与她彼此拉近着心的距离。

黄昏已近，他心里恋恋地。想走，却怎么也迈不动脚步。

她早已看出来了，站起来，轻巧连步而去。在远远的地方，一个回眸，充满万千的温情。

"你用嬉笑的无心回避我的赠予。我知道，我知道你的妙计，你从来不走你要走的路。"

只得离开了，悻悻地。连姓名也不曾留下。

"崔公子，你这是何苦？一副失魂落魄的样子，今年落第，明年再来嘛。"旁人在一边劝着。

他病了，病得很重。

没有人知道他得的是什么病，有什么药可以医，只有他自己知道他得的是什么病，有什么药可以医。

离开那个明亮的午后已经多久了？他觉得生命里有某种东西在流失着。

又到了夜间。月色如绮，窗前的树枝摇曳的影倒映在窗纸上，仿若是佳人颀长的身影。

无数个不眠之夜，辗转反侧，心头忽冷忽热。她的面容在黑暗中悄悄地浮现在他的眼前，她的嘴边还挂着那狡黠的微笑，两眼清澈地望着他。

转眼又到了清明。

也许，应该再去那里，作一个清清白白的探询，胜似那遮遮掩掩、煎人肝肠的猜寻。

揣着满腔的激动和向往，他风风火火地赶到城南的那个小院。

远远望去，门墙依旧，桃花灼灼，笑傲春风。

院门上，却只剩下一把铜锁。

他心中的闪电瞬间消失了，一种极度的疲乏涌上心来。

不知过了多长时间，他的心渐渐地宁静下来了，悲哀的宁静，心痛到麻木。

那女子的形象仍然在心上飘荡，那么美艳，仿佛一伸手触碰，就会碎了。

温柔的眼神，和婉的声音，令人陶醉的喜悦——你在哪里呢，你在哪里？

无人倾听。

唯有桃花依旧笑春风。

也许，你我年轻的时候，都曾有过这样的体验：猝然相遇时，你已完全被她（他）的美和纯真所击倒，陶醉，迷失，不知所以，但当你事后追寻时，却再也不可复得。

这就是初恋。

在那情窦初开的青春年华，谁又没有过纯真美丽的邂逅呢？在那意醉神迷的疯狂岁月，谁又没有过刻骨铭心的青涩初恋呢？多情的崔公子以寥寥二十八个字，把你我心中那份挥之不去的落寞与惆怅定格成了千年的经典。

人生最美是初恋。

初恋，从某种意义上说，是一种心灵弥满的状态，一种感情成长的状态，一种生命开花的状态。正是这异样而又纯真的感情的滋润和浇灌，我们年轻的心智才日渐丰穰、成熟。

然而，初恋却是一首没有来得及完成的诗。

"曾经，我是多么多么地爱你，我的初恋情人。尽管我并不知道能否与你白头偕老，尽管我并不知道能够为你做点什么，但是，那时候，我的心是真的。那时候，你还很年轻，人人都说你美。那时候，我也还很年轻，我却什么都不曾懂得，什么都没有做好。"

"在我这一生中，这未免来得太早，也过于匆匆。"我没有能够，也没有来得及，好好地为这一切画上一个句号。就像一个遥远的梦，我在梦中努力使结局更圆满一些，却挣扎着醒来了。就这样，我连梦也丢失了，再也找不回来。

现在，残酷无情的岁月面影已经步步紧逼，一点点侵蚀我的容颜。你也龟缩到了我心中一个小小的角落，遥远而又模糊，支离破碎。

初恋，也是一首永远不会完结的诗。

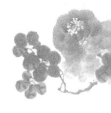

女人花

金缕衣 ／ 杜秋娘

劝君莫惜金缕衣，
劝君惜取少年时。
花开堪折直须折，
莫待花落空折枝。

《唐诗三百首》说，《金缕衣》一诗"即圣贤惜阴之意，言近旨远"。我的天，这哪跟哪啊！但你千万别笑，古人解诗，老早就有这么一个传统。汉代以来，郑玄等大儒对《诗经》的诠释，不拘是什么内容，都要往圣贤身上去比附。直到南宋朱熹那儿，才还《诗》以其本来的面目。即就眼前这首诗而论，蘅塘退士的解读显然是比附圣贤，拔得太高了，我们今天的任务就是要将它从云端上拽下来，切切实实地落在地上。

《金缕衣》是杜秋娘用生命写就的诗篇。

叫我秋娘吧。我的真名，人们早已忘却。

我生在江南，长在江南。"京江水清滑，生女白如脂。其间杜秋者，不劳朱粉施。"然而，家世早已衰落，天生丽质的我只能随波逐流，任意西东。

乐伎是当时流行的职业，而我天生就是一个舞者，梦想于滔滔浊世中，翩翩如燕，舞尽风流。

很快我便风靡江南。

青春的花蕾含苞待放。

既已出了幽谷，就要迁于乔木。

135

　　我还年轻，青春的花不能开在幽谷里，要在世人的瞩目下怒放。

　　青春的所有工作就是梦想，青春的最高准则就是行动！

　　我不想媚俗，亦不想殉道。然而，一个纤弱无助的女子，没有巨眼英雄的垂青与庇护，何以聊生？何况又是在那样一个环境里？我只是一个女人，不是一棵大树。

　　我不愿唱那千篇一律的歌曲。我只想将心中的隐秘化为衷曲，唱给那有情人听。

　　不曾想，这一唱打动了镇海节度使，我成了李锜的侍妾。

　　秋月春风，热情如火。就连有人劝他再纳小妾，他说有我一个就足够。世人心中，我该是多么的幸福。

　　但我知道，我只是他的妾，一个可以让他在众人面前炫耀的战利品，一个可以让他随心所欲玩弄的宠物。

　　我们的心，如井水不犯河水一样地隔膜着。

　　金缕衣是有了。荣华与富足，岂不让人满足？

　　然而，命运在一瞬间便变得面目全非。当李锜举兵反叛失败后，我作为罪臣家眷被送入后宫为奴，依据我的专长，充当歌舞姬。

　　青春就这样在暗无天日的奴隶生涯中寂寂地流走，我不想认命，不能认输！

　　趁着为唐宪宗演唱的机会，我再次演唱了金缕衣！哀哀衷肠，冷冷心声，打动了皇帝的心。我从宫奴一跃而成为妃子。

　　春暖花开时，徜徉于山间水湄；秋月皎洁时，泛舟于太液池中。恩宠一时，如影随形。

　　是的，如影随形。我知道我只是一个影子。但我还年轻，做影子也要站在最伟岸的形象身旁，那样才不至于淹没于无形。

　　皇帝管我叫秋妃。也许命里真逃不过一个秋字。肃杀，冷落。

　　好景不长，皇帝轰然死去。

　　进宫十二年，年纪只三十。

　　从此做了皇子的奶母。

有人说，这就是我的"折花"岁月。青春的每一天都是一首火热的诗篇，充满了奇异的梦想和不止的追求。不是吗？我在不断地追逐着我的梦想，从民间草野到贵庭皇宫，从麻雀变为凤凰，栖上枝头。"有花堪折直须折，莫待花落空折枝。"青春，就是我折花的资本。

然而，接下去，该怎么办？

三十岁，正当盛年。却做了一个孩子的奶母。青春呢？我的青春在哪里呢？自以为得到华丽的金缕衣，却只换来一副束缚生命的枷锁。

砸开这枷锁的唯一希望，也许只能是将全部的精力和希望倾注在这个孩子身上。

只待时机成熟，便要奋力一搏，助他登上皇位，也不枉我盛年里尴尬的忍耐与孤守。

谁知，事败削籍为民，放归故乡，竟成了我最后的归宿。"却唤吴江渡，舟人那得知。归来四邻改，茂苑草菲菲。清血洒不尽，仰天知问谁。寒衣一匹素，夜借邻人机。"

就这样结束了我的"折花"岁月。摊开双手，折得的竟是一片枯黄。

杜秋娘倾尽一生力量，大胆地追求应有的爱情。她的追求，是人性的美好呈现。她的追求，超越了物质的层面和世俗的价值。她的追求，是精神的追求和心灵的快乐。

"有花堪折直须折，莫待花落空折枝。"杜秋娘掏心窝子的话，令人垂泪。

有人说，我们每个人最好是在合适的年龄该干什么就干什么。这样的话，人生才不会留下太多的遗憾。年轻的时候，该读书就好好读书，该恋爱就抓紧恋爱，该成家立业就老老实实成家立业。一旦错过了，就再也回不去了。

女人一生的梦，是爱情。男人一生的梦，是家国。没有一个女人，不渴望拥有这样一个男人：能够让她如花盛开，能够领略她盛开时散发的光亮，能够让她义无反顾地扑上去，享受那自由的飞翔。

但是，那个男人在哪里？那个真正的折花人在哪里？女人啊，一任如玉的

年华在寂寥中飘零。

你可曾听过绝代佳人梅艳芳演唱的《女人花》？你可曾为她的美所陶醉？

> 我有花一朵，种在我心中，含苞待放意幽幽。
> 朝朝与暮暮，我切切地等候，有心的人来入梦。
> 女人花，摇曳在红尘中；女人花，随风轻轻摆动。
> 只盼望有一双温柔手，能抚慰我内心的寂寞。
> 我有花一朵，花香满枝头，谁来真心寻芳丛。
> 花开不多时啊，堪折直须折，女人如花花似梦。

也许，这才是杜秋娘真正的心声。从古至今，多少寂寞美丽的女子，就这样无声无息地萎落在岁月芳尘中。有谁曾经驻足欣赏过她们片刻的惊艳呢，有谁曾经流泪倾听她们内心的衷曲："女人如花花似梦！"

上善若水

竹枝词 ／ 刘禹锡
瞿塘嘈嘈十二滩，
人言道路古来难。
长恨人心不如水，
等闲平地起波澜。

竹枝词，是巴渝一带的民间歌谣。公元 822 年至 824 年，刘禹锡在夔州任刺史时，曾经依照这种歌谣的曲调创作了《竹枝词九首并序》、《竹枝词二首》，共 11 首竹枝词。这些竹枝词汲取巴人竹枝歌舞的精华，情韵丰赡，音调和美，言浅意深，在中唐诗坛上别开生面、大放异彩，并对后世产生了深远的影响。刘禹锡也被公认为竹枝词的开山鼻祖。

杨柳青青江水平，闻郎岸上踏歌声。

东边日出西边雨，道是无晴却有晴。

这样的竹枝词的确让人感到清新可喜。既来自生活，又高于生活。既充满泥土的气息，又启人深思。

瞿塘嘈嘈十二滩，人言道路古来难。

长恨人心不如水，等闲平地起波澜。

在这篇竹枝词里，作者提出了一个重要的人生命题：人心如水。

瞿塘峡礁多滩险，水流湍急，自古有"瞿塘天下险"之说。面对惊涛拍岸的江水、险阻重重的峡谷，诗人不禁浮想联翩："长恨人心不如水，等闲平地起波澜。"瞿塘之险，险就险在江中的石滩；人心之险，险就险在人心的不平。不平则鸣，不平则争，不平则兴风作浪、无事生非。"患生于多欲而人心难测也。"不过，对于这人世间的险恶，作者早已心知肚明，宠辱不惊了。然而，正因为历尽了人世险恶、世态炎凉，作者才会生出这样一个美好愿望：人心如水，平静无波。但是，在这个"天下熙熙，皆为利来；天下攘攘，皆为利往"的红尘俗世中，谁又能够真正做到心平如水呢？反过来说，如果人人都像圣贤一样，心平如水，失去了争竞之心，那么这个人间还有什么意思呢？从这个意义上说，我并不希望人心如水。在我看来，一切促使人向上的东西，在本质上都是善的。但从生存智慧上说，我又希望人们效法水的智慧，心平如水。如何是心平如水？不是与世无争，优游林下，独善其身，而是有所为有所不为。大抵天道好还，世法公平，淡于彼方能得于此，求于彼必淡于此，人生不可全求，亦不可全不求，人生固不能全得，亦固不至全无所得。若明乎此，可臻心平如水之境也。

我认为，水的智慧主要有三：一是平，二是韧，三是永不停息。这三条，都很厉害。学好了，终身受益。

《老子》五千言，对于水做出了最深刻的哲学沉思。《老子》说："上善若水。水善利万物而不争，处众人之所恶。"具有最高的善的人，他的德行像水一样。水总是处在世界上最低的位置，泽被万物而不争名利，这是水的谦逊，也是水的伟大。与水的这一特性相对应，老子提出了"心善渊"的命题。具有最高的善的人，她的心胸善于保持沉静而深不可测。古人说：学问深时意气平。只有充分认识事物发展变化的规律，并注意加强自身的修养，才能去掉横亘在心中的意气。意气没有了，心也就平了。这就是水的第一个特点：平。

水的第二个特点是韧。《老子》说："天下莫柔弱于水，而攻坚强者莫之能胜。"在这里，老子通过对水的特性的仔细观察，悟出了一个深刻的道理：柔弱能够战胜刚强，韧也是一种力量。你看，屋檐下点点滴滴的雨水，经过长年累月的坚持，可以把一块巨石滴穿。洪水泛滥时，所到之处，淹没原野，冲毁村

庄，任何力量都无法阻挡它的肆虐。这就是水的韧性的力量。如果我们能够效法水的智慧，一点一滴地积累自己的力量，那么，世界上还有什么事能够难倒我们呢？

水的第三个特点是永不停息。《论语》说："子在川上，曰：'逝者如斯夫！不舍昼夜。'"岁月的流逝就像滔滔江水一样，一刻也不停息。毛主席说："一万年太久，只争朝夕。"是啊，人生苦短。一个人的一生，能够做成一两件大事，就很不错了。如果我们不像流水一样永不停息地奔流，一生要想有所成就，恐怕是很难的。

人生，应当如水之平，如水之韧，如水之永不停息。

成功者的黑夜

　　要得到金子，就得千淘万漉，要看见彩虹，就得经历风雨，要抵达黎明，必须先穿过黑夜，要收获完美的人生，必须历经磨难。

　　正如孟子所言："舜发于畎亩之中，傅说举于版筑之间，胶鬲举于鱼盐之中，管夷吾举于士，孙叔敖举于海，百里奚举于市。故天将降大任于斯人也，必先苦其心志，劳其筋骨，饿其体肤，空乏其身，行拂乱其所为，所以动心忍性，增益其所不能。"

　　所有的磨炼，都是在为更好地发展作准备；所有的挫折，都是在为变得更加坚强作一次预演。

　　飞蛾在由虫变成蛹时，翅膀萎缩，十分柔软。在破茧而出时，必须经过一番痛苦的挣扎，身体中的体液才能流到翅膀上去，翅膀才能坚韧有力，才能支持它在空中飞翔。一天，有个人凑巧看到树上有一只茧在蠕动，好像有蛾要从里面破茧而出。于是他饶有兴趣地准备见识一下由蛹变蛾的过程。但随着时间一点点过去，他变得不耐烦了，只见蛾在茧里奋力挣扎，将茧扭来扭去的，但却一直不能挣脱茧的束缚，似乎是再也不可能破茧而出了。最后，他的耐心用尽，就用一把小剪刀，把茧上的丝剪了一个小洞，让蛾摆脱束缚容易一些。果然，不一会儿，蛾就从茧里很容易地爬了出来。但是它身体非常臃肿，翅膀也

异常萎缩，耷拉在两边伸展不起来。他等着蛾飞起来，但那只蛾却只是跌跌撞撞地爬着，怎么也飞不起来。又过了一会儿，蛾就死了。

读完这个故事，我心中的感慨油然而生。人生，难道不是一个艰苦而又漫长的蜕变过程吗？每一次的蜕变，都必须付出血泪的代价。没有人能够随随便便成功。那些在磨难与打击中挺过来的人，那些最终拥抱了成功的人，上帝并没有特别偏爱他们，但他们却不愧为"上帝的选民"。

在抵达黎明之前，失败者和成功者都要经历黑夜。不同的是，失败者被黑夜打败了，最终被黑夜吞没。而成功者却在黑夜里挣扎着坚持到了黎明，迎接他们的是艳丽的朝阳。

苏联作家巴乌斯托夫斯基在《金蔷薇》中讲述了这样一个故事。

沙梅是一个士兵，受团长之托，他要将团长的女儿苏珊娜送到法兰西她姑妈家。一路上，沙梅对她悉心照顾，想尽各种办法逗忧郁的小姑娘开心。他给她讲了一个金蔷薇的故事。那金蔷薇是他母亲的情人送给她的，在母亲的眼中它是幸福的象征，"谁家要是有它，就一定有福"。自此以后，小姑娘常幻想着有人要是能送给她一朵金蔷薇就好了。

将小姑娘送到家之后，沙梅常常想到她。后来，他退伍了，从事着清洁工这种卑贱的职业。他想去看看已经成大成人的小姑娘，他常在黎明时分站在塞纳河畔，期盼着她的出现。直到有一天，他终于见到了她。

她已成婚，只是很不开心，因为她的情人变了心。沙梅收留了她，安慰她，为她和他情人的复合传情送信，终于苏珊娜又要离开了——因为她已和情人重归于好。走时甚至忘了和沙梅道别。

苏珊娜走后，沙梅便不再把从首饰作坊扫出来的垃圾倒掉了。他开始把这里的尘土悄悄地收起，带到他的草屋里。因为这种尘土里有一些金屑。沙梅决定把首饰作坊尘土里的金子筛出来，然后用这些金屑铸成一块金锭。为了使苏珊娜幸福，他要将金锭打造成一朵小小的金蔷薇。

日子一天天逝去了，他终于积到了一块金锭，却不敢把它送给首饰匠打成金蔷薇，因为这意味着他要见到苏珊娜。日子一天天近了，他内心却充满了惧

怕。他想将内心深处的全部的柔情献给她，只给苏珊娜，而他发现自己是怎样一个形容憔悴的怪物啊！

当金蔷薇终于做成后，他才知道苏珊娜已经到美国去了，而且永远不再回来了。他先是感到轻松，但随后，那指望和苏珊娜相见的全部希望，变成了一片刺人的碎片，梗在他的心中，让他那颗羸弱的心停止了跳动。

沙梅留下的金蔷薇如永世不没的太阳一般光辉灿烂。

巴乌斯托夫斯基说："每一个刹那，每一个偶然投来的字眼和流盼，每一个深邃的或者戏谑的思想，人类心灵的每一个细微的跳动，同样，还有白杨的飞絮，或映在静夜水塘中的一点星光——都是金粉的微粒。"

其实，人生的一切历练，正是我们寻找金屑和打造金蔷薇的过程。只要你有一颗真诚的心，并付诸持之以恒的努力，就可以在岁月的磨难中，为自己的人生打造出一朵真正的金蔷薇。

泰戈尔说："世界之路并没有铺满鲜花，每一步都有荆棘。但是你必须走过那条荆棘的路，愉快，微笑！这是对人的考验，你必须把忧愁转变为有所得，把辛酸转变为甜蜜。"

千淘万漉虽辛苦，吹尽狂沙始到金！

刘禹锡阐述的人生道理真美。

与永恒拔河

西塞山怀古 / 刘禹锡

王濬楼船下益州，金陵王气黯
然收。千寻铁锁沉江底，一片
降幡出石头。人世几回伤往
事，山形依旧枕寒流。今逢四
海为家日，故垒萧萧芦荻秋。

西塞山，在今湖北黄石市东面的长江边，嵯峨横江，危峰兀立，形势险峻，易守难攻。三国时，这一著名的军事要塞曾是吴国境内重要的江防前线。公元280年，晋武帝司马炎命益州刺史王濬率领水军，从益州出发，顺流而下，讨伐东吴，这是结束三国鼎立局面的最后一战。著名的"铁索横江"之战，就发生在西塞山一带。

《三国演义》是这样描写这场惊心动魄的战争的：

> 时龙骧将军王濬率水兵顺流而下。前哨报说："吴人造铁索，沿江横截；又以铁锥置于水中为准备。"濬大笑，遂造大筏数十方，上缚草为人，披甲执杖，立于周围，顺水放下。吴兵见之，以为活人，望风先走。暗锥着筏，尽提而去。又于筏上作大炬，长十余丈，大十余围，以麻油灌之，但遇铁索，燃炬烧之，须臾皆断。两路从大江而来。所到之处，无不克胜。

接着，王濬势如破竹，直取金陵，吴国不战而降。"于是东吴四州，四十三郡，三百一十三县，户口五十二万三千，官吏三万二千，兵二十三万，男女老幼二百三十万，米谷二百八十万斛，舟船五千余艘，后宫五千余人，皆归大

145

晋。""自此三国归于晋帝司马炎，为一统之基矣。此所谓'天下大势，合久必分，分久必合'者也。"

公元824年，刘禹锡由夔州刺史调任和州刺史，沿江东下，途经西塞山，想起晋、吴兴亡之事，有感于山川之险不足凭恃，而分裂割据终归统一，慨然写下了这首诗。

诗前四句精选了四个特定的历史情节，意在为我们展示一幅气势磅礴的历史风云画卷。但作者却没有按照一般的时间顺序、逻辑顺序将这四个镜头组合在一起，而是纵横跳荡地加以奇妙的组合。三接一，二承四，这是一般的逻辑顺序。但作者却不这样写，"王濬楼船下益州，金陵王气黯然收"，首联两句，就将这场战争写完了，有头有尾，对比鲜明。一个"下"字，既切合地理又切合心理，见出居高临下、势如破竹之势。"黯然收"三字，一种落花流水、凄凉仓皇之态跃然纸上。"千寻铁锁沉江底，一片降幡出石头。"这是特写镜头，对仗工稳，意象鲜明，既是点题，又是对首联的补充、加强、映照和生发。诗写到这里，叙事之功毕矣！接下来，作者便切入当下情景，抒写内心感叹。

"人世几回伤往事，山形依旧枕寒流。"当年千帆竞发、铁锁横江的悲壮场面，如今只有浩浩江声，似乎还在回荡着鼓角铮鸣。五百年来，人世间治乱相循、兴亡相续，"你方唱罢我登场"。然而，所有这一切喧闹，比起默默无言的大自然来，都不过是过眼烟云，转瞬即逝。东吴存在了58年，西、东晋存在了140年，宋、齐、梁、陈四个朝代加在一起，也不过169年而已。从东吴到东晋，再到南朝，一个个辉煌的朝代都在历史的长河中永远地沉没了。只有无情的江山见证着他们的兴亡。卢梭曾经说："如果斯巴达和罗马都灭亡了，那么，还有什么国家能够希望亘古长存呢？"

"人世几回伤往事，山形依旧枕寒流。"面对永恒，还是让我们谦虚地接受卢梭的告诫吧："为了能够成功，就不要去尝试不可能的事，也不要自诩能赋予人类的作品以人类的事物所不允许的坚固性。"

一首咏叹晋、吴兴亡的怀古诗，写到这个地步已是探骊得珠、思入微茫了。但我们读这首诗，觉得它美，并不是因为它给了我们如何重要、如何深刻的历

史启示，而是因为它在历史之外，还表现了对于人的真实的生命情境的深切体验。因而，在更深的意识内涵里，它与我们的心灵是息息相通的。在这里，一切历史，都充满了人性的光辉。个人一己的生命，也经由历史这个触媒，而被重新体味、冥思、感知。

天地悠悠，人寿几何？人世的种种努力，其实都是在与永恒的时间拔河。人世间最深刻的悲哀，不是别的，是在这场较量中被一次次证明了的永恒的不可企及与不可战胜。

天若有情天亦老，人间正道是沧桑。难道人世注定了是兴亡相续、悲喜交替？就像一个还没有学会走路的婴儿，尽管经历了一次次的跌倒和摔打，却始终不曾站起来，步履稳健而又轻盈地走向前去。难道历史的教训是写在沙上的，风上的，丹青上的，却从来不曾写在后来者的心上吗？当不肖的后来者还没有来得及读懂沧桑之时，自己又在续写着沧桑，交付后人去读。

据观测，日落的整个过程，即由衔山到全然沉入地表，需要三分钟。但是，日出却远比日落缓慢。新生的太阳从露出一丝红线直至完全跳出地表，大约需要五分钟。世界上的事物，从速度上来说，总是衰落快于崛起。然而，又有谁会在意这个时间上的微小差距呢？又有谁会去体味这个微小差距背后的人世悲伤呢？人世几回伤往事，山形依旧枕寒流。

风流总被雨打风吹去

乌衣巷 / 刘禹锡

朱雀桥边野草花，
乌衣巷口夕阳斜。
旧时王谢堂前燕，
飞入寻常百姓家。

乌衣巷，是历史的一个小小的窗口。通过这个窗口，我们真切地触摸到了南京城如烟而逝的繁华与凄凉。

南京号称六朝金粉、十代古都。公元 3 世纪以来，先后有东吴、东晋和南朝的宋、齐、梁、陈（史称六朝），以及南唐、明、太平天国、中华民国共 10 个朝代和政权在南京建都立国。但是，综观南京城从东吴建国以来一千八百年的历史，就可以发现，在它繁华景象的背后，实际上贯穿着无尽的凄凉与零落。公元 229 年，孙权建都建业（南京），国号"吴"。公元 280 年，王濬攻破建业，吴亡。公元 318 年，西晋从洛阳东迁金陵（南京），短命的西晋王朝得以偏安再延，史称东晋。公元 420 年，刘宋建立，南京城开始了它短暂的繁华和苍凉的悲歌。在短短的 168 年间，宋、齐、梁、陈四个朝代你方唱罢我登场，"城头变换大王旗"。公元 588 年，隋灭陈，六朝灭亡。其后，五代十国之一的南唐仅存在 39 年。明朝前期曾短暂定都于南京，前后共 53 年。太平天国在南京开创的洪业也不过维持了短短 11 年。1927 年，中华民国定都南京。1937 年 12 月 13 日，日军占领了整个南京城，发动了惨绝人寰的南京大屠杀，国民政府被迫迁往陪都重庆。1949 年 4 月 24 日，我人民解放军百万雄师渡过长江，把胜利的红旗插上了蒋介石总统府的门楼上，南京国民政府逃亡台湾。回顾历史，令人感

慨。南京城难道不是在见证着一场场繁华的春梦吗？短暂的繁荣背后，续写着久长的零落与凄凉。在这个意义上，南京可以说是最富于历史沧桑感的城市。

乌衣巷就在南京城中，秦淮河边。乌衣巷之名，源于三国时期。当时，孙权的士兵都身穿黑衣，其驻军之地就称为乌衣营。东晋偏安于南京后，以王导为代表的王氏家族和以谢安为代表的谢氏家族都居住在孙吴乌衣营旧址，此时的乌衣营已改称为"乌衣巷"。刘禹锡的感慨就源自这条古巷，以及曾居住在这条古巷的王、谢家族。王导辅佐创立了有百年历史的东晋王朝。谢安指挥淝水之战，以少胜多，打败符秦百万大军。作为一代名相，王、谢足令后人追怀。但乌衣巷名贯古今，不仅因为王导、谢安曾居住在这里，也不仅因为书圣王羲之、山水诗鼻祖谢灵运、谢朓曾居住在这里，还因为王谢两大家族在这里居住的三百年中，出现了一大批对晋朝的历史产生了深远影响的人物。公元 588 年，隋渡过"一衣带水"灭陈之后，隋文帝下令将"建康城邑平荡耕垦"。一时间，六朝豪华的宫阙、殿宇破坏殆尽，乌衣巷的繁华也随之烟消云散。

刘禹锡生在唐朝，他不可能像我们一样，看到南京城这么久远的历史。他写的乌衣巷，主要是写西晋东迁这段历史，这里面有他对于历史上改朝换代很深的感慨。他在诗里所要表达的那个历史的规律，今天的我们通过南京城千年的变迁，看得更加清楚了：这个世界上没有永恒的繁华，永恒的，是沧桑。

读《乌衣巷》这首诗，我深深感到，刘禹锡用诗的语言，画的构图，为我们精心营造出了一幅沧桑历史的变迁图。

朱雀桥边丛生着野草，乱开着野花，乌衣巷口，夕阳正西下。这是多么令人惊叹的壮美，这又是怎样让人不敢逼视的凄凉。花草不解历史的悲情，依旧一派繁荣景象。然而，从前在王谢华堂中筑巢的燕子，现在正循着故巢，飞入平常百姓人家。难道是燕子有情，不忍他去？这就一下子把读者的视线全部吸引到燕子身上去了。

清人施补华说："若作燕子他去，便呆。盖燕子仍入此室，王谢零落，已化作寻常百姓矣。"燕子不知，仍归故巢。然而人事代谢，江山易主，荣枯相形，贵贱相衬，这一景象，正如一个落魄的乞丐突然面对着锦屋华堂、玉盘珍馐一

般，真真叫人情何以堪。

不能逼视的衰败零落，偏偏叫你逼视。这就是诗。

眼睁睁见得乌衣巷依依昔日风流画卷，此刻恰如一抹斜阳坠落于荒烟蔓草的历史深处，并非木石的你我，岂不感慨？

刘禹锡，是唐代诗人当中最富有历史感的一位。他的怀古名篇，好到叫我说不出话来。

咫尺长门

离你最近的地方，路途最远。

是你特殊的身份与遭遇？还是汉武帝"金屋藏娇"的神来之笔？还是司马相如《长门赋》续写的那段传奇？让你，陈阿娇，千百年来一直活在无数文人的心中，笔底。"昔日芙蓉花，今成断草根。"因骄傲和兴奋撑满了的那抹晕红，早在被打入长门冷宫时就如萧萧衰草一样寂寞了。而你的身后，却因了文人的多情而显得分外热闹。

阿娇的故事，还得从金屋藏娇说起。

阿娇的父亲是世袭堂邑侯陈午，乃汉朝开国功勋贵族之家。母亲是汉景帝刘启唯一的同母姐姐馆陶长公主刘嫖，是当时朝廷中举足轻重的人物。陈阿娇自幼就深得其外祖母——汉景帝之母窦太后的宠爱。起初，汉景帝由于没有嫡子，遵照"立长"的传统立自己的庶长子刘荣为太子。刘嫖希望自己的女儿陈阿娇能成为汉朝皇后，就想把女儿许给太子刘荣。不料遭刘荣生母栗姬无礼拒绝。馆陶长公主震怒，遂起废太子之心。

是时，胶东王刘彻的生母王娡只是景帝后宫里一个地位普通的"美人"。然而王美人聪敏世故，一发现有机可乘，立刻屈意迎合，百般讨好馆陶长公主，目的是为自己的儿子谋夺太子之位。

　　一日，馆陶长公主抱着刘彻问："彻儿长大了要讨媳妇吗?"胶东王刘彻说："要啊。"长公主于是指着左右宫女百余人问刘彻想要哪个，刘彻都说不要。最后长公主指着自己的女儿陈阿娇问："那阿娇好不好呢?"刘彻于是就笑着回答说："好啊! 如果能娶阿娇做妻子，我会造一个金屋子给她住。"这就是成语"金屋藏娇"的由来。长公主刘嫖见阿娇和刘彻年龄相当，从小相处和睦、感情融洽，就同意给陈阿娇和刘彻这对姑表姐弟亲上加亲订立婚约。

　　"金屋藏娇"婚约是当时汉朝政治的一个转折点。因为女儿的订婚，刘嫖转而全面支持刘彻，朝廷局势为之大变。经长公主一番经营，景帝废太子刘荣为临江王，贬栗姬入冷宫忧死。不久，皇帝正式册封王娡为皇后，立刘彻为太子。汉景帝去世后，刘彻即皇帝位，立原配嫡妻陈氏为皇后。

　　刘彻执政初期，在政见上与祖母窦太皇太后发生分歧，建元新政更是触犯了当权派的既得利益，引起强烈反弹。有赖于皇后陈阿娇作为唯一的外孙女极受窦太皇太后宠爱，加上陈家以及长公主的全力支持，汉武帝有惊无险保住了帝位。

　　祖母窦太皇太后去世后，汉武帝亲政，终于得以大权独揽。可叹的是，"苦尽"后未能"甘来"，能"同患难"的夫妻却不能"共富贵"。陈皇后出身显贵，自幼荣宠至极，难免娇骄率真。且有恩于武帝，不肯逢迎屈就。与汉武帝渐渐产生裂痕。加上岁月流逝，却无生育。武帝喜新厌旧，于是爱弛。

　　此时，汉宫里发生了一件真相莫测的巫蛊案，矛头直指被汉武帝冷落已久的陈皇后。

　　巫蛊，即"巫鬼之术"或"巫诅（咒）之术"，具体包括诅咒、射偶人和毒蛊等，是源于远古的信仰民俗，用以加害仇敌。当时人认为，让巫师、祭司等人把桐木偶人埋于地下，再诅咒所怨者，被诅咒者就会蒙受灾难。"巫蛊"自古是宫廷大忌。因为操作简便，说不清道不明，被怀疑者根本无法自辩，一直是栽赃陷害对手的绝好伎俩。综观中国数千年的历史，无数后妃、重臣、皇子和公主都冤死在这两个字上。

　　元光五年，二十七岁的刘彻以"巫蛊"罪名颁下诏书："皇后失序，惑于

巫祝，不可以承天命。其上玺绶，罢退居长门宫。"从此，武帝把陈皇后幽禁于长门宫内，衣食用度上依旧是皇后级别待遇不变。至此，金屋崩塌，"恩""情"皆负。陈皇后数年后病逝，"金屋藏娇"的故事至此彻底落幕。

陈皇后之失位，表面的罪名是"巫蛊"。但据严谨的历史学家研究，武帝废后的真正原因是"防患外戚"。

在汉朝的整个政治架构中，外戚一直处于举足轻重的地位。外戚居内宫近宠之利，或辗转于朝堂，或周旋于军旅，集聚庞大的财富、人脉和权势。君主强势时，外戚是皇帝的左膀右臂。但只要稍有不慎，外戚势力就会侵蚀皇权，酿成江山易主之险。仅西汉，初期就有诸吕乱政之祸，末期干脆直接覆灭在外戚王莽的手里。所以，任何一个头脑还算清楚的皇帝，都会对外戚有所防备。另外，即使就个人而言，外戚也始终是萦绕于刘彻心中无法消退的阴霾。只要仔细了解一下刘彻，就会发现这位皇帝终身都在和外戚势力做斡旋和缠斗。刘彻得帝位是因为外戚（姑母馆陶长公主和堂邑侯陈午），险失帝位也是因为外戚（祖母窦太皇太后和窦家），最终保住皇位还是因为外戚势力的手下留情。对于一个志向高远、心性激烈的年轻帝王来说，这样的经历绝对是刻骨铭心的耻辱。

武帝一生，对外戚的利用和绞杀可谓无所不用其极：制衡、打压、嫁祸、分化、剪除等等手段更是轮番使用，百无禁忌。武帝执政前期，雌伏于外戚权势之下（祖母窦太皇太后和窦氏家族）；中期，开始离间和对抗外戚干政（主要是其母王太后和舅舅田蚡，窦氏家族）；后期，始着力打压、分化和平衡外戚军权（卫子夫、卫青家族集团，霍去病集团，李夫人、李广利家族）；至晚期，为了避免外戚、母后对下一任皇帝的干扰，竟开"立子杀母"之先例——直接冤杀昭帝的生母钩弋夫人。

这个从宫廷争斗中一路胜出的汉家帝王深刻了解外戚势力的难缠和厉害。所以，当他掌握实权后，陈家的权势立刻从陈皇后的优点变成了她不可宽待的错误。为了能够独霸天下，也为了避免陈家成为继窦家之后又一个权倾朝野的势力，汉武帝剥夺陈皇后的后位是完全符合逻辑的。

话说长门宫里，陈皇后度一日如百年。

"望见葳蕤举翠华"，探视的宫女说武帝的仪仗来了，朝长门宫这边来了。

"试开金屋扫庭花"，这是真的吗？还是一个错觉？宫女，快点打开金屋，快点打扫庭前的落花，我要让金屋再生光华。

此时，前面的宫女传来音信，说皇上刚刚去了平阳公主家。说什么平阳公主家，还不如直说去了卫子夫那里。

得想个办法，让他回来。爱情，是不能够靠爱情以外的手段获得的。于是，有了千金买赋，有了荡气回肠的《长门赋》！

什么地方的美丽女子，玉步轻轻来临。芳魂飘散不再聚，憔悴独自一身。

曾许我常来看望，却为新欢而忘故人。从此绝迹不再见，跟别的美女相爱相亲。

我所做的是如何的愚蠢，只为了博取郎君的欢心。愿赐给我机会容我哭诉，愿郎君颁下回音。

明知是虚言仍然愿意相信那是诚恳，期待着相会长门。

每天都把床铺整理好，郎君却不肯幸临。走廊寂寞而冷静，风声凛凛而晨寒相侵。

登上兰台遥望郎君啊，精神恍惚如梦如魂。

浮云从四方涌至，长空骤变，天气骤阴。一连串沉重的雷声，像郎君的车群。

风飒飒而起，吹动床帐帷巾。树林摇摇相接，传来芳香阵阵。

孔雀纷纷来朝，猿猴长啸而哀吟。

翡翠翅膀相连而降，凤凰由北，南飞入林。

千万感伤不能平静，沉重积压在心。下兰台更茫然，深宫徘徊，直至黄昏。

雄伟的宫殿像上苍的神工，高耸着与天堂为邻。

依东厢倍加惆怅，伤心这繁华红尘。

玉雕的门户和黄金装饰的宫殿，回声好像清脆钟响。木兰木雕刻的椽，文杏木装潢的梁。

豪华的浮雕，密丛丛而堂皇。拱木华丽，参差不齐奋向上苍。

模糊中生动地聚在一起，仿佛都在吐露芬芳。

色彩缤纷耀眼欲炫，灿烂发出奇光。宝石刻就的砖瓦，柔润的像玳瑁背上的纹章。

床上的帷幔常打开，玉带始终钩向两旁。

深情地抚摸着玉柱，曲台紧傍着未央。

白鹤哀哀长鸣，孤单的困居在枯杨。

又是绝望的长夜，千种忧伤都付与空堂。只有天上的明月照着我，清清的夜，紧逼洞房。

抱瑶琴想弹出别的曲调，这哀思难遣地久天长。

琴声转换曲调，从凄恻渐渐而飞扬。包含着爱与忠贞，意慷慨而高昂。

宫女闻声垂泪，泣声织成一片凄凉。

含悲痛而唏嘘，已起身却再彷徨。

举衣袖遮住满脸的泪珠，万分懊悔昔日的张狂。

没有面目再见人，颓然上床。

香草做成的枕头，隐约又躺在郎君的身旁。

蓦然惊醒一切虚幻，魂惶惶若所亡。

鸡已啼而仍是午夜，挣扎起独对月光。

看那星辰密密横亘穹苍，毕昴星已移在东方。

庭院中月光如水，像深秋降下寒霜。

夜深深如年，郁郁心怀，多少感伤。

再不能入睡等待黎明，乍明复暗，是如此之长。

唯有自悲感伤，年年岁岁，永不相忘。

　　司马相如真是一个绝顶聪明的才子，就这样凌厉地探进了她幽微的内心。

　　然而，武帝看后，仅仅对这篇赋表示了称赞。女人的心，渴望的是爱情。男人的心，着眼的是天下。

附：长门赋／司马相如

　　夫何一佳人兮，步逍遥以自虞。魂逾佚而不反兮，形枯槁而独居。言我朝往而暮来兮，饮食乐而忘人。心慊移而不省故兮，交得意而相亲。

　　伊予志之慢愚兮，怀贞悫之欢心。愿赐问而自进兮，得尚君之玉音。奉虚言而望诚兮，期城南之离宫。修薄具而自设兮，君曾不肯乎幸临。廓独潜而专精兮，天漂漂而疾风。登兰台而遥望兮，神怳怳而外淫。浮云郁而四塞兮，天窈窈而昼阴。雷殷殷而响起兮，声象君之车音。飘风回而起闺兮，举帷幄之襜襜。桂树交而相纷兮，芳酷烈之閜閜。孔雀集而相存兮，玄猿啸而长吟。翡翠协翼而来萃兮，鸾凤翔而北南。

　　心凭噫而不舒兮，邪气壮而攻中。下兰台而周览兮，步从容于深宫。正殿块以造天兮，郁并起而穹崇。间徙倚于东厢兮，观夫靡靡而无穷。挤玉户以撼金铺兮，声噌吰而似钟音。

　　刻木兰以为榱兮，饰文杏以为梁。罗丰茸之游树兮，离楼梧而相撑。施瑰木之欂栌兮，委参差以槺梁。时仿佛以物类兮，象积石之将将。五色炫以相曜兮，烂耀耀而成光。致错石之瓴甓兮，象玳瑁之文章。张罗绮之慢帷兮，垂楚组之连纲。

　　抚柱楣以从容兮，览曲台之央央。白鹤嗷以哀号兮，孤雌跱于枯肠。日黄昏而望绝兮，怅独托于空堂。悬明月以自照兮，徂清夜于洞房。援雅琴以变调兮，奏愁思之不可长。案流徵以却转兮，声幼眇而复扬。贯历览其中操兮，意慷慨而自昂。左右悲而垂泪兮，涕流离而从横。舒息悒而增欷兮，蹝履起而彷徨。揄长袂以自翳兮，数昔日之愆殃。无面目之可显兮，遂颓思而就床。抟芬

若以为枕兮，席荃兰而茝香。

忽寝寐而梦想兮，魄若君之在旁。惕寤觉而无见兮，魂迁迁若有亡。众鸡鸣而愁予兮，起视月之精光。观众星之行列兮，毕昴出于东方。望中庭之蔼蔼兮，若季秋之降霜。夜曼曼其若岁兮，怀郁郁其不可再更。澹偃蹇而待曙兮，荒亭亭而复明。妾人窃自悲兮，究年岁而不敢忘。

懂你

琵琶行／白居易

浔阳江头夜送客，枫叶荻花秋瑟瑟。主人下马客在船，举酒欲饮无管弦。醉不成欢惨将别，别时茫茫江浸月。忽闻水上琵琶声，主人忘归客不发。寻声暗问弹者谁，琵琶声停欲语迟。移船相近邀相见，添酒回灯重开宴。千呼万唤始出来，犹抱琵琶半遮面。转轴拨弦三两声，未成曲调先有情。弦弦掩抑声声思，似诉平生不得志。低眉信手续续弹，说尽心中无限事。轻拢慢捻抹复挑，初为《霓裳》后《六幺》。大弦嘈嘈如急雨，小弦切切如私语。嘈嘈切切错杂弹，大珠小珠落玉盘。间关莺语花底滑，幽咽泉流冰下难。冰泉冷涩弦凝绝，凝绝不通声暂歇。别有幽愁暗恨生，此时无声胜有声。银瓶乍破水浆迸，铁骑突出刀枪鸣。曲终收拨当心画，四弦一声如裂帛。东船西舫悄无言，唯见江心秋月白。

足以使白居易诗名不朽的，也许不是文学史上盛称的《秦中吟》和《新乐府》，而是他三十五岁时写的《长恨歌》和四十五岁时写的《琵琶行》这两篇长篇歌行。这两首诗千百年来脍炙人口，妇孺皆知，以致唐宣宗在《吊白居易》诗中说："童子解吟《长恨》曲，胡儿能唱《琵琶》篇。"直到今天，一般人知道白居易，多半还是由于这两首诗。

《长恨歌》写帝王之爱，"天长地久有时尽，此恨绵绵无绝期"，那是千古的艳遇，千古的惆怅。《琵琶行》写失意的士大夫与沦落天涯的琵琶女既相同又不同的人生际遇，那就具有广泛的普遍性了。在这首诗里，作者喊出了"同是天涯沦落人，相逢何必曾相识"这样震烁古今的壮语，不仅当时让满座客人泪下如雨，而且穿越时空打动了亿万读者的心。是啊，相逢何必曾相识！如果某年某月的某一天，我们萍水相逢，请不要多问，更不要多说，就让我们彼此间，用心与心沟通！

茫茫江面，寒月生辉。西风袅袅，荻花瑟瑟。送客南浦，凄凄将别。正在这时，竟"忽闻水上琵琶声"。于是乎，整个凄凉的画面上，顿时平添一抹亮色。这能使"主人忘归客不发"的美妙琴声来自何方？寻问之下，一幕新的戏

剧开启了——诗人把船靠近了去，要去会会那弹奏琵琶的知音。但是琵琶女却迟迟不肯登场，即便登场，也是"犹抱琵琶半遮面"。她要做什么？她在想什么？在这可怕的寂静与停顿中，一种无法沟通的窒塞与期待，伴随美妙的琵琶声如期而至。

在这里，琵琶女究竟长得什么样，诗人一笔不写。诗人只写她的风情、她的举止，却偏偏让我们无限神往她的美丽。除了一句勾魂摄魄的"未成曲调先有情"之外，作者又说她低眉信手，弦弦掩抑，似断还续，似乎要把她的"平生不得意"和"心中无限事"全都糅进琵琶声中。这一切已足以令人想见她的忧郁、柔美与亲切可人。这样的刻画，比起曹植的《洛神赋》来，可以说一点也不逊色。

接下来，琵琶声就在夜色中飘散开了。那是怎样的仙乐啊！满座的听客醉了，浸江的秋月醉了，浩浩的江水也醉了。

明月如霜，好风似水，清景无限。琵琶女一曲既终，整个世界为之愕然不语。还有什么比听众如痴如醉地陶醉在琵琶声中更能表现琵琶女技艺高超的呢？"此时无声胜有声"。这里的无声不是空空如也的死寂，也不是剑拔弩张的生死对峙，而是一片生机盎然的澄明之境，是内心的光亮突然洞彻了俗世的浮华与喧嚣。在这里，心灵与心灵已经彼此敞开，并且试探着要去照亮和温暖对方。

试想，如果不是遇到像白居易这样的知音，一个流落江湖、卖唱为生的琵琶女怎么会在人前自述身世？即便倾诉，又有谁会在乎她曾经的美好韶华，又有谁会分享她对于人生际遇的巨大感动？面对知音，她不再顾及尊严。何况，那汹涌而来的感情的潮水，已经将他们的心洗得比天空更为明净。那是一段春风得意的岁月，"曲罢曾教善才伏，妆成每被秋娘妒。五陵年少争缠头，一曲红绡不知数。钿头云篦击节碎，血色罗裙翻酒污。"那是一段激情燃烧的岁月，"残酒对灯花，等闲十载生涯，赏不足，嫣红紫姹，看不尽，翠袖乌纱。曲终人散后，你道是多情芽，曾风雅？还是残盅冷炙，虚掷了年华？"那也是一场春梦，纵然是灯红酒绿、纸醉金迷，也抵不过岁月暗换心事终虚化，"软绵绵，玉山倾颓，昏沉沉，眼儿生花。迷蒙蒙，分不清秦楼酒、谢家茶，倒颠颠，俺画

梁看作秋千架。懒慵慵，奴醉欲眠君且去，闹纷纷，明朝车马喧哗，乱哄哄，新人旧客来纷沓。"梦醒了，"门前冷落鞍马稀，老大嫁作商人妇。"从此后，一把琵琶，流落天涯。

琵琶女的遭遇，怎能不逗引出诗人内心的隐隐之痛？所谓"感斯人言，是夕始觉有迁谪意"，正是诗人触景伤情、泪下沾襟的内在依据。想想自己年仅十六，就名满京华。杏园聚会，雁塔题名，真正是春风得意马蹄疾，一日看尽长安花！如今呢，被贬到这个地僻山遥的江州，说是江州刺史，还没到任，又从刺史贬成了司马。"浔阳地僻无音乐，终岁不闻丝竹声。住近湓江地低湿，黄芦苦竹绕宅生。其间旦暮闻何物？杜鹃啼血猿哀鸣。"繁华飘零，没有知音，如何架得住那苦情的杜鹃声声啼血？家国庙堂的忧切，谪居卧病的苦闷，世事无常地播弄，此时一起袭上心头，就像打翻了的五味瓶，酸的、甜的、苦的、辣的、咸的，汩汩涌出，终于郁成两行清泪，洒落君前。

"座中泣下谁最多，江州司马青衫湿。"这泪水，既是为琵琶女，也是为自己。"同是天涯沦落人，相逢何必曾相识。"懂你，是懂我自己。

千载以还，我们不禁要问，为什么偏偏是白居易，读懂了琵琶女？

毛泽东晚年读《注释唐诗三百首》，曾这样评价《琵琶行》："江州司马，青衫泪湿，同在天涯。作者与琵琶演奏者有平等心情。白诗高处在此，不在他处。其然，岂其然乎？"诗人之所以能够读懂琵琶女，只因他们的心意是相通的，感情是平等的。

尽管在世人眼中，琵琶女与白居易地位悬殊，身世不同，但他们两人在感情上，并不存在一条无法逾越的鸿沟。他们的心是平等的，正如简·爱对罗切斯特所说的一样："你以为我是一架自动机器吗？一架没有感情的机器吗？……我的灵魂跟你的一样，我的心也跟你的完全一样！……我现在跟你说话，并不是通过习俗、惯例，甚至不是通过凡人的肉体——而是我的精神在同你的精神说话；就像两个都经过了坟墓，我们站在上帝脚跟前，是平等的——因为我们是平等的！"

在沉沉如暗夜的封建等级时代，谁会有这样的胆魄和见识，能够意识到士大夫与歌女之间竟是平等的？但是，且慢！我们伟大的诗人白居易先生，在他人生的低谷之中，在他那抑郁愤懑的内心世界，忽然射来了一道耀目的光芒。借着这光芒，他敏锐地意识到了那个秘密，并且大胆地说出了那个秘密——尽管现实世界加给了我们太多的不平等，但在我们的内心，我们的心是平等的，我们的感情、我们的精神是平等的！

没有平等，就不会有碰撞；没有平等，也不会有共鸣。借着琵琶声的铿锵音调，我们这位敏感的诗人终于酣畅淋漓地喊出了在中国文学史上注定要流芳百世的两句诗："同是天涯沦落人，相逢何必曾相识！"

在这里，我们看到，音乐，固然是被贬江州的诗人和沦落天涯的琵琶女沟通的触媒。音乐背后，却是传诵千载的心与心低语的呢喃。

除了这两句笼罩一切的诗之外，值得一提的还有白居易对于古典音乐极富表现力的、几乎是天才的描绘。在近五万首唐诗中，历来被公认为善于描写音乐的名篇，除了白居易的《琵琶行》之外，还有李颀的《听董大弹胡笳声兼寄语弄房给事》和《听安万善吹觱篥歌》，韩愈的《听颖师弹琴》，李贺的《李凭箜篌引》。这几篇妙文，值得一读。以《听颖师弹琴》为例：

> 昵昵儿女语，恩怨相尔汝。划然变轩昂，勇士赴敌场。浮云柳絮无根蒂，天地阔远随飞扬。喧啾百鸟群，忽见孤凤凰。跻攀分寸不可上，失势一落千丈强。嗟余有两耳，未省听丝篁。自闻颖师弹，起坐在一旁。推手遽止之，湿衣泪滂滂。颖乎尔诚能，无以冰炭置我肠。

此诗前十句，用一连串精妙的比喻，描绘音乐的形象。"嗟余有两耳"以后八句，写出音乐强烈的感染力。但是，韩愈此诗"技止此耳"。白居易《琵琶行》描绘琵琶女的演奏，似乎更胜一筹。它不仅描绘音乐的形象达到了"神乎其技"的地步，即通过形象生动的比喻把无形的声音转化为视觉形象丰满的审美对象，还能够通过描写音乐节奏的变化来表现情绪的起伏。

　　试看，琵琶声起初零散不成曲调，"转轴拨弦三两声，未成曲调先有情。弦弦掩抑声声思，似诉平生不得意"，这是与琵琶女刚出来时惊情未定、楚楚可怜的情状相一致的。继而"低眉信手续续弹，说尽心中无限事。轻拢慢捻抹复挑，初为《霓裳》后《六幺》"，出现了舒畅明快的节奏。此后曲调继续由慢变快，呈现出错杂徘徊的局面，"大弦嘈嘈如急雨，小弦切切如私语。嘈嘈切切错杂弹，大珠小珠落玉盘"。片刻的欢快之后，琵琶声陡然跌入谷底。听者与弹者内心的感情波澜，也随之陡然跌入深渊。此时，一个极有意味的现象出现了，弹者与听者一刹那间的错愕，竟造成了一种"此时无声胜有声"的独特审美境界。关于这一点，美国著名汉学家宇文所安解释说："诗人所以会创造出这样无言的雄辩，在他自己来说，是因为除了在本可以继续写下去的地方停住不写外，他想不出更好的办法。沉默可以表示情调、主题、背景或意向的一种突然的转变，读者的注意力准确无误地被引而不发的东西吸引过去。"这一小小的回旋跌宕之后，琵琶声和人的情感波涛急遽地进入高潮，"银瓶乍破水浆迸，铁骑突出刀枪鸣"。然后这惊天动地之音又突然收煞，"曲终收拨当心画，四弦一声如裂帛。东舫西舫悄无言，唯见江心秋月白"，四周归于一片寂静。听了这样的音乐，你能不如痴如醉吗？读了这样的描绘，你能不拍案叫绝吗？尤其可贵的是，全诗虽着力描写琵琶演奏，却三次闲笔逸出，描写江月，"别时茫茫江浸月"，"唯见江心秋月白"、"绕船月明江水寒"，这就为全诗预留了巨大的想象空间，形成了寒江秋月、一曲萦空的艺术境界。

　　白居易在《与元九书》中曾经这样总结诗歌创作的真谛："感人心者，莫先乎情，莫始乎言，莫切乎声，莫深乎义。诗者，根情，苗言，华声，实义。"这简简单单的几句话，是多么深刻啊！作为诗人，白居易无疑是伟大的。作为理论家，白居易同样站在了峰顶！

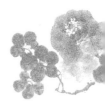

欲望如草

赋得古原草送别 / 白居易

离离原上草，一岁一枯荣。
野火烧不尽，春风吹又生。
远芳侵古道，晴翠接荒城。
又送王孙去，萋萋满别情。

《赋得古原草送别》是白居易年少时成名之作。

据《全唐诗话》记载，白居易当年到长安应试，曾向著作郎、大诗人顾况"行卷"。所谓"行卷"，就是应试者为增加及第的可能性而将自己平日的诗文加以编辑，写成卷轴，在考试前送呈有地位者，以求推荐。据说当时白居易求见顾大诗人时，这位京城响当当的名流大腕很是在这位后生小子面前摆了一点谱。摆谱的具体情况不得而详，但顾大诗人说的一句俏皮话却流传了下来。顾大诗人说："长安米贵，居亦不易。"翻译过来就是，现在长安米价很贵，要在长安混饭吃不容易。不知白居易是有涵养耐得住气还是对自己有自信不介意，反正他没有吱声，静静地等待着顾大诗人披阅他呈上去的诗作。第一篇赫然就是"离离原上草"。顾况读完全诗，拊掌叹赏不已，连忙改口说："能够写出这样的诗，在长安混饭吃也很容易啊！"在顾况的延誉下，白居易从此登上文坛，一个天才的作家就这样冒了出来。

的确，这诗写得好，晓畅明丽，平白如话，大概连白发老太太也能懂得那诗的意思的。

既然这诗很好懂，我也不用在这里饶舌。单单拈出那一联流传千古的名句："野火烧不尽，春风吹又生。"结合欲望这个话题，来谈谈我的理解。

欲望如草。任凭你用怎样猛烈的野火去烧杀它，它也是烧不尽、扑不灭的。等到条件具备，压力去除，它又蓬蓬勃勃地生长起来了。

小说《醒世姻缘传》里说："终日忙忙只思饱，食得饱来便思衣；衣食两样皆具足，便想娇容美貌妻；娶得三妻并四妾，出门无轿少马骑。良田万顷马成群，家里无官被人欺。七品八品犹嫌小，三品四品又嫌低。当朝一品为宰相，又想君王做一时。心满意足为天子，又想神仙同下棋。"这首辛辣的打油诗，把世间无数凡人、俗人的内心欲望刻画得淋漓尽致，所谓"欲壑难填"，真是一点也不假。

《老子》说："祸莫大于不知足，咎莫大于欲得。"欲望这玩意儿，或者美其名曰"梦想"、"希望"，常常使人失去理智，违背初衷。所谓"欲令智昏"，也昭昭在人耳目。

电视剧《大长今》中就有一个很好的例子。在选取御膳房最高尚宫的竞赛中，太后出了一道考题：利用百姓们平常不知道哪些是可以吃的东西来做出可口的佳肴，希望借此帮助天下百姓度过收成欠佳的难关。长今求胜心切，违背太后的意愿，想出一些取巧的办法：用寻常百姓们吃不起的上好牛骨炖汤。韩尚宫对此很生气，责骂长今说："你一心只想赢得比赛，舍弃了对待食物的基本态度，到处游走打听，用你的聪明脑袋想此歪法，只想赢得比赛。前几年，你想到把木炭放入酱缸，想到用矿泉水做凉面，在御膳竞赛的时候想出好方法，做出白菜馒头。我认为你有才气，所以才告诉你，你有画出味道的才华。没想到，你的才气竟然变成了你的毒药，让你舍弃了诚意跟真心。难道你真的是一心想要寻找好材料跟秘方的那个孩子吗？"在现实生活中，当我们面对现实利益的诱惑时，是不是也常常把我们的才华变成了自己的毒药呢？"我们如果不按当初的理想做事，就会越来越偏离本来的意愿，最后成为一个没有方向的人。"

那么，欲望就是坏的吗？难道只有彻底去除欲望，人生才能风清月朗吗？

不是的。如果我们完全去除了欲望，那么人生也将无所附丽。

其实，欲望即是人心。人心最容易满足，又最不容易满足。谁知道呢，那不容易满足的人心是抱负还是野心，是贪婪还是人类向上的脚步？那容易满足

164

的人心是故步自封还是适可而止,是怯懦还是明智?对于人类来说,永恒的悲哀在于,我们找不到衡量心灵的尺度。

我们目睹世间无数陷入欲望泥潭的生灵,听到他们内心绝望的呼喊,我们能够嘲笑他们吗?我们能够惩罚心灵的不知满足吗?我们应该悲悯的其实是我们自己。因为欲望对于每个人来说,都是无法去除的,愈想去除愈是变本加厉。这就像野草一样,不仅无法扑灭,而且还会因为与自然的抗争而生长得更加茂盛。

那么,欲望对于我们,其意义何在呢?曾国藩有一段话,说得再透彻不过了。他说:"天下事无所为而成者极少,有所贪有所利而成者居其半,有所激有所逼而成者居其半。"我把这段话翻译一下:古往今来的那些非凡人物,他们所成就的宏图大业,并不是抱着什么高尚的目的去做的,他们的成功,有一半是因为没有办法,被逼出来的,草莽英雄多半就是这一类。还有一半是因为红尘名利的诱惑,才激发出他们的聪明才智和创造才能,从而成就了超越庸碌之辈的功业的,这一类人占成功者中的绝大多数。实际上,所谓名利之类,欲望就是他的代名词。

欲望,使人成功;欲望,也使人毁灭。因此,我们必须谨记一个真理:欲望不一定是需要。任何时候,我们都不能听凭自己的欲望"信马由缰"。

在现实生活中,我们常常会遇到这样的事情。比如吃饭,美味佳肴让你大饱口福,但你吃得太多,就会肚子不舒服。这就是因为你放纵了欲望,而没有顾及口腹的需要。再比如,一个人怎样才算幸福呢?在你没有钱的时候,你会想,只要有了钱,我就幸福了。当你有了钱以后,你又会说,只要有了权力,我就幸福了……永无止境。

欲望如草。"野火烧不尽,春风吹又生。"草,既侵夺庄稼的领地,也装点自然的美丽。欲望,既给人以不断向上的动力,也陷人以万劫不复的深渊。让我们永存警惕与悲悯,在善的欲望的引领下尽力书写人生的绚烂吧!而对于那些不幸陷入恶的欲望深渊的可怜同胞,也以最大的悲悯之心去宽恕他那痛苦的心灵吧!

中产阶层的人生写意

> 与梦得沽酒闲饮且约后期
>
> 白居易
>
> 少时犹不忧生计，老后谁能惜酒钱？共把十千沽一斗，相看七十欠三年。闲征雅令穷经史，醉听清吟胜管弦。更待菊黄家酝熟，共君一醉一陶然。

如果你问我，在唐代诗人中，谁最会享受生活？

白——居——易。

《与梦得沽酒闲饮且约后期》，即表现着这样一种诗意生活的一个侧面。

年轻的时候就没有为生计担忧过，何况老来虽不显达而实富贵呢？既然有闲钱，何不拿来沽酒共饮，享受人生。

李白不是说过"千金散尽还复来"吗？老夫今天也要学学谪仙人的豪情，不惜以十千钱沽来一斗酒，开怀畅饮。

都是行将七十的人了，也懒得走动啦。梦得，来来来，咱俩行个酒令。

酒兴阑珊，我们就谈谈经史，议议古人，嬉笑怒骂，借以排遣忧闷。再写些闲适的小诗，庙堂的雅令，这玩意虽是雕虫小技，但凭你我的才情写出的辞章，远远胜过那些靡靡之音。

此番"闲饮"，意犹未尽。但这日头不等人，又过了一天的光阴。

那就让我们再次相约，待到重阳日菊花酒酿成，你我再来举杯痛饮！

好一幅中产阶级的人生写意！

连饮酒都透出那么一股子细致与风雅劲儿。不是以豪饮来增加生命的密度，

而是以细啜来流连诗意的人生。

然后呢?

或行庸俗而不伤大雅的酒令,或引经据典以消磨悠闲的光阴,或在半醉半醒之间听听老朋友的歌赋清吟。

这岂止是一日一时之闲饮,简直可以推衍到诗人的一生。

少年显才华,中年露锋芒,晚年享安乐,一条庸俗而又圆满的生活道路!

一句"野火烧不尽,春风吹又生",让京城名流顾况青眼有加,长安米贵,居之亦易!那年他才十六岁!天热难耐,一冰难求,他却可以用筐取,只因那首咏昭君,此时他只十七岁。

整个长安都张开了双臂,在拥抱着这个少年天才!

进士及第,杏园雅集,都是些青年才俊。"慈恩塔下留名处,十七人中最年少",那年他是二十九岁。至三十五岁,他已"三登甲乙第"。

仕途的路已经铺得扎扎实实了,只等他来行。

左拾遗,左参军,虽是闲职,却是天子近臣。

然而,人生几何,去日苦多,"五十已后衰,二十已前痴。昼夜又分半,其间有几何?"比谁都看得清。

既不能"为云龙,为风鹏,勃然突然,陈力出击",那么就"为雾豹,为冥鸿,寂兮寥兮,奉身而退"。

不隐于野,不隐于神,偏偏欣然隐于尘,享受尘世的欢乐与人生!

贬为江州司马又怎样?不冷漠,不忘情,用一颗慈悲的心去体味琵琶女的悲欢,还要为她掬一把同情的泪,带着融融的暖意。

外放杭州又怎样?虽已年过五十,仍"艳听竹枝曲,香传莲子杯","夜舞吴娘曲,春歌蛮子词"。

苏州也好啊,"人稠过杨府,坊闹半长安";闲职更好,"幸无案牍何妨醉,纵有笙歌不废吟"。且去明月清波的太湖中过夜,且听名伎李娟清唱霓裳羽衣曲。

鬓尽白,发半秃,齿已缺,就要退隐洛阳了。

　　白居易晚年长居洛阳十八年，城内外六七十里，凡观寺丘野有泉石花竹者靡不游，人家有美酒鸣琴者靡不过，有图书歌舞者靡不观。他所选择的修建别墅的地点，就在伊水龙门举世闻名的世界文化遗产洛阳龙门石窟就在它的正对面。白居易当年修建别墅的地方，现在已经辟为龙门东山景区，有香山寺、白园等景点，我曾去游览过。我惊叹于白居易享受生活的诗意高度远非今日富豪所能比拟。

　　这就是他的一生。有升有降，有浮有沉，幸好看得清。

　　然而，白居易一生也不是没有炽热的用世之心。不是为民请命，犯颜直谏，诗人也不会连连遭受被贬的命运。尤其让诗人感到自豪的是，在他出任杭州刺史时，他在西湖修筑的白堤，至今仍是西湖一景。

　　中产阶级，小资情调，多么诱人的字眼。古来万千小民匍匐于生活的煎迫之下，连想都不敢想。在蚁民眼里，那是一个梦想，是桃花源。

　　然则，在儒家思想指引下奋力前行的士子们，箱底下都压着一本《庄子》。

　　出于对生命的热烈留恋和对死亡突然降临的恐惧，自古以来就有一派哲学观点认为，人应紧紧抓住当下的一切，并充分享受人生。我认为，在某种程度上，这就是中产阶层人生哲学的根基。当然，没有较高的文化素养，是很难意识到这一点的。中国古代知识分子有这个文化优势，但大抵皆潦倒不通世务，不是抑郁而死，就是四海飘零，没有几个是既显贵又生活得富有诗意的。

　　生活，必须实实在在，但是还要有梦想。所以赫尔曼·黑塞在《荒原狼》中说："中产阶级气质作为人性的一种存在状态，不是别的，是一种均衡的尝试，是在人的行为中，在无数的极端与对立中谋取中庸之道。"这话最圆通了，典型的东方思维。

　　达是最好，不达则隐。心里有底了，就不会一条道走到黑，均衡一下，也就过去了。

　　但是，均衡这门艺术运用得好，生活才富有诗意；运用得稍欠火候，则未免带些寒伧气。

你看柳宗元，一句"欸乃一声山水绿，岩上无心云相逐"，好个与世无争的样子，既然"无心"，又何必言明，终是意难平。

"孤舟蓑笠翁，独钓寒江雪"，那枝钓竿终归是有所待的。钓名？钓利？还是其他的东西？当事者心里最明白。那辆自己执鞭驾驶、在阡陌间奔驰扬尘的车马，其辙印还是直通王侯的官邸。

说到底，他还没有悟。

哪里有白居易洒脱，洒脱得那么富有生活气息，带着人间烟火色。

既不像庄子那样，隐于飘渺的"无何有之乡"，高蹈绝尘，高处不胜寒。

也不像陶潜那样，隐于纯净的自然造化里，纵结庐在人境，亦无车马喧，孤独着呢。

"跳舞的时候我便跳舞，睡觉的时候我就睡觉。最要紧的，是生活得写意。其余一切事情，执政、致富、建造产业，充其量也不过是点缀和从属品。"蒙田式的田园牧歌生活，于我等小民，心有戚戚焉。

正如清代文人李密庵在他的《半半歌》里所描述的：

看破浮生过半，半之受用无边。半中岁月尽悠闲，半里乾坤宽展。
半郭半乡村舍，半山半水田园。半耕半读半经廛，半士半民烟眷。
半雅半粗器具，半华半实庭轩。衾裳半素半轻鲜，肴馔半丰半俭。
童仆半能半拙，妻儿半朴半贤。心情半佛半神仙，姓字半藏半显。
一半还之天地，让将一半人间。半思后代与沧田，半想阎罗怎见。
饮酒半酣正好，花开半时偏妍。半帆张扇免翻颠，马放半缰稳便。
半少却饶滋味，半多反厌纠缠。百年苦乐半相参，会占便宜只半。

恰是这种半玩世者，是最优越的玩世者。

林语堂先生慨叹："最快乐的人还是那个中等阶级者，所赚的钱足以维持独立的生活，曾替人群做过一点点事情，可是不多；在社会上稍具名誉，可是不太显著。只有在这种环境之下，名字半隐半显，经济适度宽裕，生活逍遥自在，

而不完全无忧无虑的那个时候，人类的精神才是最为快乐的，才是最成功的。"

中产阶级生活，是中国所发现最健全的理想生活。

与友为邻

欲与元八卜邻，先有是赠

白居易

平生心迹最相亲，欲隐墙东不为身。明月好同三径夜，绿杨宜作两家春。每因暂出犹思伴，岂得安居不择邻。可独终身数相见，子孙长作隔墙人。

"我引以为荣的是，有一来客用黄色胡桃叶当作名片，并在上面写下了几首斯宾塞的诗，我把它当作我的陋室铭：

'人们来到这里，充实了小屋，

不需要多余的款待；

休息就是盛宴，一切顺其自然，

最崇高的心灵，最能怡然自得。'"

梭罗在《瓦尔登湖》一书中的这段描绘，字字闪光，令人神往。人生能有如此佳邻，夫复何求？

大千世界，芸芸众生，多数人是喜欢群居的，只有少数英雄豪杰，才喜欢独往独来。

从世俗的意义上说，人生当中的美好回忆，如果没有朋友与你一起分享，也是一件憾事。白居易正是这样一位深谙人情世故的性情中人，他也是一位最懂得生活的乐天派。他喜欢呼朋引类，共享美好生活。他也常在诗中将他的朋友哲学和共享体验，悄悄地透露出来。

你一定还记得他那首脍炙人口的《问刘十九》：

　　绿蚁新醅酒，红泥小火炉。

　　晚来天欲雪，能饮一杯无？

　　酒是新酿的（酒未滤清时，酒面浮起酒渣，色微绿，细如蚁，称为"绿蚁"），炉火正烧得通红。嫣红的火苗，映照着浮动泡沫的绿酒，是那样的诱人。试问亲爱的挚友，在这漫天风雪中，能前来一饮否？

　　那种深情，那种渴望，那种友谊，那种亲切，真是令人神往、心醉！两位朋友围着火炉，"忘形到尔汝"地斟起新酿的酒来。也许室外真的下起雪来，但室内却是那样温暖、明亮。

　　生活在这一刹那间泛起了玫瑰色，奏出了甜美和谐的旋律……

　　人们常说，以邻为友。白居易却是以友为邻，择邻而居。《欲与元八卜邻，先有是赠》这首小诗，正是白居易"与友为邻"美好人生的一个细部呈现。

　　在这首诗里，他用慧眼烛照出琐碎中的光辉，用灵性提炼出平凡中的诗意，为我们弹奏出了一首隽永悠长的心灵乐章。你看，他附在元稹耳畔的低语是多么的轻柔：你我是知心密友，彼此志趣相投，都渴望过神仙般的隐居生活，不想在红尘俗世追逐营求。既然如此，何不结邻而居？到那时，明月清辉映照两家庭院，绿杨春色彼此共享，岂不美哉？现实生活中，人们暂时外出，尚且因为旅途寂寞，希望与良朋结伴偕行。人生漫漫长途，长期定居在一个地方，哪能不选择一个好邻居？你我一旦结邻，不但终生可以时常相见，子孙后代也能得到福荫，常作善邻。

　　在孔子眼中，美好人生的最高境界是这样的："暮春者，春服既成，冠者五六人，童子六七人，浴乎沂，风乎舞雩，咏而归。"

　　在王勃眼中，美好人生的最高境界是这样的："四美具，二难并，穷睇眄于中天，极娱游于暇日。天高地迥，觉宇宙之无穷；兴尽悲来，识盈虚之有数。"良辰美景，赏心乐事，谓之"四美"；贤主、嘉宾，谓之"二难"。能于斯时斯地游目骋怀，感受宇宙的无穷，造化的神伟，这是多少文人骚客梦寐以求的人

生际遇啊！

在苏轼眼中，美好人生的最高境界是这样的：

> 元丰六年十月十二日夜，解衣欲睡，月色入户，欣然起行。念无与乐者，遂至承天寺寻张怀民。怀民亦未寝，相与步于中庭。庭下如积水空明，水中藻荇交横，盖竹柏影也。何夜无月？何处无竹柏？但少闲人如吾两人耳！（《记承天寺夜游》）

仔细品味这段绝妙文字，眼前似有潺潺流水淌过涧底的鹅卵石，沁人心脾，动我衷肠。

其实，除了亲人之外，邻居和朋友也是你一生的安慰。有朋友在，你可以"对酒当歌，人生几何"，可以"奇文共欣赏，疑义相与析"，可以"开轩面场圃，把酒话桑麻"。你甚至可以不说一句话，彼此聆听自然的啁啾，和来自心灵的回声。正如冰心所言："最快乐的时间，就是和最知心的朋友同在最美的环境之中，却是彼此静默着没有一句话说。"

在某种程度上，邻居和朋友，是你心灵的一个回音。没有他们，我们就仿佛置身于人生的旷野。

问世间，情为何物

离思 / 元稹

曾经沧海难为水，
除却巫山不是云。
取次花丛懒回顾，
半缘修道半缘君。

陈寅恪《元白诗笺证稿》论元稹悼亡诗说："其悼亡诗即为原配韦丛而作。……微之以绝代之才华，抒写男女生死离别悲欢之情感。其哀艳缠绵，不仅在唐人诗中不可多见，而影响及于后来之文学者尤巨。"陈寅恪的这个评价，堪为公论。尽管陈寅恪也曾指出，元稹的这些诗"俱受一时情感之激动，言行必不能始终相守"，但是，元稹悼亡诗情感的深挚感人却非至情之人不能达到。

元稹《遣悲怀》三首：

谢公最小偏怜女，自嫁黔娄百事乖。
顾我无衣搜荩箧，泥他沽酒拔金钗。

野蔬充膳甘长藿，落叶添薪仰古槐。
今日俸钱过十万，与君营奠复营斋。

昔日戏言身后意，今朝皆到眼前来。
衣裳已施行看尽，针线犹存未忍开。
尚想旧情怜婢仆，也曾因梦送钱财。

174

诚知此恨人人有，贫贱夫妻百事哀。

闲坐悲君亦自悲，百年都是几多时！
邓攸无子寻知命，潘岳悼亡犹费词。
同穴窅冥何所望？他生缘会更难期！
惟将终夜长开眼，报答平生未展眉。

《唐诗三百首》评论此诗说："古今悼亡诗充栋，终无能出此三首范围者。"这个评价，可谓高矣。

前面说过，元稹的悼亡诗都是悼念结发妻子韦丛的。元稹所写的这类诗很多，这三首是他显贵以后所作。据考证，元稹的原配夫人韦丛死时二十七岁，元稹当时是三十岁，尚未显贵。这就是说，两人结发以来曾经共过一段患难，是"患难夫妻"，诗中所写，正是这段经历。

诗曰："谢公最小偏怜女，自嫁黔娄百事乖。"这里面包含了两个典故。谢公是指东晋宰相谢安，他最喜欢自己的侄女谢道韫——中国历史上著名的才女，《红楼梦》中称为"咏絮才"的就是这一位。韦丛的父亲韦夏卿官至太子少保，韦丛是他的幼女。作者将她与谢道韫相比，可见韦丛也是有文学才能的。

黔娄是春秋时齐国的贫士，元稹用以自指。一个千金小姐下嫁给元稹这样的寒士，难怪诸事都不顺遂？作者自言"贫贱夫妻百事哀"，非泛泛也。但韦丛是何其贤惠！元稹没有衣服可以替换，她就翻箱倒柜去搜寻。元稹没钱买酒喝，她就拔下头上的金钗去换酒。平常家里只能用野菜充饥，她却吃得很香甜。没有柴烧，她便扫落叶当柴烧。这些生活当中的细枝末节，即便今天读起来，也依然让人感动。

诗云："惟将终夜长开眼，报答平生未展眉。"意思是说，我要学那终身不娶的鳏鱼，一年三百六十五天，不论白天黑夜，都把一双眼睛睁着，好报答你一生为我操劳的恩情。这话说得多好啊！可惜，诗人并没有做到这一点。

《遣悲怀三首》以一个"悲"字贯穿始终，字字出于肺腑。因为诗人动了

175

真感情，所以诗写得深情款款，特别有人情味。作者用质朴感人的语言和一个个鲜活的细节，将人人心中所有、人人笔下所无的意思，集中而又鲜明地表现出来了。诗写到这个份上，大概称得上是血泪之诗了。

《离思》无疑也是这样一首血泪之诗。这诗最值得注意的是前面两句："曾经沧海难为水，除却巫山不是云。"

这两句诗，早已成为一个经典的爱情符号，植入了亿万人的心田。尽管现代版的爱情誓言不断地花样翻新，但我认为，也许没有比这两句更好的了。

经历过沧海的波澜浩瀚，就再难观赏河溪的清浅。经过与你幽会巫山，就再难寻觅爱的缱绻。恋爱着的男女，准备恋爱的男女，或者恋爱过的男女，请你试着把这两句诗读一读，想一想，这样的爱情誓言是不是很能打动人心？

那么，这两句诗究竟好在哪里呢？

它好就好在，以高度凝练而又感性优美的文字，写出了一个素朴而又深刻的真理。

真正纯洁的爱情，一生只有一次。我们习惯上称之为"初恋"。

当我们爱过一次之后，我们才知道，我们再也不能够以最初踏进那条河流时的心情，来开始第二次、第三次的爱情了。一位哲人说过，人不能两次踏进同一条河流。

岁月流逝，我们的外表也许毫无变化，但是，我们的心，却永远回不去了。

所以，元稹说"曾经沧海难为水，除却巫山不是云"时，其实是说出了一个不言而喻的真理。

爱情，一辈子只有一次。而婚姻，有时无关爱情。

红尘自有痴情者，莫笑痴情太痴狂。若非一番寒彻骨，哪得梅花扑鼻香。问世间，情为何物？只教人生死相许。看人间多少故事，最销魂梅花三弄。情的深浅，不可测量；爱的付出，岂止生死。而这一切，正是恋爱中的男女成长的过程，是他们化蝶过程中必然付出的代价。我们不论怎样美化和神化这个代价，都无法形容恋爱中的男女当初内心的痛苦与甜蜜于万一。

一半是女人，一半是梦

苏小小墓 / 李贺

幽兰露，如啼眼。无物结同心，烟花不堪剪。草如茵，松如盖。风为裳，水为珮。油壁车，夕相待。冷翠烛，劳光彩。西陵下，风吹雨。

苏小小，生平无详考，相传是南齐时钱塘名妓，年十九咯血而死，终葬于西泠之坞。但也有人认为苏小小是后世文人雅客杜撰出来的人物，现实中并不存在。因为，在所有历史记载中并没有苏小小其人。其实，这些都并不重要。重要的是，堪与西湖湖光山色并垂不朽的苏小小的传奇故事，使我们对于情与美的向往和幻梦有了一个寄托。

传说苏小小曾作一词，题于西湖湖畔："妾本钱塘江上住，花落花开，不管流年度。燕子衔将春色去，纱窗几阵黄梅雨。斜插玉梳云半吐，檀板轻敲，唱彻《黄金缕》。梦断彩云无觅处，夜凉明月生南浦。"这词大抵是苏小小生活情感的实录，然而词的真假，究亦无须理会。但是它的出现，透露出了一点消息，那就是苏小小是有文采的，既风华绝代，又文才绝世。苏小小死后，葬于西泠桥畔，前有石碑，题曰：钱塘苏小小之墓。据传说，苏小小死后芳魂不散，常常出没于花丛林间。史书记载，宋朝有个叫司马槱（字才仲）的书生，在洛下梦一美人塞帷而歌，问其名，曰："西陵苏小小也。"问歌何曲？曰："《黄金缕》。"后五年，才仲因苏轼荐举，为秦少章幕下官，因道其事。少章异之，曰："苏小之墓，今在西泠，何不酹酒吊之。"才仲往寻其墓拜之。是夜，梦与同寝，曰："妾愿酬矣。"自是幽昏三载，才仲亦卒于杭，葬小小墓侧。

177

对于苏小小其人其事的歌咏，最早见于《玉台新咏》，其中有《苏小小歌》："我乘油壁车，郎乘青骢马。何处结同心？西陵松柏下。"这首南朝民歌，朴朴素素地道尽了青年恋人约会的无限风光。大概诗人李贺很喜欢这首诗，因此他也化用其意写了一首《苏小小墓》，来表示对于绝代佳人苏小小的渴慕。

《苏小小墓》全诗 14 句 46 字，三字一顿的节奏急如雨点，色彩斑斓的描绘阴气森森，读来给人一种恐怖的震慑和异样的陌生。

"幽兰露，如啼眼。"那盈盈的泪水，如同凝聚于幽兰上的晶莹露珠，充满哀怨。透过这双眼睛，我们仿佛看到了苏小小的灵魂。

生活在幽冥世界里的她，没有"歌吹"的欢乐，只有满腔的哀怨。

"无物结同心，烟花不堪剪。"死去的鬼魂虽然依旧美艳，但她的一切追求却已落空了。再也无人可结同心，再也不能与心上人剪烛共眠。这两句充满悲剧色彩的诗，是诗人对苏小小爱情命运的叹息和同情。

茵茵碧草，是她的床榻；亭亭松盖，是她的金屋。清风是她的衣袂；流水是她的玉珮。她生前乘坐的油壁车，如今还依然在等待着她去赴"西陵松柏下"的幽会。

"冷翠烛，劳光彩。"风凄雨零之中，有光无焰的鬼火，徒然摇曳着暗淡的光彩。"翠烛"即鬼火，加一"冷"字，写出人的感觉。"光彩"本来给人以希望，着一"劳"字，蕴涵着无限哀伤。

"西陵下，风吹雨。"在"诗鬼"李贺笔下，一代名妓苏小小是那样一往情深。即使身死为鬼，也还在追寻着所爱。但毕竟死生异路，苏小小的鬼魂只能怀着缠绵不尽的哀怨，在凄风冷雨的冥路上徘徊。

读罢这样的诗篇，我的内心感到一阵阵美的惊悚，同时也仿佛看到了自身的幻灭与追求的徒劳。诗人所写，鬼魂所为，难道不正是一部人类不断追寻的心灵史吗？

那么，天才诗人李贺为什么要塑造这样一个美丽的鬼魂呢？他为什么要对

这个美丽的鬼魂无限神往呢？他是在借着这个美丽的鬼魂表达着对于情与美的隐秘的渴望吗？我们无法确知答案，我们只能揣测。

在中国文人心中，苏小小是个美丽得让人透不过气来的名字。我们需要她，因为她是大众的情人，集体的"宠物"，神圣的公共品。我们需要她，因为我们渴慕崇高而又优美的存在，幻想不受世俗羁绊的爱和自由。我们需要她，因为正如泰戈尔所说："啊，女人，你不但是神的，而且是人的手工艺品；他们永远从心里用美来打扮你。诗人用比喻的金线替你织网，画家们给你的身形以永新的不朽。海献上珍珠，矿献上金子，夏日的花园献上花朵来装扮你，覆盖你，使你更加美妙。人类心中的愿望，在你的青春上洒上光荣。你一半是女人，一半是梦。"

李贺是毛泽东最喜爱的诗人之一。经毛主席圈画过的李贺诗达 83 首，其中有些圈画过四五遍。毛主席不仅喜欢读李贺的诗，还喜欢化用李贺的诗。《浣溪沙·和柳亚子先生》"一唱雄鸡天下白"就是化用李贺《致酒行》"雄鸡一唱天下白"一句而来；《人民解放军占领南京》更是直接借用了李贺《金铜仙人辞汉歌》"天若有情天亦老"一句。

李贺也是钱钟书最喜爱的诗人之一。在《谈艺录》一书中，钱钟书对李贺诗作了多侧面的深入研究，称李贺为"奇才"，并把李贺诗风与《恶之花》的作者波德莱尔相类比。

李贺也是我最喜爱的诗人之一。正因为喜欢，我常常为李贺天才般的诗艺拍案叫绝，又常常为李贺的早逝和不幸的身世而痛心疾首。

李贺是个早熟的天才，也是个早逝的天才。他的人生，与他的诗一样奇诡。李贺是皇家宗室远支，早年因避父讳，不能参加进士考试。为了这件事，极为赏识李贺的文坛前辈、好打抱不平的韩愈竟然写了一篇叫作《讳辩》的文章来替他喊冤，其中更有这样激烈的句子："父名晋肃，子不得举进士；若父名仁，子不得为人乎？"李贺年仅二十七岁就抑郁而死。据说他死时，看见一个穿红袍的人来叫他，说是天帝造了一座白玉楼，要召他去写一篇纪念文章。

　　李贺是一个极富创造性和想象力的诗人，同时也是一个生命欲望极其强烈的诗人。杜牧叙其诗曰："云烟绵联，不足为其态也；水之迢迢，不足为其情也；春之盎盎，不足为其和也；秋之明洁，不足为其格也；风樯阵马，不足为其勇也；瓦棺篆鼎，不足为其古也；时花美女，不足为其色也；荒园㙩殿，梗莽邱垄，不足为其怨恨悲愁也；鲸吸鳌掷，牛鬼蛇神，不足为其虚荒诞幻也。"如果没有丰富的想象力，没有强烈的生命欲望在心中激荡，苏小小不可能在他笔下这样栩栩如生地复活。

　　我们渴慕爱情，渴慕美；我们也渴慕天才，渴慕女人。所有这些，都是我们内心真实的梦想。一个是天才，一个是女人，我们这个世界，不能没有这两样东西。

渴望激情

南园 ／ 李贺

男儿何不带吴钩？
收取关山五十州。
请君暂上凌烟阁，
若个书生万户侯？

　　在许多人的思想深处，尤其是抱负远大的读书人心里，是颇不以笔杆子为满足的，他们向往的是枪杆子。

　　汉代的扬雄就说耍笔杆子是雕虫小技，"壮夫不为"。唐代的李贺也是这个意见，他说，男子汉就应该身佩军刀，奔赴疆场，建功立业，报效国家。并且不无郁闷地反问道，请睁眼看看凌烟阁里封侯拜相的功臣，哪个是书生出身？比李贺早出生一百多年、被闻一多先生称为"历史上著名的'浮躁浅露'不能'致远'的殷鉴"的杨炯也有一首流传甚广的诗——《从军行》，诗中说："宁为百夫长，胜作一书生。"百夫长算是比较低级的武职了，杨炯尚且认为做个百夫长也要比做书生好，可见他改变自己的命运和人生道路的愿望是多么强烈，或者说，他想成为另外一个自己的愿望是多么强烈。

　　我认为，每个人心中其实都有一股激情，渴望自我实现的激情，渴望成为另外一个自己的激情。正是这种激情，点燃了古往今来一切英雄豪杰内心梦想的壮丽火焰！所不同的是，有些人的激情最终化为了内在的诗意，比如扬雄、李贺、杨炯等人。有些人的激情则从来就是行动，行动，再行动！因此，他们的成功几乎是必然的，比如班超。

　　班超是东汉人，他的家世在中国文化史上堪称辉煌。父亲班彪、兄长班固、

妹妹班昭都是著名史学家，他们三人共同完成了堪与司马迁《史记》相媲美的伟大史学著作《汉书》。班超是家中的幼子，少有大志，不修细节。直到而立之年，班超一直遵父命跟着哥哥班固研究学问，但哥儿俩的性情却很不一样。班固喜欢研究百家学说，专心致志写他的《汉书》。班超可不愿意老老实实伏在案头写东西。他听到匈奴不断地侵扰边疆，掠夺居民和牲口，就扔了笔，气愤地说："大丈夫应当像张骞那样到塞外去立功，安能久事笔砚闲乎？"旁人听了他的话，都冷笑他，但班超对此不以为然。

于是，他就去找相面的看相，相面的人见他燕颔虎颈，就说："后生贵不可言，当封侯万里之外。"从此，班超就下定决心，投笔从戎。

公元 73 年，大将军窦固出兵攻打匈奴，班超在他手下担任了代理司马，立了战功。窦固为了抵抗匈奴，想采用汉武帝的办法，派人联络西域各国，共同对付匈奴。他很赏识班超的才干，就派班超担任使者到西域去。

班超带着三十六个随从人员先到了鄯善。鄯善原来是归附匈奴的，因为匈奴逼他们纳税进贡，勒索财物，鄯善王很不满意。但是这几十年来，汉朝顾不到西域那一边，鄯善王只好勉强听从匈奴的命令。这次看到汉朝派了使者来，他就殷勤地招待他们。过了几天，班超发现鄯善王对待他们忽然冷淡起来。班超起了疑心，跟随从的人员说："你们看得出来吗？鄯善王对待咱们跟前几天不一样，我猜想一定是匈奴的使者到了这儿。"刚巧鄯善王的仆人送酒食来。班超装做早就知道的样子说："匈奴的使者已经来了几天？住在什么地方？"鄯善王和匈奴使者打交道，本来是瞒着班超的。那个仆人给班超一吓，以为班超已知道这件事，只好老实回答说："来了三天了，他们住的地方离这儿三十里地。"班超就把那个仆人扣留起来，立刻召集三十六个随从人员，对他们说："大家跟我一起来到西域，无非是想立功报国。现在匈奴使者才到几天，鄯善王的态度就变了。要是他把我们抓起来送给匈奴人，我们的尸骨也不能回乡了。你们看怎么办？"大家都说："现在情况危急，死活全凭你啦！"班超说："不入虎穴，焉得虎子？现在只有一个办法，趁着黑夜，到匈奴的帐篷周围，一面放火，一面进攻。他们不知道咱们有多少人马，一定着慌。只要杀了匈奴的使者，事情

就好办了。"到了半夜里，班超率领三十六个壮士偷袭了匈奴的帐篷。匈奴人从梦里惊醒，到处乱窜。班超带头冲进帐篷，其余的壮士跟着班超杀进去，杀了匈奴使者和三十多个随从，把所有帐篷都烧了。班超回到自己的营房里，天刚发白。班超请鄯善王过来。鄯善王看到匈奴的使者已被班超杀了，就对班超表示，愿意服从汉朝的命令。

班超回到汉朝，汉明帝提拔班超做军司马，又派他到于阗去。明帝叫他多带点人马，班超说："于阗国家大，路程又远，就是多带几百人去，也不顶事。如果遇到什么意外，人多反而添麻烦。"结果，班超还是带了原来的三十六个人到于阗去。于阗王见班超带的人少，接见的时候，并不怎么热情。班超劝他脱离匈奴，跟汉朝交好。他决定不下，找巫师向神请示。那个巫师本来反对于阗王跟汉朝友好，就装神弄鬼，对于阗王说："你为什么要结交汉朝？汉朝使者那匹浅黑色的马还不错，可以拿来给我。"于阗王派国相向班超去讨马。班超说："可以，叫巫师自己来拿吧。"那巫师得意扬扬地到班超那儿取马。班超也不跟他多说，立刻拔出刀把他斩了。接着，他提了巫师的头去见于阗王，责备说："你要是再勾结匈奴，这巫师就是你的榜样。"于阗王早就听说班超的威名，看到这个场面，腿都吓软了，连忙说："于阗国愿意跟汉朝和好。"

鄯善、于阗是西域的主要国家，他们归附汉朝后，西域其他五十多个国家也都归附了汉朝。公元 95 年，汉和帝封班超为"定远侯"，世称"班定远"。从公元 73 年到公元 95 年，班超前后出使、征战、经营西域二十二年，终于实现了立功异域的理想。

古往今来，像班超这样不愿侍奉笔砚讨饭吃的英雄豪杰何其多哉！翻开中国古代史，从"刘项原来不读书"到连个秀才都没有考取的洪秀全，这是一幅多么生动的渴望自我实现的人间图景啊！

《世说新语》里有一则著名的故事，说桓温年轻时与殷浩齐名，彼此常常有一种竞争心。一次，桓温问殷浩："卿何如我？"殷浩说："我与我周旋久，宁作我。"当殷浩说出这句著名的妙语时，我们认为他娴于辞令，柔中寓刚，其实内心并未失去激情和竞争心。但是，一旦我们失去了内心的激情和梦想，世

界还会因你而美丽吗？没有梦想的人生，不值得我们为之活着。活着，就要倾尽天地造化赋予你的全部灵气和生命力，尽力一搏。汪曾祺说得好："人总要把自己生命的精华都调动起来，倾力一搏，像干将、莫邪一样，把自己炼进自己的剑里，这，才叫活着。"

菲茨杰拉德是这样为我们描述梦想的：

"当我坐在那里对那个古老的、未知的世界思索时，我也想到了盖茨比第一次认出对岸黛西家码头上那盏绿灯时，他是多么的惊奇。他走过了漫长的道路才来到这片蓝色的草坪上，他的梦似乎近在咫尺，唾手可得，几乎不可能抓不住的。他不知道那个梦已经远他而去，把他抛在后面，抛在这个城市后面那一片无垠的混沌之中，在那里合众国的黑色原野在夜色中滚滚向前伸展。

"盖茨比相信那盏绿色的灯，它是一年一年在我们眼前渐渐远去的那个美好未来的象征。从前它从我们面前溜走，不过那没关系——明天我们将跑得更快，手臂伸得更远……总有一个明朗的早晨……

"于是，我们奋力搏击，好比逆水行舟，不停地被水浪冲退，回到了过去。"

看破历史的巨眼英雄

赤壁 / 杜牧

折戟沉沙铁未销，

自将磨洗认前朝。

东风不与周郎便，

铜雀春深锁二乔。

　　杜牧是大诗人、大才子，世人称之为"小杜"，以别于杜甫。他的诗、赋和古文都写得很好，著名的《阿房宫赋》入选了《古文观止》和中学课本，几乎人人都记得"六王毕，四海一"那铿锵的字句。

　　杜牧还是个风流种，"十年一觉扬州梦，赢得青楼薄幸名"、"春风十里扬州路，卷上珠帘总不如"、"二十四桥明月夜，玉人何处教吹箫"，都是他的名句。

　　说来上帝造物，也真是有趣。梁简文帝萧纲曾经说："立身之道，与文章异：立身先须谨慎，文章且须放荡。"我们的风流才子杜牧却是立身与文章一并放荡，而且他那立身的放荡，似乎更在他的文章放荡之上。

　　中国历来有文如其人之说，似乎人品很差的人，文章也好不到哪里去。这实在是一个很大的误解。即以杜牧而论，他的诗文，实在是好，性情摇荡，蕴藉风流。比如他那些描写寄情声色、颓废放浪生活的篇章：

　　娉娉袅袅十三余，豆蔻梢头二月初。

　　春风十里扬州路，卷上珠帘总不如。（《赠别》）

读了这诗，你是否也觉得真好？

宋人敖陶孙曾作过一个中肯的文艺批评，把许多一流诗人的诗歌风格作了对比，我们不妨一读：

> 魏武帝如幽燕老将，气韵沉雄；曹子建如三河少年，风流自赏；鲍明远如饥鹰独出，奇矫无前，谢康乐如东海扬帆，风日流丽，陶彭泽如绛云在霄，舒卷自如；王右丞如秋水芙蕖，倚风自笑；韦苏州如园客独茧，暗合音徽；孟浩然如洞庭始波，木叶微落；杜牧之如铜丸走坂，骏马注坂……刘梦得如镂冰雕琼，流光自照；韩退之如囊沙背水，惟韩信独能；孟东野如埋泉断剑，卧壑寒松；柳子厚如高秋独眺，霁晚孤吹……苏东坡如屈注天潢，倒连沧海，变眩百怪，终归雄浑。

敖陶孙说杜牧诗歌的风格如"铜丸走坂，骏马注坂"，可见其风华掩映之中，又自有其骨气豪宕的一面了。

可贵的是，杜牧玉风流蕴藉之外，还有另一副面孔——一副异常深刻、异常具有历史沧桑感的面孔。他的这副面孔，尤其叫人心折。比如他的《阿房宫赋》和《赤壁》诗。

在我看来，杜牧是唐代除刘禹锡之外又一个深具历史感的诗人。

赤壁在今湖北赤壁市长江南岸。公元 208 年，曹操经过多年经营平定北方后，踌躇满志，横槊赋诗，亲率八十万大军，剑麾南指，席卷荆州，直指东吴，意图一举统一中国。但他小看了两个人：二十七岁的诸葛亮和三十四岁的周瑜，结果"青年打败了老将"。诸葛亮初出茅庐，舌战群儒，最终促成孙刘联合抗曹。周瑜雄姿英发，"谈笑间，樯橹灰飞烟灭"，一战而奠定天下三分的政治军事格局。

可以说，赤壁之战是当时天下分裂和统一的关键。倘若这一战曹操又胜了，那么天下就会成为一统之局而不会三分了。但是，历史和曹操开了个玩笑——

他输了，而且输得很惨。他的势力，从此再也没有达到南方。

曹操为什么会输呢？他输得心服口服吗？历史学家吕思勉先生说："赤壁之战，曹操固然犯着兵家大忌，有其致败之道，然而孙、刘方面，也未见得有何必胜的理由。"

杜牧其实也是这样想，这样看。他与吕思勉，可谓英雄所见略同。

"杜牧的诗似乎是在告诉我们，如果不是那一天起了东风这个偶然事件的话，历史可能会转向另一个不同的进程朝前发展。"著名汉学家、哈佛大学教授宇文所安先生分析说。

"东风不与周郎便，铜雀春深锁二乔。"这一大胆的设想，真是惊天动地。杜牧敢于替那个被历史演义小说涂成大花脸的曹操喊冤叫屈，可谓有胆；而他大胆质疑赤壁之战的胜败具有历史的必然性和合理性，可谓有识。具有如此深邃历史见解的杜牧，是不可仅以风流才子视之的。

事实上，生在一个世代为官家庭的杜牧不仅好谈兵，而且怀抱强烈的用世之心。他的祖父杜佑为唐朝三代宰相，博通古今，著有《通典》一书。这种家世也许曾经给了他很深的影响。杜牧曾自言，自己关心的是"治乱兴亡之迹，财赋兵甲之事，地形之险易远近，古人之长短得失"。因此，当杜牧看到遗落在草泽中的铁戟碎片时，他联想到几百年前那场惊心动魄的战争，不禁感慨万端，悲从中来。

"遥想公瑾当年，小乔初嫁了，雄姿英发。羽扇纶巾，谈笑间，樯橹灰飞烟灭。"侥幸成功的周瑜，在后人眼中，是多么的光彩熠熠！可叹我杜牧虽然满腹经纶，熟读兵书，"掌上千秋史，胸中百万兵"，却没有机会施展。

君不见当年阮籍登上广武山，于天风浩荡之中遥望楚汉战场遗迹，喟然叹曰："时无英雄，使竖子成名。"我杜牧直至今日，才算读懂了阮嗣宗的那声浩叹啊！

也许，阮籍是在感叹那个轰轰烈烈的时代早已远去，倘使他也赶上了那段好时光，他自信一定比刘邦、项羽那两小子干得漂亮。

猖狂的阮籍，实在是看破历史的巨眼英雄！

　　陈胜不是也说过"王侯将相，宁有种乎"的话吗？从来创造历史的人，起初并不一定是什么了不起的英雄。而他们之所以能够成就伟业，也许只是历史给予了他们一个机会罢了。老天爷偏偏选中了他，你有什么办法？

　　有人说，心有多大，舞台就有多大。真正想干大事的人，他一生中的大部分时间，都是在做白日梦。相反是那些小有所成的人，才会整天小心翼翼地经营属于自己的那一份恬适的生活。一个连白日梦都不敢做的人，你能期望他创造什么奇迹呢？所以，从来成就伟业的人，都是那些崛起于草莽之中，心中装着一颗太阳，一心想要出人头地、想要创造奇迹的少年英雄啊！

　　萧条异代使人愁。只有阮籍的这声叹息，穿越漫漫时空，温情地抚慰着这世间无数英雄寂寞的心。乱世年代，当寂寞的张爱玲偶然读到申曲里这样两句套语时——"文官执笔安天下，武将上马定乾坤"，她竟不自禁地落泪了。在她眼中，那"天真纯洁的，光整的社会秩序"，岂非一个梦幻？真正的英雄在哪里呢？

　　"时无英雄，使竖子成名！"从鲁迅到毛泽东，再到张爱玲，多少成名了的英雄，在光鲜的热闹里，更深地品咂着寂寞的况味。

此情可待

李商隐是"朦胧诗"的祖师爷。

早在一千一百多年前，李商隐就已经大量创作表现内心体验、情感细腻隐晦、虽不大容易懂却极富感染力的所谓"朦胧诗"了。

> 荷叶生时春恨生，荷叶枯时秋恨成。
>
> 深知身在情长在，怅望江头江水声。

无论何时，看到这样简单的句子，心灵深处细腻幽微的感情就会排山倒海般地席卷而来，让人沉迷。

这就是李商隐式"朦胧诗"难以抗拒的魔力！

李商隐的很多诗，我都不能说出诗中所说是何事何人何物，但是弥漫在整首诗里的迷惘、悲哀、伤感、虚幻的情绪，以及诗句优美婉转的音节和极富表现力的意象，却让人心为之醉，神为之迷，往复低回，惘然自失。正如梁启超所说："义山的《锦瑟》、《碧城》、《圣女祠》等诗，讲的什么事，我不理会。拆开一句一句叫我解释，我连文义也解不出来。但我觉得它美，读起来令我精神上得一种新鲜的愉快。"

　　说不出是什么理由，更说不出是在何时何地，我们就这样爱上了李商隐的诗。

　　你，李商隐，一个彷徨于人生歧途的爱的朝圣者，一个备受情感煎熬的忧郁的思想者，你用深情的诗篇，替天下痴情儿女背上了那副沉重的十字架。

　　"曾因酒醉鞭名马，生怕情多累美人。"也许你前生就是一个情种，也许你今生太过心劳，多情的你既累了美人，也累了自己。每一段情，每一段如诗的往昔，对你来说，都不仅仅是一段插曲，而是你生命的全部。你如飞蛾扑火一般，全力以赴，无惧无悔，将自己烧成一片火海。燃烧得愈是灿烂，愈只留下一堆灰烬。深知身在情长在，你为爱而生，也为爱而死！

　　怎么会，怎么会，偏偏爱上了一个宫女，宋华阳。宫门一入深似海啊，入了宫的人，生是宫里的人，死是宫里的鬼，生生死死，半点不由人。也许会有奇迹，你想。

　　于是，你们就这样在重重巨石的挤压下拼命地寻找着一点点缝隙，呼吸着激情的阳光雨露，让它密密匝匝的丛生。

　　她在玉阳山西峰的灵都观里侍奉公主，你就到河南玉阳山东峰学道。从此后，一个在东山，一个在西山，相会在两山之间一个叫作玉溪的山谷。"奴为出来难，教君恣意怜"。张着爱的饕餮大口，时而相偎相拥，沉入到无边无际的黑暗里；时而默然对视，看那雨过河源，绵绵不断。

　　肆虐到泛滥，终于成灾难。她被遣回宫里，你被逐出道观。

　　从来此地黄昏散，未信河梁是别离！

　　你在宫门外逡巡、徘徊，在回想中呼吸着她的甜蜜，期盼着她的感应。

　　　　昨夜星辰昨夜风，画楼西畔桂堂东。

　　　　身无彩凤双飞翼，心有灵犀一点通。

　　　　隔座送钩春酒暖，分曹射覆腊灯红。

嗟余听鼓应官去，走马兰台类转蓬！（《无题》）

你虽然没有羽翼飞入宫中，但你的心，时刻与她相印。从此后，你在每个夜里，每个节气，用相思将她一次次地唤醒。

飒飒东风细雨来，芙蓉塘外有轻雷。

金蟾啮锁烧香入，玉虎牵丝汲井回。

贾氏窥帘韩掾少，宓妃留枕魏王才。

春心莫共花争发，一寸相思一寸灰！（《无题》）

无惧阻力，无惧压制，你的心是自由的，你要用你那如春花般怒放的相思将她召唤，一任它，开到荼蘼。

但是，终究，你们都没有办法拗过宿命。

一段情未灭，一段情又不期而遇。

不同的身份，不同的时间，相同的是折磨。

那一年，你正准备由洛阳赴长安应考。一首《燕台》诗，触动了多情的柳枝——一位洛阳商人的女儿。

柳枝手断衣带，托人捎给了你，说是向你索诗。

你的目光穿过如雪的纨素，隐隐感到她的诱惑，还有她那明媚的风姿。

爱的神箭一旦射出，就来去倏忽，倏忽到让人无法料定它的归宿。她托人传话说："三天后焚香以待，请郎君过访。"你心急如焚，满心欢喜。偏偏你的行李被同行者误带去了长安，你不得不去追，一任佳人的等待成灰。

负心，是一场灾难。

她选择了忘却，用一段心不甘情不愿的婚姻，将她曾经企望的深情埋葬。

相爱是那么短暂，负心却是如此久长。

你何曾想负心，珍惜都来不及。但是，你已错过。只有诗，聊可寄托你无

尽的惘然与惆怅。

> 花房与蜜脾，蜂雄蛱蝶雌。同时不同类，那复更相思。
> 本是丁香树，春条结始生。玉作弹棋局，中心亦不平。
> 嘉瓜引蔓长，碧玉冰寒浆。东陵虽五色，不忍值牙香。
> 柳枝井上蟠，莲叶浦中干。锦鳞与绣羽，水陆有伤残。
> 画屏绣步障，物物自成双。如何湖上望，只是见鸳鸯。（《柳枝》五首）

在经历了两段没有结局的恋情之后，你终于赢来了一段瓜熟蒂落的姻缘。

只是，这段姻缘不寻常。你夹在牛李党争的激流漩涡里，一方面默默承领着令狐一党的恩情，一方面却鬼使神差地爱上了李党中人的女儿。背负着忘恩负义的骂名，你义无反顾地扑向了你的第三次爱情。

你成功了。从此，你与她相亲相爱，固守清贫。

甜蜜的爱永远不够，但却步履匆匆。转眼间，她已撒手人寰。"忆得前年春，未语含悲辛。归来已不见，锦瑟长于人。"前年临别时，你欲言又止，满含悲辛，那哀怨如刀，割碎了我的心。如今，归来人不见，睹物添悲辛。

现实太逼仄，内心太繁华。

不该爱，不能爱，来不及爱。每一段爱都有那样多的阻滞与无奈，在现实世界里，你找不到一个光明的出口。

你深知，人生奇福，常人消受不得。每一段欢娱，都是如此的短暂；想要期求永好，比烟云还要缥缈。

不如向梦里追寻！而你的诗，就是你追寻的梦。

不要问那些诗为何无题，没有写成的诗，如何命题？然而，总的题目还是有的，那就是"锦瑟"。何谓"锦瑟"？锦者，花团锦簇也，瑟者，琴瑟和鸣也。这是你一生的梦，一生的诗。然而，谁能解这迷局？

锦瑟无端五十弦，一弦一柱思华年。

庄生晓梦迷蝴蝶，望帝春心托杜鹃。

沧海月明珠有泪，蓝田日暖玉生烟。

此情可待成追忆？只是当时已惘然！

　　首联"锦瑟无端五十弦，一弦一柱思华年"似乎难解，其实也并非无解。要读懂这句话，得有一点文化常识。现在考古发掘已经发现了《尚书》中所记载的二十五弦瑟，这就为我们理解这两句诗找到了一把钥匙。李商隐是一个极重感情的人，同时，不幸的爱情带给他的痛苦也是极深的。据说，早年他曾经苦恋过一个女道士，但没有结果。后来，他与才女王氏结婚，感情很好。不幸的是，他的妻子在他三十九岁时也去世了。这句诗的意思是说，妻子死去，琴瑟弦断。古人称没了妻子叫断弦，再娶叫续弦。弦一断，二十五根弦就变成了五十根了。诗人从妻子的逝去，一下子联想到自己的逝水年华，所谓"一弦一柱思华年"是也。诗人享年不永，只活了 45 岁，倘取其整数，可以说是五十年，诗中所说"锦瑟无端五十弦"即是取其整数而言。可以说，这首诗从悼亡写起，在悼亡里追忆、感叹逝去的华年，是悼亡里有自伤，自伤中见悼亡！

　　那么，是什么样的美好过去令诗人无限追忆和感伤呢？后面两联透露了消息。颔联"庄生晓梦迷蝴蝶，望帝春心托杜鹃"化用典故，各有寓意。庄生梦蝶的故事众所周知，"昔者庄周梦为蝴蝶，栩栩然蝴蝶也。……俄然觉，则蘧蘧然周也？"借着这个著名的寓言故事，李商隐为我们呈现了一幅绝美的人生迷惘图。在这幅图画中，我们看到，过往的感情惊涛，无端牵扯出李商隐内心深处悠悠不尽的愁思恨缕。但是，我们一定不能狭隘地理解这个愁思恨缕，仅仅是指他与妻子王夫人的感情，而应包括他整个的精神恋爱史。后一句用望帝啼鹃的故事，包含了一种苦苦追求而又毫无结果的悲哀。人生若梦，世事徒劳，此心空有，无力回天。所谓的美好过去，所谓的现世追求，而今除了内心深处烟云似的渺茫之外，哪里还有一丝一毫的印记呢？

　　据苏雪林的研究，"沧海月明珠有泪，蓝田日暖玉生烟"也是描写李商隐

昔日恋爱之欢乐与当下追忆之心情。月明之夜的珠泪是什么泪呢？日光之下的氤氲之烟又是什么烟呢？在我看来，泪既是痛苦也是欢乐，在当时是欢乐，于如今是痛苦；烟既是渺茫也是虚幻，在当时是可望而不可即的渺茫，于如今是一切皆化为烟云的虚幻。

最后一句"此情可待成追忆，只是当时已惘然"，几乎把前面所思所想当中偶尔浮现的美好瞬间一笔全给勾销了，并且赋予了这些美好以更为灰暗的色调，重新使读者回到诗人所设置的循环无端的朦胧虚幻的情绪氛围之中。这就太高明了。大概一首好诗纯粹写悲，是很难使人觉得其悲的，一定要在悲哀中勾起美好记忆，并在这种美好记忆昙花一现之后再次消逝于更深的悲哀之中，这就越发使人觉得其悲了。我们看看著名作家王蒙是如何理解这两句诗的。他说："为什么惘然？因为困惑、失落和幻化的内心体验，因为仕途与爱情上的坎坷，因为漂泊，因为诗人的诗心及自己的诗的风格，更因为它把诗人的内心世界写得太幽深了。一种浅层次的喜怒哀乐是很好回答为什么的，是'有端'可讲的：为某人某事某景某地某时某物而愉快或不愉快，这是很容易弄清的。但是经过了丧妻之痛、漂泊之苦、仕途之艰、诗家的呕心沥血与收获的喜悦及种种别人无法知晓的个人的感情经验内心经验之后的李商隐，当他深入再深入到自己内心深处再深处之后，他的感受是混沌的、一体的，概括的、莫名的，只可意会不可言传因而是略带神秘的；这样一种感受是惘然的与'无端'的。"

游于艺

夜雨寄北 / 李商隐

君问归期未有期，
巴山夜雨涨秋池。
何当共剪西窗烛，
却话巴山夜雨时。

　　这是一首表达思念的诗。这首诗是写给谁的呢？一说是写给长安友人的。一说是写给妻子的，题目应作《夜雨寄内》。内，就是内人、妻子。但据考证，此诗写于公元 851 年，当时作者的妻子已经亡故，而作者并未续娶。我认为，这首诗表面上虽是写给长安友人的，但它表现在诗里的情怀，何尝没有对妻子的深深思念？因此，所谓"寄北"者，也应该包含了作者的妻子在内，并不因为她的亡故就不能思念。

　　"你问我回家的日期，我也不知道何年何月才能回家！"这一问问得好，一下子勾起了人的思念。

　　思念是每个人都会有的一种情感，这种情感无时不在，无处不在。但是，思念却又无法言说、不能言说的。既然没有办法说得，就说眼前。眼前的情景如何呢？"巴山夜雨涨秋池"。

　　诗人客居在巴山深处的一个小旅馆里，孤苦无聊，愁绪万端。偏偏山中雨水又多，夜夜袭来，绵绵不绝，就像一滴墨水洇在纸上，渗透、蔓延、濡湿了诗人满怀的思念。一个"涨"字，见出作者内心的感情早已波涛汹涌。在这个不眠之夜里，作者对友人和妻子的无限思念，不也像这塘池水一样，一个劲地在往上涨吗？

在这里，作者并没有说什么愁，诉什么苦，但从字里行间，读者却可以感受到作者的思念之情，早已汹涌澎湃。古人云，言有尽而意无穷，一切景语皆情语，真是说到点子上了。盖抒情之能事毕，则济之以写景；写景之能事毕，则融之以抒情。纯用概念来表达感情，词易穷而意思不能深透。要使意思深透，须济之以意象。即：既要用概念来引导和规范读者的感情和思维活动，使人的全部想象活动都指向一个确定的方向，并围绕它来生发，又要借助意象使所要表达的感情可感可触、富于变化和意味。"树叶"和"木叶"、"落木"相比，"树叶"就是一个纯粹的概念，而"木叶"、"落木"则既是概念又是意象，可以给人多重的想象和艺术感受。

"何当共剪西窗烛，却话巴山夜雨时！"全诗的最后两句写作者当下的悬想：什么时候才能够与你相依西窗底下，作剪烛长谈，对你细细诉说我此刻对你的思念和情怀。

这两句诗构思之奇，就在于它以当下实感写未来情景，给人以活泼新鲜之感。唐诗常见的写法，是悬拟别后重聚时情景，这就缺少一种新鲜感，或者说缺少一种实在感，想得再怎么天花乱坠，说得再怎么活灵活现，都隔了一层。李商隐此诗却直接以思念发生时即目之景与情，作为重见时的话题，这就技高一筹。为什么呢？因为感情这个东西，和时间一样，是稍纵即逝的，此时情怀，既无法复制，更不能久存。因此，感情的时态永远是现在时，而不是过去时和将来时。作者将即目之景与情作为重见时的话题，表明作者对感情之性质体悟极深。盖此景此情，早已浓至化不开，又何须旁生枝节？

明乎此，我们就知道了，诗写得好，不光在于语言的文采与光鲜，更在于想得深、想得透。诗，是聪明脑袋的训练场。

梭罗说："我时常看到一个诗人，在欣赏了一片田园风景中的最珍贵部分之后，就扬长而去，那些固执的农夫还以为他拿走的仅只是几枚野苹果。"现在，我们已经欣赏完《夜雨寄北》这首诗中最珍贵的部分了，我们也要扬长而去了。

子曰："志于道，据于德，依于仁，游于艺。"孔子培养学生，要求是相当高的。他要求每个人对于道、德、仁、艺这四种文化思想修养的要点都要懂，

要以道为志向，以德为根据，以仁为凭藉，活动于六艺的范围之中。必须具备了这些要点，才叫学问。一个人如果没有高远的志向，就不能插上理想的翅膀；没有相当的德行，人生就没有根据，最终不能成熟；没有仁的内在修养，在心理上就找不到安身立命的地方；没有艺术的修养，知识学问不渊博，人生就枯燥了。从事创作，是游于艺。欣赏，也是游于艺。我之所以写这本书，是游于艺。亲爱的读者之捧读这本书，也是游于艺。

长恨歌

马嵬／李商隐

海外徒闻更九州，他生未卜此生休。空闻虎旅传宵柝，无复鸡人报晓筹。此日六军同驻马，当时七夕笑牵牛。如何四纪为天子，不及卢家有莫愁！

　　贞观十五年，太宗谓侍臣曰："守天下难易？"侍中魏征对曰："甚难。"太宗曰："任贤能、受谏诤，即可。何谓为难？"征曰："观自古帝王，在于忧危之间，则任贤受谏。及至安乐，必怀宽怠，言事者惟令兢惧，日陵月替，以至危亡。圣人所以居安思危，正为此也。安而能惧，岂不为难？"

　　唐太宗和魏征富于远见的一席话，并没有让他的儿孙辈们警醒。

　　那个从忧危之中一路走来的玄宗皇帝李隆基，在旷日持久的开元盛世的升平气象中，早已被蒙蔽了眼睛。

　　手足情深的五弟、二哥、四弟一一去了，还有生命中不能缺少的女人——武惠妃也去了，一个接一个的，生命原来这么短暂，这么脆弱，脆弱得禁受不住那一颗清泪，就这样在它的浸泡下崩溃了。

　　五十而知天命。是时候让自己歇一歇，好好地享受人生了。

　　天子身边，从来不缺少女人，缺少的是在适当的时机出现的女人。这样的女人很讨巧，轻而易举的就能俘获天子的心。

　　像一只迷途的鸟，他被捉住了。流光溢彩的生命，流光溢彩的青春，也许在她身上，他看到了自己最恐惧失去的东西。她是那么丰腴，丰腴得逼人。一

颗疲倦的心，在青春汁液的滋润下，开始舒展，自由。

从此，玄宗皇帝频频出入于骊山温泉宫。

> 春寒赐浴华清池，温泉水滑洗凝脂。
>
> 侍儿扶起娇无力，始是新承恩泽时。
>
> 云鬓花颜金步摇，芙蓉帐暖度春宵。
>
> 春宵苦短日高起，从此君王不早朝。（白居易《长恨歌》）

也许这是天意，让我在千万人之中偏偏与你相遇。

除韦后，诛太平，血雨腥风，一路走来，终于换来了开元盛世。塞漠江山，铁马金戈，励精图治，雄心与江山曾是我的全部。我开创了一个前所未有的盛世，我攀上了生命的顶峰。

我到了顶峰啊，我是如此的自豪，却又如此的悲伤。因为我的前面已经没有路。

我的前面已经没有路，我知道，我该下山了。从巅峰走下来。

只是，我已经没有精力和勇气再走上另一个山头。

成功，令英雄腐化！

我的双肩已经扛不起风雨如磐的江山，而那没有完成的，才是最好的。音乐、舞蹈、醇酒、妇人，多年来压抑在心底的艺术激情和生命。

欲望如今一发而不可收，任性得像个孩子。

就让我歇歇吧，尽情地享受生命！

人生在世如春梦，且自开怀饮几盅。

江山？社稷？有时仍是梦醒时分的一个惊悸。它们好像在提醒着我。

怎么就这样沉沦下去了呢？

> 后宫佳丽三千人，三千宠爱在一身。
>
> 金屋妆成娇侍夜，玉楼宴罢醉和春。（白居易《长恨歌》）

把我从你柔情的枷锁中释放出来吧，不要再为我斟上亲吻的美酒。

把我从你青春的诱惑中释放出来吧，不要再让我失去自由。

此日六军同驻马，当时七夕笑牵牛。

六军不发，矛头齐齐指向了你，据他们说你是红颜祸水。

我死后，哪怕洪水滔天。但是，此刻，我已身不由己。

朝臣们想用你的死，来宽恕这些年来我的昏庸。他们要夺去我生命中的至爱，让我警醒，让我重生。

> 花钿委地无人收，翠翘金雀玉搔头。
>
> 君王掩面救不得，回看血泪相和流。（白居易《长恨歌》）

然而，我并没有因为你的死而获重生。在相思的折磨下，我痛苦得生不如死。

早知道，是这样一个收束，还不如当初不相逢。如何历经四纪，贵为天子，却不及卢家夫婿，朝朝夕夕陪伴莫愁。

> 鸳鸯瓦冷霜华重，翡翠衾寒谁与共？
>
> ……
>
> 在天愿作比翼鸟，在地愿为连理枝。
>
> 天长地久有时尽，此恨绵绵无绝期。（白居易《长恨歌》）

遍地英雄下夕阳

登乐游原 / 李商隐

向晚意不适，驱车登古原。
夕阳无限好，只是近黄昏。

　　我发现一个奇怪的现象，中国古典诗词当中咏月的诗远远多于咏日的诗；同样是咏日，礼赞朝阳初升的诗又多于惋叹夕阳沉落的诗。

　　《诗经·小雅·天保》："如月之恒，如日之升。"简简单单两句话，就把日月说完了。

　　诗人艾青这样描写太阳：

> 从远古的墓茔
>
> 从黑暗的年代
>
> 从人生死亡之流的那边
>
> 震惊沉睡的山脉
>
> 若火轮飞旋于沙丘之上
>
> 太阳向我滚来……
>
>
> 它以难遮掩的光芒
>
> 使生命呼吸
>
> 使高树繁枝向它舞蹈

使河流带着狂歌奔向它去

当它来时，我听见
冬蛰的虫蛹转动于地下
群众在旷场上高声说话
城市从远方
用电力与钢铁召唤它

于是我的心胸
被火焰之手撕开
陈腐的灵魂
搁弃在河畔
我乃有对于人类再生之确信（《太阳》）

李白《日出入行》这样描写日月的运行：

日出东方隈，似从地底来。
历天又复入西海，六龙所舍安在哉？
其始与终古不息，人非元气，安得与之久徘徊？
草不谢荣于春风，木不怨落于秋天。
谁挥鞭策驱四运？万物兴歇皆自然。
羲和！羲和！汝奚汨没于流淫之波？
鲁阳何德，驻景挥戈？
逆道违天，矫诬实多。
吾将囊括大块，浩然与溟涬同科！

在这首诗里，李白质问，羲和啊羲和，你为什么要驾着太阳沉入浩渺无际

202

的波涛之中呢？鲁阳公啊鲁阳公，你又有什么能耐叫太阳停下来？据上古传说，太阳是羲和驾驶着六条龙的车子拖着跑的。鲁阳二句，典出《淮南子·览冥训》："鲁阳公与韩构难，战酣，日暮，援戈挥之，日为之返三舍。"面对太阳的升起与沉落，李白想得极为深远。他的心中仿佛有一团火，要将这宇宙自然的运行规律全部参透；又仿佛有一股绝大的气力，能够无所忌惮地将自己全部的本质力量投射进去，从而带给读者以极大的震撼。

但是，多愁善感的"诗神"李商隐却与众人不同，他似乎对夕阳的沉落独有会心。

也许，他的心中是一片灰暗的朦胧，不知道风是在哪个方向吹，也不知道路该往哪个方向走。他望着逐渐黯淡的夕阳，低回吟唱："向晚意不适，驱车登古原。夕阳无限好，只是近黄昏。"他是在哀叹自己的不得意？还是在哀叹大唐王朝的日暮途穷？

他的音调显然低沉了许多，既没有初唐时代陈子昂《登幽州台歌》那样的雄浑慷慨和意气风发，也没有杜甫"无边落木萧萧下，不尽长江滚滚来"的沉郁顿挫和悲壮苍凉。

"西风残照，汉家陵阙"，寥寥八字，遂关千古登临之口。也许，典型的夕阳情景恰是李白《忆秦娥》词中所写：西风伴着夕照，一片萧飒凄凉。

李商隐说："夕阳无限好，只是近黄昏。"这是多么的无奈！夕阳再好，毕竟已届黄昏。它那最后一瞬的光芒，让人多么留恋、感伤。

然而，关于"夕阳无限好，只是近黄昏"这两句诗所要表达的思想感情，周汝昌先生有着截然不同的看法，他说："你看，这无边无际、灿烂辉煌、把大地照耀得如同黄金世界的斜阳，才是真的伟大的美，而这种美，是以将近黄昏这一时刻尤为令人惊叹和陶醉！我想不出哪一首诗也有此境界。"也许，这正是李商隐所要传达给我们的思想情感；也许，完全不是这么一回事。

李商隐是在礼赞夕阳吗？我突然想到，鼓吹英雄史观的英国历史学家、散文家卡莱尔曾经面对夕阳说过这样一句话："一个英雄就这样死去。"我想不出，对于夕阳的礼赞，还有哪句话比他说得更加豪迈。

诗中的画是你心中的景

商山早行 / 温庭筠

晨起动征铎，客行悲故乡。
鸡声茅店月，人迹板桥霜。
槲叶落山路，枳花明驿墙。
因思杜陵梦，凫雁满回塘。

温庭筠，字飞卿，晚唐人。此人才华横溢，不仅诗写得好，词也写得好。据说温庭筠私生活极其浪漫，又喜欢讥讽权贵，因而为时论所薄，一辈子不得志。这些都不去说它了，还是说温庭筠的诗。温庭筠的诗与李商隐齐名，时人并称温、李，但据严肃的批评家的评鉴，他的诗不管在思想内容还是艺术成就上都赶不上李商隐，不能与李商隐相提并论。这点我也是同意的。不过话说回来，他的这首《商山早行》的确写得好，特别是"鸡声茅店月，人迹板桥霜"一联，历来为人所传诵。

阿尔卑斯山的入口处立有一块牌子，上面写道："慢慢走，欣赏啊！"面对美的事物，我们的确应该放慢脚步，慢慢欣赏。

对于"鸡声茅店月，人迹板桥霜"这一联千古传诵的诗句，我们也不妨停下来好好地赏鉴一番。可以分为三个层次来欣赏。

第一个层次，看看诗评家们是怎样评鉴这一联诗的。欧阳修曾与梅尧臣探讨诗歌意蕴问题，欧阳修说："状难写之景，含不尽之意，何诗为然？"梅尧臣答道："温庭筠'鸡声茅店月，人迹板桥霜'……则道路辛苦，羁旅愁思，岂不见于言外乎？"可见，温庭筠这一联诗的成功，关键在于它能够以高度的艺术概括力，把一组紧关主题的景物，巧妙地粘连在一起，并包含着丰富的言外之

意。明代的李东阳也说："不用一二闲字，止提掇出紧关物色字样，而音韵铿锵，意象具足，始为难得。"近人闻一多在《英译李太白诗》一文中更发挥说："温飞卿只把这一个一个的字排在那里，并不依着文法的规程替它们联络起来，好像新印象派的画家，把颜色一点一点地摆在布上，他的工作就完了。画家让颜色和颜色自己去互相融洽、互相辉映——诗人也让字和字自己去互相融洽、互相辉映。"

第二个层次，看看中国文学作品中与这一联诗同一写法的其他成功的例子。与温庭筠的这一联诗同样成功，或者说更为成功的例子是元曲作家马致远的《天净沙·秋思》："枯藤老树昏鸦，小桥流水人家，古道西风瘦马。夕阳西下，断肠人在天涯。"全曲除"西下"和"在"三字外，全是由名词或名词性词组构成的画面，密集而有序地逐次展开在人们面前，让人们自己去领悟其中的情味意韵。即便流落天涯的断肠人，也是在画面之中，是画面的组成部分，而秋思秋情却隐藏在画面的背后。王国维在《宋元戏曲史》中赞道："纯是天籁，仿佛唐人绝句。"

第三个层次，从诗歌意象的角度看看这一联诗之所以成功的原因何在。有人提出一个理论说，判断一个人是否具有欣赏中国古典诗词的能力，除了许多一般条件外，还要看他有没有呈相能力。意思是说，如果一个人读了一句诗之后，不能同时运用抽象思维能力（构图）和形象思维能力（示相），在自己的头脑中构成一幅具体的画面，并直观地呈现出来，那么，他就很难真正理解中国古典诗词的妙处。把这个理论拿来解说温庭筠的这一联诗，是极为恰当的。实际上这一联诗和逻辑性扯不上很大的关系，它有的只是形象和形象间的自由组合，以及由此衍化出来的浓浓诗意。如果你不能把这些形象，或者说意象整饬有序地排列出来，组成一幅你心中的图画，试问，你能读出什么来呢？

那么，诗人在他的头脑中是如何构思这些意象的呢？"鸡声"先是从声音上吸引你的注意力，鸡声来自远处，这就不知不觉给予你一种空间感。由鸡声联想到茅店，是非常自然的过渡，但却把你的视野一下子与时空连接起来了。然后是茅店上边的那个月亮，无声而冷冷地照着。接下来的"人迹板桥霜"，

205

在图像排列方面也很独到。作者所呈现的画面顺序,和我们平时观察到的顺序恰好是相反的。由于霜通常是大面积地出现,铺天盖地,我们肯定先看到它。但是诗人却不先写霜,而是先勾画人迹。人迹是板桥上的人迹。人迹那么小,怎么会一下子先看到?诗人却偏偏用他的取景框对准这个最小的物象——脚印,来了一个特写镜头,一下子把这个脚印放大,让你先看到它,然后再扩大你的视线,让你看到板桥。板桥是更大的一个平面,之后再描写到霜。诗人把感受的顺序颠倒过来了。这个方法很像电影的蒙太奇技巧。

看来,温庭筠的这一联诗之所以如此成功,是包含了诗人超凡的画面构图能力和独具一格的匠心的。苏轼称赞王维的诗"诗中有画,画中有诗",这个评价拿来安在温庭筠的身上,也是合适的。

最后,我要用现代汉语将这幅用古文勾勒的绝美图画再次呈现出来,以供观赏。试译如下:

驿站中催促行人起身赶路的铃铎声已丁当作响,
出门人清晨就要踏上旅途可心里还在思念故乡。
鸡鸣声是多么嘹亮茅店旅舍沐浴着晓月的星光,
行人足迹是多么凌乱木板桥覆盖着早春的寒霜。
枯败的槲叶落满了一路走过的荒僻的山间小路,
淡白的枳花星星点点开放在驿站墙边分外耀眼。
此时又想起昨夜梦中所见相会杜陵的美好情景,
眼前一群凫雁正自由自在地嬉戏在明净的池塘。

菊花残

不第后赋菊 / 黄巢

待到秋来九月八，
我花开后百花杀。
冲天香阵透长安，
满城尽带黄金甲。

黄巢是一个具有传奇色彩的人物。单从个人奋斗、自我实现的角度来讲，他在中国历史上的那一番作为倒也可歌可泣。

黄巢的出身，史书上的说法纷纭不一。《旧唐书》称他"本以贩盐为业"，言下之意是说他从小家境寒微，且地位低下，天生就有造反的要求。《新唐书》则是另一种说法："世鬻盐，富于赀"，这就是说他生于富商巨贾之家，家境优裕，应该是个纨绔子弟，造反的概率不是很大。但他竟然就造了反，而且是造中国历史上曾经最强大的帝国的反，这就可以见出他的不凡的抱负了——黄巢终究不是一个没有气魄也没有思想的纨绔！

黄巢为什么会造唐朝的反呢？他的人生目标是什么？

南宋张端义《贵耳集》有一则关于黄巢的记载。黄巢五岁的时候，与祖父、父亲一起读诗弄文。他爸爸写菊花诗，写到一半写不下去了，碰巧他爷爷也没有想好该怎么接。才思敏捷的黄巢随口应道："堪于百花为总首，自然天赐赫黄衣。"他爸爸一听，这小子口气也太大了，难道你想当皇帝不成？这样的话如果传出去，我黄家恐怕要吃不了兜着走。这样一想，他爸爸又羞又急，伸手就打。幸亏他爷爷挡驾："孩子还小，不知道轻重。你不喜欢这两句，叫他再写一首。"黄巢略一沉思，又吟道："飒飒西风满院栽，蕊寒香冷蝶难来。他年我

若为青帝，报与桃花一处开。"这首诗就是《题菊花》，加上《不第后赋菊》，黄巢一共写了两首半菊花诗，都非常的有名。

史载，黄巢曾"屡举进士不第"，但这个泥腿子革命家却十分喜爱文学。不是有人说过吗？"莫言马上得天下，自古英雄皆解诗。"黄巢那首著名的《不第后赋菊》据说就是他科举落第后的泄愤之作。

"秋风生渭水，落叶满长安。"又一次名落孙山的黄巢，形单影只地踯躅于木叶摇落的街头。他望尽长天，看不到自己的前途，更何况在这美人如织、冠盖如云的都城，他越发地感到孤单。

此时此刻，他的心中就像打翻了的五味瓶，酸甜苦辣，齐聚心头。朦胧间，他看见了满地怒放的菊花。于是，英雄的渴望被满腹的愤激点燃，那颗仿若被掐断了茎叶的种子在心中再度蓬勃生长，他冲口唱出：待到秋来九月八，我花开后百花杀。冲天香阵透长安，满城尽带黄金甲。痛快啊，痛快！一把寒光四射的利剑在黄巢心中凝聚成形，顿时刺向遥不可及的时空。

公元880年，号称冲天大将军的黄巢杀入长安。史书记载，黄巢入长安时，盔甲耀眼，旌旗蔽天，英姿飒爽，威武雄壮，好一幅"满城尽带黄金甲"的壮观场面！

重阳节又称菊花节。黄巢在诗中不说"九月九"而说"九月八"，显然是为了与"杀"、"甲"押韵。"待到"二字，看似脱口而出，其实分量很重。因为作者要"待"的那一天，是天翻地覆、扭转乾坤之日。"待到"那一天又怎样呢？——"我花开后百花杀"，娇艳的百花算得了什么，就像当今满朝的文武一样，到时候杀伐决断还不是一归于我。

"冲天香阵透长安，满城尽带黄金甲。"整个长安城，都开满了带着黄金盔甲的菊花。它们散发出阵阵香气，直冲云天，浸透全城。这是菊花的天下，这是菊花的王国，这是菊花的盛大节日。菊花成了主宰一切的中心！这样的世界，这样的奇景，这样的壮彩，不正是英雄豪杰黄巢活脱脱的梦想吗？

若以小人之心度之，黄巢之所以喜爱菊花，也许与菊花的时令有关——深秋，一个肃杀的季节。也许因为他太喜欢秋、太喜欢杀、太不把娇艳而又弱不

禁风的百花看在眼里，所以他后来才不惮于大开杀戒。黄巢之所以喜爱菊花，或许还与菊花的颜色有关——黄者，中之色，君之服也。诗中的"赫黄衣"、"黄金甲"等等应该寓示着他当皇帝的梦想。也许这位农民意识浓厚的"革命家"早就梦想着"黄袍加身"的那一天了。等到公元880年他在长安登位称帝，建立大齐政权的时候，看着那些当年高昂的头颅一个个顶礼膜拜，叩头如捣蒜时，他一定会长吁一口气说：王侯将相，宁有种乎？皇帝他姓李的做得，我也做得。哈——哈——哈——

英雄啊，英雄！你用人民的鲜血，写下了自己的徽号。

我未成名君未嫁

赠妓云英／罗隐

钟陵醉别十余春，
重见云英掌上身。
我未成名君未嫁，
可能俱是不如人。

罗隐是晚唐人，原名横，字昭谏，《唐才子传》称他"少英敏，善属文，诗笔尤俊"，曾十应进士举不第，乃更名为隐。罗隐在他所处的时代怀才不遇，落拓不偶，即便在后来的漫长世代里，他不朽的诗文也同样湮没无闻。直至近代，因为鲁迅、毛泽东等人的注意和激赏，文学史上才重新发现和确认了这位作家的价值。

鲁迅在《小品文的危机》一文中说，"唐末诗风衰落，而小品放了光辉"，"罗隐的《谗书》，几乎全部是抗争和愤激之谈……正是一塌糊涂的泥塘里的光彩和锋芒。"毛泽东不仅熟读罗隐的诗文，还深深同情罗隐的遭遇，为他鸣不平。

毛泽东读《甲乙集》时，在《赠妓云英》诗旁批注道："十上不中第。"在《通鉴纪事本末》卷二百二十《钱氏据吴越》中赞扬罗隐"亦有军谋"。《南史》卷七《梁高祖本纪》文末有一段话，是李延寿批评梁武帝萧衍的："自古拨乱之君，固已多矣，其或树置失所，而以后嗣失之，未有自己而得，自己而丧。追踪徐偃之仁，以致穷门之酷，可为深痛，可为至戒者乎！"毛泽东在这段评论的天头上，用红铅笔批注道："时来天地皆同力，运去英雄不自由。"这两句诗就出自罗隐《酬笔驿》。从上述事例中，可见毛泽东对罗隐诗文熟悉和喜

爱的程度。关于萧衍，南怀瑾先生在《原本大学微言》中说："（梁武帝）很可惜的是把权谋当作道德，尤其是投机取巧，错用了东魏投降过来的叛臣侯景，终于被迫饿死台城（南京）。但他在临危的时候，却说了'天下自我得之，自我失之，又有何憾'的洒脱壮语，这种犹如赌徒的豪语，的确也非平常人所能企及的。"

罗隐是个非常有意思的人，在他身上，有几个突出之点，十分值得注意。一是他好讥讽公卿，《唐才子传》说他的"诗文凡以讥刺为主，虽荒祠木偶，莫能免者"。章培恒、骆玉明主编的《中国文学史》也说："晚唐讽刺性短文写得最好的当数罗隐。"二是他一生坎坷，而旷达如故，因此酒友多，且艳遇不断，妓女云英就是他初次应试时遇见的一个相好。三是他寿命长，活了76岁，这大概是他在那个不满意的人间唯一的安慰了。

话说当年罗隐参加进士考试落第后，遇见老相好妓女云英，云英冒昧地问了一句："罗秀才早已四海闻名，为何至今还没有摘掉白丁的帽子呢？"罗隐是旷达之士，不以为意，遂写了《赠妓云英》一诗送给她。

罗隐的确在当时名气很大。有一个故事说，南唐使者出使吴越，吴越人问使者见了罗给事（给事是官名）没有？使者说压根儿就不知道有这个人。吴越人很诧异，说："四海闻罗，江东何拙之甚？"南唐使者回答得也很巧妙："为金榜无名，所以不知。"

罗隐的诗写得实在是很有意思。

有人说，罗隐写这样一首诗送给一个大龄女青年，真是一个呆子。这样读罗诗，也太没有幽默感了。

"钟陵醉别十余春，重见云英掌上身。"当年，才华横溢的罗秀才与娉娉婷婷的小云英一见如故，倾心相悦，沉醉东风。然而，两人旋即分手。谁曾想，十余年游戏人间，今朝重又聚首？曾经的过去固然荒唐，而今依然落拓更是可笑。所谓"掌上身"者，是说云英体态轻盈，能作掌上舞。在我看来，这话既是调侃，又是调情，既是善意的奉承，又是辛酸的体贴。云英嘲笑罗隐至今仍

是一介书生，罗隐也回敬云英说：你虽红颜未凋，却已错过良辰。可叹满腹诗书顶个屁用，可笑天生丽质已是半老徐娘。互相嘲弄即是互相体贴，互相打趣即是互相安慰，"同是天涯沦落人"，何必论什么功名，谈什么姻缘？"得即高歌失即休，多愁多恨亦悠悠。今朝有酒今朝醉，明日愁来明日愁。"这就够了。

"我未成名君未嫁"一语百情，于极尴尬难堪之中，点出两人真实境况，是自嘲，也是自解。"可能俱是不如人"，亦庄亦谐，寓幽默于反诘。作者故意不把"我未成名君未嫁"的原因说破，而以调侃出之，这难道不是对红颜知己期望自己"脱白"（中第）的最好回答吗？这难道不是对于红颜知己尚未婚嫁的最大安慰与体贴吗？倘若云英真是自己的红颜知己，那么他一定能够深深理解自己，又何必说破？倘若她并非慧眼识英雄的红拂妓，那么，我也不妨逢场作戏，将满腔心事付于一句笑谈。

人间奇情，可遇而不可求。二十世纪八十年代初，电影《知音》曾风靡全国。这部影片讲述的是风尘侠女小凤仙帮助落难的英雄蔡锷智逃险境、重返云南、挥师倒袁、再造共和直到落花塞外，以一平凡妇人深居寻常巷陌，最后香消玉殒的故事。据说，蔡锷将军死后，追悼会会场上悬挂着小凤仙的两副挽联："不信周郎竟短命，早知李靖是英雄。""万里南天鹏翼，直上扶摇，可怜忧患余生，萍水相逢成一梦；十年北地胭脂，空悲沦落，赢得英雄知己，桃花颜色亦千秋。"正如红拂妓之于李靖一样，小凤仙堪称蔡锷将军绝代的知己了。

人生能有如此奇遇，可以无憾矣。

雪中怀友人／罗隐

腊酒复腊雪，故人今越乡。

所思谁把盏，端坐恨无航。

兔苑旧游尽，龟台仙路长。

未知邹孟子，何以奉梁王。

　　罗隐《雪中怀友人》一诗最后两句相当调侃，诗云："未知邹孟子，何以奉梁王。"《孟子》开篇一段是这样的："孟子见梁惠王。王曰：'叟，不远千里而来，亦将有以利吾国乎？'"我们知道，接下去就是孟子滔滔不绝的大道理，唬得梁惠王一愣一愣的，目的是要梁惠王实行仁政。梁惠王为自己辩解说，我之所以不实行仁政，是因为有三个困难，解决不了："寡人有疾，寡人好货。""寡人有疾，寡人好色。""寡人有疾，寡人好勇。"我们这位不世出的理论大师、天才的演讲家听了，马上说："这有什么不得了的，你只要如何如何，照样可以实行仁政。"总之，三个问题都不是问题，把梁惠王给忽悠了。罗隐这首诗的大意是，因为时空的阻隔，友人不能相聚。哎，我连这点事情都想不出办法来，不知道当年的孟子，是用什么办法，把一国之君梁惠王给忽悠了的。

　　当然，这首诗并不是专写孟子的，只是虚晃一枪。真正写孟子的诗，好诗，是王安石的《孟子》，诗云：

　　　　沉魄浮魂不可招，遗编一读想风标。

　　　　何妨举世嫌迂阔，故有斯人慰寂寥。

不过，这诗就不是揶揄而是景仰了。在王安石眼里，孟子一点也不可笑，他是自己的精神导师。

孟子是中国历史上地位仅次于孔子的圣人，被尊为"亚圣"。孟子继承孔子仁的学说，提出了一整套比较完善的政治学说。这些学说虽然在当时无法真正实行，但却是人类孜孜以求且万世不易的价值目标。孟子的主张，代表了儒家理想主义的一翼。也正因此，孟子在那个崇尚武力的时代被人目为"迂阔"。

孟子的遭遇，引起了王安石的深刻共鸣。在北宋时期，王安石也曾因宣传改革主张而被人目为"迂阔"。

公元 1069 年，宋神宗任用王安石，实行变法。但是，王安石实行的一系列旨在富国强兵的改革措施，由于损害了豪强、贵族等的既得利益，也由于新法推行过程中用人不当等原因，受到了以司马光等人为代表的保守派的强烈反对，后期更酿成严重的党派斗争，不仅使这场轰轰烈烈的改革归于失败，也进一步削弱了北宋的国力。

在改革过程中，王安石遭到众人的非议和保守派的强烈反对，他身上的精神压力是可想而知的。据说，这位"拗相公"完全不为所动，并针锋相对地提出了著名的"三不足"精神——"天变不足畏，祖宗不足法，流俗之言不足恤"，来迎击来自反对派堡垒的攻击。王安石的这点精神，真是值得我们学习的。

"天变不足畏，祖宗不足法，流俗之言不足恤"，可说是王安石实行改革变法的宣言书和精神支柱。从理论上说，它是完全正确的，闪耀着唯物主义的光辉。但是，由于王安石完全忽略了社会公众的普遍心理，注定要栽一个大跟头。改革的先驱商鞅不是说过吗？"民不可与虑始，而可与乐成。"在现实政治当中，不管进行什么样的改革，如果不能唤起民众的广泛参与和积极支持，失败可以说就是必然的。王安石不注意引导社会公众的心理期待，不去造成普遍的社会舆论，而是一意孤行，强行推行新法，因此，他遭到反对派的攻击和社会公众的不合作，可以说就是不可避免的。从这一点看，说王安石"迂阔"也许

不无道理。

何谓"迂阔"？"迂阔"并不一定是理论主张的不正确，而是因为理论主张太过理想主义，太超前，实行不了，因此显得不合时宜、不切实际；或者说一种正确的理论主张没有能够唤起民众，与普遍的社会心理格格不入，因此显得不合时宜、不切实际。

透过王安石这首咏孟子的小诗，我们看到，王安石视孟子为旷代的知音，他仿佛隔着时空的帷幕，在与孟子亲切晤谈：何必惧怕满世界的人都把我当成狂人呢，毕竟还有你在寂寞中给我以安慰，在逆境中给我以前行的勇气。王安石的这些话，毫无疑问是融入了自己的真情实感的。那么，究竟是什么震撼了王安石的心灵，而视孟子为自己异代的知音呢？

是"生于忧患，死于安乐"的强烈忧患意识？还是"方今天下，舍我其谁"的自信与担当？是"富贵不能淫，贫贱不能移，威武不能屈，此之谓大丈夫"的贞刚骨气和人格理想？还是"我善养吾浩然之气也"的刚健力量和自觉修养？是"鱼，我所欲也；熊掌，亦我所欲也；二者不可得兼，舍鱼而取熊掌者也。生，亦我所欲也；义，亦我所欲也；二者不可得兼，舍生而取义者也"的理性与道义精神？还是"说大人，则藐之，勿视其巍巍然"的超然与独立？是"民为贵，社稷次之，君为轻"的人本主义理想？还是"老吾老，以及人之老；幼吾幼，以及人之幼"的现实终极关怀？是"仁者无敌于天下"的浪漫梦想？还是"穷则独善其身，达则兼善天下"的赤子情怀？

也许这些都是吧，也许这些都还没有抓住要害。这个世界上什么最大？不是天，不是地，是人心。一个人的心大了，什么都能装得下。孟子是如此，王安石也是如此。

任是无情也动人

《红楼梦》"寿怡红群芳开夜宴"一回中有这样一个片断：

　　宝钗便笑道："我先抓，不知抓出个什么来。"说着，将筒摇了一摇，伸手掣出一根，大家一看，只见签上画着一枝牡丹，题着"艳冠群芳"四字，下面又有镌的小字一句唐诗，道是：任是无情也动人。

　　"任是无情也动人"这七个字，道出了宝钗的神韵，后来解宝钗者，总跳不出这个定评。

　　不知怎的，看到这几个字，我总是不由自主地想到大唐，想到那个雍容华贵的长孙皇后。

　　"唯有牡丹真国色，花开时节动京城。"长孙皇后这株盛开在大唐世界的牡丹，凝聚了天地精华和人间至美，的确当得起"任是无情也动人"这七个字。然则，这个无情，不是没有感情，不是没有性情，而是没有私情私心。在历代皇后中，她是独特的，是一个真正具有大智慧的女人。历史上太多的后宫女人，有的只是小聪明、小性情、小命运。她们的结局，也是那么的琐碎、狭小。而她，独独具有大智慧、大境界、大人生，所以在大历史当中，她也就获得了一

216

个雍容开放的大格局。

公元 626 年 6 月 4 日，表面上风平浪静的秦王府充满了紧张和忙乱。夜已深，整个秦王府淹没在一片墨黑的寂静里。秦王李世民推门进来，室内灯火通明。他刚刚被父皇李渊召见过，秦王府的文臣武将都在焦急地等待他的归来，等待着他掷出骰子，奋力一搏。

"一切按计划行事。"

"长孙无忌、尉迟敬德、侯君集、张公谨……你等随我入玄武门守候。生死成败，在此一举!"决绝、果断、冷静。话音未落，长孙王妃的身影已出现在他眼前。她是那样的从容，那样的娴静，目光中透射出逼人的坚定。她走上前来，理了理秦王的衣襟，又和将士们一一寒暄。她的叮咛，像母亲的呢喃一样熨帖着每一个将士的心。

玄武门之变，从此改变了历史的进程，也改变了她的命运。她成了母仪天下的皇后。

为妻，她可以是他一个人的。为妃，她是那个大家庭的。为后，她就成了全天下人的。她要一点一滴的收藏起自己的私情，收敛自己的感性。安静，再安静一点，周全，再周全一点，默默地替他分担一切，凝聚天下人的心。

长孙皇后早就知道，秦王李世民是人中蛟龙。这样的人，是女人的温柔束缚不住的，她也不愿束缚他的翅膀。他的血液里流淌着太多激情、冒险。生逢乱世，又背负天潢贵胄的声名，给了他一个实现抱负的广阔舞台和坚实背景。他甚至有点迫不及待了，结婚不到一年，他就飞身上马，度越关山，踏上了征程。

雁门勤王，血战突厥。当他在战场上尽情挥洒他的血汗和激情时，她静静地熬过了一个个胆战心惊的日日夜夜。

起兵反隋，招兵买马，进攻长安，那更是命悬一线，朝不保夕。那时的她仅仅十五岁，别的女子还在享受父母关爱之时，她却要独自承受与一个至爱男

人生离死别的考验。

但她是心甘情愿的。至少她还可以像一个妻子一样，像所有平常人的妻子那样去思念他，为他喜，为他忧，为他痛，为他哭。

　　懂得的人这样说：爱一个人，就是在他的财富、地位、学历、善行、劣迹之外，看了真正的他不过是个孩子——好孩子或坏孩子——所以疼了他。

　　而这个疼，当然包含了纵容，即照单全收。他有诸般不好，其他人看不顺眼，无法容忍，但阁下基于爱，哽下了，有一点自虐之快感。

就这样，痛并快乐着。

岁月流逝，她身上的青涩与稚气渐渐褪去。如今，秦王已是战功赫赫，局面宏大。她要过的最难的一关，是安住自己的心。

他已不是她一个人的了。进入天策上将府的美丽身影越来越多。杨妃，韦妃，燕妃，每一段感情都包含着一段传奇。她能去争吗？她能去抢吗？她能不闻不问、掉头不顾吗？一个真正伟大而又坚强的女性，是不会让悲伤和怨恨葬送自己清明的理性的，她要用女人的温情与宽容去激发他那颗躁动不安的心。

就像《高加索灰阑记》里那个可怜的母亲一样，面对着自己的亲生骨肉，面对着大堂之上威严的法官，还有那看似荒唐实则合理的"亲子鉴定"——把孩子放在一个划定的灰圈里，谁能把孩子拉到自己身边，谁就是孩子的真母亲。就在那一刹那，她踌躇了，松了手——宁愿让孩子被人生生抢去，她也不愿让他受到一点点伤害。

她静静地包容着这一切，没有责怪，只有期待。她要像那个伟大的母亲一样，用自己坚定的理性，慢慢地，慢慢地，唤醒那个迷途的孩子勇敢的心。在她心里，她知道轻重。一个女人，怎能以一己的私情去阻挡一个大丈夫前进的道路和勃勃的雄心呢？

江山他是要独占的，感情却是大公无私的，雨露均沾，任何企图独占他的女人，都是自取其辱。一个男人的内心，谁能看得真？一个女人的胸怀，谁能知道深浅？

> 上苑桃花朝日明，兰闺艳质动春情。
> 井上新桃偷面色，檐边嫩柳学身轻。
> 花中来去看舞蝶，树上长短听啼莺。
> 林下何须远借问，出众风流旧有名。（长孙皇后《春游曲》）

也许，从长孙氏这首流丽妩媚的诗中，我们更能看到她的真性情。

"林下何须远借问，出众风流旧有名。"能够将芸芸众生率性任情的轻狂，化为拈花微笑的恬静，未尝不是一种独出众人之上的风流吧。为爱而克制着，乃是人性当中最动人的光辉！.

成为皇后之后，她更为成熟和清醒了。"君宠益娇态，君怜无是非。"那是多么的浅薄。后妃的宠极而衰，触目皆是；皇朝的土崩瓦解，殷鉴未远。贵为皇后又如何？有攀山的勇气，不如有撤退的勇气。泥足深陷时，已经来不及。

她曾劝兄长长孙无忌不要效权臣之所为，她也曾劝太宗皇帝不要将长孙家族推到前台，扶上高位，以免给国家带来灾难。因为她深知，外戚之祸不可不防。

你的雄图还未画完，如日中天正当盛年的你怎么就病倒了呢？一病经年，几度危殆。我深深知道你内心的忧惧，不是对死的忧惧，是对生的无奈，太多太多的灿烂等着你去创造，去挥洒。当绝望挟着期待写在你脸上的时候，我真希望病倒的是我自己。"若有不讳，义不独生。"我的飘飘衣带上时时都系着毒药，准备与你同生共死。

也许是我的祈求应验了吧。你病愈了，我却病倒了。

也许，这是冥冥之中上天的安排，用我的死去换取你的生，天下人的生。

　　然则，我知足了。烟花虽然短暂，生命的密度却无与伦比，瞬间的辉煌即是永恒。

　　还记得你对皇儿说的话吗，你看见他们在树荫下乘凉，便说："这棵树的躯干虽然弯曲，但经木匠的绳子量过以后，就可以锯成笔直的木板。作君主的虽然无道，但只要善于接受谏言，就可以成为圣明天子。"这是你的肺腑之言，你也一直是这样做的，魏征，房玄龄，哪一个不是诤言直谏之臣？还记得魏征将你气得咬牙切齿，你发誓说要杀了他，我在身边劝慰你的情形吗？我敢劝，是因为我知道你能听。

　　我死后，薄葬就可以了。这是我最后的心愿。

　　三十六岁，香消玉殒。
　　她死后，太宗皇帝再也没有册封皇后！